# 일본문학 속의 기독교 VII

편자 한국일본기독교문학회

제이앤씨
Publishing Corporation

# 책머리에

이탈리아 로마의 9월은 햇볕은 따가왔고 더웠습니다. 그러나 기독교 문화와 관련된 아름답고 찬란한 유적으로 가득 찬 로마의 도시는 하나의 거대한 열린 박물관이어서 그러한 더위도 잊게 하였습니다. 수많은 그리스도인들이 자신들의 신앙을 지키고 증거하기 위해 생명을 잃었던 웅대한 콜로세움 원형경기장과, 특히 카타콤바라는 여러 층으로 이루어진 지하공동 묘지는 기독교 박해기간 중에 신앙을 지키고자 순교했던 자들의 흔적으로 숙연한 마음을 가지게 하였습니다.

그리고 바티칸 시국의 웅장한 성 베드로 대성당과 박물관에 소장되어 있는 예수와 관련된 놀라운 조각과 그림들, 미켈란젤로가 그린 천정벽화 천지창조와 최후의 심판, 그리고 아름다운 성 요한 대성당과 성모 마리아 대성당 등, 그 어느 것 하나 감탄사가 나오지 않을 수 없게 하는 예술작품들이었습니다. 아니 그 보다는 먼저 경외의 마음이 절로 우러나오게 하는 것이었습니다.

그러나 비단 기독교의 영향이 건축물이나 회화에만 있는 것이 아니라 문학 분야에서도 기독교의 신앙을 바탕으로 한 훌륭한 작품이 수없이 많음도 우리는 잘 알고 있습니다. 이와 같은 모든 작품이 기독교에 대한 믿음의 정신이 탄생시킨 위대한 인류의 유산이라는 것을 생각하니, 참으로 그리스도 교인들의 놀라운 신앙의 힘을 느끼게 되었습니다.

기독교의 영향을 받은 한국과 일본의 문학작품을 연구하기 위해 2002년에 발족한 본 한국일본기독교문학회도 올해로 7년이 되어 『한국일본기독교문학연구총서』 제7집을 발간하게 되었습니다. 玉稿를 보내주신 회원 여러분과 총서 발간을 위해 수고하신 총무이사님 그리고 제이앤씨 출판사 여러분께 감사의 뜻을 표합니다.

학회의 역사가 일천한 관계로 여러 가지 어려운 사정이 앞길을 가로막고 있지만, 모든 씨보다 작은 겨자씨 한 알 심은 것이 나중에는 자라서 큰 나무가 되어 새들이 날아와서 깃들게 되리라는 예수님의 겨자씨 비유의 말씀(마태 13:32-32)처럼, <네 시작은 미약하였으나 네 나중은 심히 창대하리라>(욥기 8:7)는 믿음을 가지고 묵묵히 전진하고자 합니다. 회원 여러분의 건승을 기도드립니다. 감사합니다.

2009년 10월

한국일본기독교문학회 회장 임훈식

# 목 차

# 한국일본기독교문학연구총서 【No.7】
## 일본문학 속의 기독교 VII

# 〈저널리스트〉로서의 예수의 의미

임 훈 식

## I. 서언

　일본 大正시대(1912-1926년)의 文壇을 대표하는 작가였던 아쿠타가와 류노스케[芥川龍之介](이하 '아쿠타가와'라고 칭함.)는 죽음을 직전에 두고서 자신의 예수 그리스도론이라 할 수 있는 「서방의 사람(西方の人)」(『改造』, 1927 · 8)과 「속 서방의 사람(續西方の人)」(遺稿, 『改造』, 1927 · 9)을 집필하고 있었다.

　이 正續 「서방의 사람(西方の人)」은 예수 그리스도의 일생의 발자취에 아쿠타가와 자신의 사상이나 감정의 문제를 투영시켜서 아쿠타가와가 <느낀대로 「나의 그리스도」를 기록>(「서방의 사람」, 1 이 사람을 보라)한 것이다. 따라서 이 작품에 묘사되어 있는 '아쿠타가와의 예수'를 고찰함으로써 궁극적으로는 작가 아쿠타가와와 그의 문학을 이해할 수 있을 것으로 생각된다.

　자살을 목전에 둔 아쿠타가와는 <그리스도는 지금의 나에게는 길을 가는 나그네처럼 볼 수는 없다>(1 이 사람을 보라)고 말하면서 성서를 가까이 하고 예수 그리스도에 친근감을 가지게 된다. 또한 아쿠타가와는 <그(예수→

논자 注)의 일생은 언제나 우리를 감동시킬 것이다>고 전제하며, <우리는 엠마오로 가는 나그네들처럼 우리의 마음을 뜨겁게 하는 그리스도를 바라지 않고서는 견딜 수 없을 것이다>(속22 가난한 사람들에게)고 말하면서 예수에 대한 절실한 감정을 가지고 있었다.

이와 같이 만년의 아쿠타가와로 하여금 친근감을 느끼도록 한 예수, 그가 아쿠타가와에게 준 매력은 어디에 있는 것일까?

아쿠타가와는 「서방의 사람」의 제1장인 <1 이 사람을 보라> 속에서 <나는 오직 내가 느낀대로 「나의 그리스도」를 기록한다>고 말하고 있었다. 그렇다면 아쿠타가와가 느낀 <나의 그리스도>란 어떠한 인물을 말하는 것인가? 먼저 아래의 문장을 살펴보기로 한다.

14 성령의 아이
그리스도는 古代의 저널리스트가 되었다. 동시에 또한 고대의 보헤미안이 되었다. 그의 천재는 비약을 계속하고 그의 생활은 한 시대의 사회적 약속을 유린했다. ---(중략)--- 그리스도는 그의 詩 속에 얼마만큼 정열을 느끼고 있었을 것이다. 「山上의 가르침」은 스물 몇 살인가 되는 그의 감격에 찬 산물이다. 그는 어떠한 앞 사람도 그에게 미치지 못함을 느끼고 있었다. 이 바다처럼 높아진 그의 천재적 저널리즘은 물론 적을 부르게 되었을 것이다. 그러나 그 적들은 그리스도를 두려워하지 않을 수 없었다. 그것은 실로 그들에게는 ——그리스도보다도 인생을 알고 따라서 또한 인생에 대한 공포를 품고 있는 그들에게는 이 천재의 생각이 이해될 수 없었음에 틀림없다.[1] (밑줄은 인용자)

이상의 인용문으로 알 수 있듯이 아쿠타가와는 성서 속의 예수에게서 저널리스트(Journalist)의 모습을 보고 있다. 즉 천재적 저널리스트라는 것이 아쿠타가와가 말하는 <나의 그리스도>의 일면인 것이다. 그렇다면 아쿠타가와는 어떤 이유로 예수를 저널리스트라고 부르게 되었는가?

## 2. <저널리스트> 예수

아쿠타가와가 예수를 <고대의 저널리스트>라고 부르고 있었다는 것은 이미 <14 성령의 아이>의 본문에서 확인한 바 있다. 저널리스트라고 부른 이유는 예수가 당시 많은 민중을 상대로 하여 자신의 사상이나 관념을 전하는 자, 다시 말해 예수는 자신의 신념을 대중에게 호소하여 전파하고 대중을 움직이는 설득력을 지니고 있는 자이다, 라고 하는 아쿠타가와의 기본적 사고에서 기인된 것임에 틀림없다.

그러면 성서 속에서는 예수를 어떻게 묘사하고 있는지 살펴보기로 한다. 물론 성서에서 예수를 저널리스트라고 불렀을 리는 없을 것이다. 성서에는 예수에 대한 명칭이 여러 가지로 나타나고 있는데, 그 주요한 것을 간추려 보면 메시아(요한4:25-26), 인자(마태8:20, 마가8:31), 하나님의 아들(마가1:11, 14:61-62, 15:39, 마태16:16, 요한20:31, 로마1:4), 선생님(마가12:14), 주(요한21:7, 고린도전서8:6), 하나님의 어린양(요한1:29, 36), 대제사장(히브리4:14-15, 9:11), 알파와 오메가(요한계시록21:6) 등이다. 이와 같이 예수에 대한 호칭은 여러 가지로 나타나 있었지만, 그 어느 것도 저널리스트의 의미는 아니었다. 그러므로 예수를 <저널리스트>라고 부르는 것은 아쿠타가와 자신이 작명한 호칭임에 틀림없을 것이다.

그렇다면 아쿠타가와는 어떠한 이유로 예수를 저널리스트라고 부르게 되었는가가 문제점인데, 그에 앞서 우선 「서방의 사람」과 「속 서방의 사람」 속에 나타나 있는 저널리스트로서의 예수의 모습을 살펴보기로 한다.

* 그의 저널리즘은 그 때문에 서방의 고전과 어깨를 나란히 하고 있다. 그는 참으로 오래되어 약해진 불에 새 장작을 더 넣는 저널리스트였다.
  (19 저널리스트)
* 그리스도는 최고 속도의 생활자이다. 부처는 成道하기 위해 몇 년인가를 雪山 속에서 지냈다. 그러나 그리스도는 세례를 받자 40일의 단식 후에 곧바로 고대의 저널리스트가 되었다. (속5 생활자)
* 그는 저널리스트임과 동시에 저널리즘 속의 인물 ——혹은 「비유」라고 불리고 있는 단편소설의 작자임과 동시에 「신약성서」로 불러지는 소설적 전기의 주인공이었던 것이다. (속13 그리스도의 말)
* 그리스도는 이름 높은 저널리스트가 되었다. 그러나 때때로 목수의 아들이었던 옛날을 그리워하고 있었는지도 모른다. (속14 고독한 몸)
* 그는 로마의 시인들에게도 뒤떨어지지 않는 제일류의 저널리스트였다. 동시에 또한 그의 애국적 정신조차 내던져 버리고 돌아보지 않는 문화인이었다. (속21 문화적인 그리스도)
* 그는 실로 이스라엘 민족이 낳은 고금에 드문 저널리스트였다. 동시에 또한 우리들 인간이 낳은 고금에 드문 천재였다.
  (속22 가난한 사람들에게)

이상에서 살펴본 바와 같이 「서방의 사람」과 「속 서방의 사람」 속에서 아쿠타가와는 성서의 예수 그리스도를 빌어 자신의 저널리스트觀을 서술하고 있었다.

그러면 저널리즘의 의미를 알아보기 전에 먼저 저널리스트에 관한 이해가 필요할 것이다. 저널리스트(Journalist)의 사전적 의미는 신문, 잡지, 방송 등의 저널리즘의 세계와 관련이 있는 기자, 편집자, 그 밖에 상근 기고자 등의 총칭이다.[2] 저널리스트의 사전적인 의미가 이와 같다면 그것과 예수와는 어떠한 상관관계를 가지고 있는 것인가? 그러나 여기서 먼저 살펴보아야 할 문제는 저널리즘의 의미일 것이다.

# 3. 저널리즘의 의미

서언의 인용문에서 이미 보아왔듯이 아쿠타가와는, 예수 <그리스도는 그의 詩 속에 얼마만큼 정열을 느끼고 있었을 것이다. 「山上의 가르침」은 스물 몇 살인가 되는 그의 감격에 찬 산물이다.>(14 성령의 아이)라고 서술하고 있다.

<「산상의 가르침」>이란 신약성서 속의 마태복음 제5장에서 7장에 수록되어 있는 예수의 설교집으로, 예수가 산에 올라가서 제자들에게 말한 것으로 기록되어 있으며 '산상 설교' 또는 '산상 수훈'이라고도 말한다. 이 가르침은 예수 그리스도의 교훈을 요약한 것으로 최고의 격조를 가지는 것으로서 유명하다.

그런데 아쿠타가와는 이 <「산상의 가르침」>을 <감격에 찬 산물>이며 <정열을 느끼고 있는> <詩>라고 말하고 있다. 이것이 <詩>라는 것은 <19 저널리스트> 속에 있는 <「선한 사마리아인」이나 「탕자의 귀가」는 이러한 그의 시의 걸작이다.>라는 문장을 보더라도 알 수 있다고 생각한다.

여기서 말하는 <詩>라는 것은 가까이 있으면서 사람의 마음을 감동시키는 예술 작품, 또한 사람의 영혼을 감동시키고 납득시키기에 족한 아름다운 문예 작품이라는 의미일 것이다. 더욱이 그 뒤의 문장을 주의 깊게 살펴보면 아쿠타 가와는 결국 <「산상의 가르침」>이나 <「선한 사마리아인」>(누가10:25-37), <「탕자의 귀가」>(누가15:11-32) 등의 이야기를 저널리즘이라고 주장하고 있음을 알 수 있을 것이다.

그렇다면 아쿠타가와에 있어서의 저널리즘이란 결국 심혈을 쏟은 걸작, 즉 문예작품이라는 의미임에 틀림없다고 본다. 그것은 다음과 같은 문장에 의해서도 명확해질 것이다.

> 19 저널리스트
> 우리는 단지 우리들 자신에게 가까운 것 외에는 볼 수는 없다. 적어도 우리들에게 다가오는 것은 우리 자신에 가까운 것뿐이다. 그리스도는 모든 저널리스트처럼 이러한 사실을 곧바로 깨닫고 있었다. 신부, 포도원, 당나귀, 일꾼 ——그의 가르침은 눈앞에 있는 모든 것을 한 번도 이용하지 않고 끝난 적이 없다. 「선한 사마리아인」이나 「탕자의 귀가」는 이러한 그의 詩의 걸작이다. 추상적인 말만 사용하고 있는 후대의 그리스도교적인 저널리스트 ——목사들은 한 번도 이 그리스도의 저널리즘의 효과를 생각하지 않았을 것이다. 그는 그들에게 비하면 물론이고 후대의 그리스도들에게 비하더라도 결코 손 색이 있는 저널리스트는 아니다. 그의 저널리즘은 그 때문에 서방의 고전과 어깨를 나란히 하고 있다. 그는 참으로 오래되어 약해진 불에 새 장작을 더 넣는 저널리스트였다.3) (밑줄은 인용자)

위의 인용문 가운데 <그의 저널리즘은 그 때문에 서방의 고전과 어깨를 나란히 하고 있다.>는 문장은 아쿠타가와가 저널리즘이라는 말을 <서방의

고전과 어깨를 나란히 하고> 있는 걸작으로서의 문예작품이라는 의미로 사용하고 있음을 잘 말해 주고 있다고 하겠다. 또한 아쿠타가와가 <그리스도가 가장 사랑한 것은 눈부신 그의 저널리즘이다.>(속6 저널리즘지상주의자)라고 서술하고 있는 것도 결국은 애착을 느끼는 그의 작품을 가리키는 것이다.

그렇다면 아쿠타가와가 <「산상의 가르침」>이나 <「선한 사마리아인」>, 그리고 <「탕자의 귀가」> 등의 이야기를 특별히 저널리즘이라고 이름을 붙인 이유는 무엇인가?

실제로 <「산상의 가르침」>이나 <「선한 사마리아인」>, <「탕자의 귀가」> 등의 이야기는 일상생활 속에서 흔히 보기도 하고 듣기도 하는 것으로, 예수는 자신의 사상과 신념을 대중에게 전하기 위해 주변에 있는 그와 같은 소재를 이용했던 것이다. 그것은 위의 <19 저널리스트>의 모두문(<우리는 단지 우리들 자신에게 가까운 것 외에는 볼 수는 없다. 적어도 우리에게 다가오는 것은 우리 자신에 가까운 것뿐이다.>)을 보아도 알 수 있을 것으로 생각한다. 그러므로 저널리스트인 예수가 대중을 향해 말한 <「산상의 가르침」> 등의 이야기가 저널리즘인 것은 말할 필요도 없을 것이다.

오늘날 우리들이 사용하고 있는 저널리즘이라는 말의 의미는 광의로나 협의로나 여러 가지로, 가장 협의의 일반적인 정의는 정기적인 출판물을 통해서 시사적인 정보·의견을 대중에게 전달하는 활동, 즉 구체적으로는 신문·잡지에 의한 활동을 가리키는 것으로 사용되어진다. 한편 가장 넓은 의미로는 모든 대중전달 활동을 가리키며 이 경우에는 비정기적인 것, 또한 출판물 이외의 비인쇄물에 의한 것, 더욱이 내용적으로도 단순히 오락·지식 등을 제공 전달하는 경우도 포함하는 것으로 사용되어지는 것이다.

저널리즘(Journalism)이라는 말이 라틴어의 디우르나(diurna)(<日日 간행

물>이라는 의미)를 어원으로 하고 있는 것과, 저널리즘이라는 말이 만들어지고 사회적으로 정착된 것은 신문·잡지가 대중전달 활동의 왕좌를 독점하고 있었던 19세기 중엽 무렵이었던 것 등을 생각하면 본래는 前者인 협의의 의미로 한정되어야 할 것이지만, 이후는 오히려 後者처럼 광의로 사용되어지는 경우가 많아지고 있다고 말할 수 있다.[4]

이상과 같은 저널리즘의 정의를 보면 아쿠타가와가 예수에 대해서 사용한 저널리스트라는 호칭은 매우 독특하고 적절한 것이었음을 알 수 있다. 이와 같이 예수를 <고대의 저널리스트>겸 <詩人>(28 예루살렘)으로 규정한 아쿠타가와는 자기 자신도 <저널리스트 겸 시인>으로 칭하며,[5] 예수와 자신을 동일시하고 예수에 대한 공감을 표시하고 있었던 것이다. 이러한 동일시는 예수의 선교활동과 작가로서의 아쿠타가와 자신의 작품활동과를 같은 성격의 것으로 바라보고 있음에 기인된다고 본다. 다시 말해 두 사람 모두 대중을 대상으로 한다는 점에서는 예수의 선교활동과 자신의 작가활동은 동일한 행위라고 아쿠타가와는 간주하고 있었던 것이다. 이와 같은 아쿠타가와의 관점과 태도의 배후에는 <신문소설의 유행, 大正中期부터 일어난 독자층의 확대, 대중문예의 융성, 매스컴의 발달 등 「신시대」의 현상>[6]이 영향을 주었다고 말할 수 있다. 그렇다면 아쿠타가와가 활동한 일본의 大正時代와 당시 문단의 분위기는 어떠했는가?

# 4. 大正文壇의 분위기

1914년(大正3년)에 발발한 제1차 세계대전(1914-18년)은 그때까지의 일본의 경제 불황과 재정위기를 일거에 물리쳐버렸다. 일본은 유럽 열강을 대신하여 면포 등의 자국 상품을 급속하게 아시아시장에 진출시켜 무역은 큰 폭의 수출초과가 되었다. 다시 말해 대전을 계기로 하여 일본은 경제적으로 팽창하여 근대적인 기업이 급속도로 발전했던 것이다.

이러한 제1차 세계대전 후 일본은 자본주의경제의 비약적인 발전과 성숙에 수반하여 출판의 상업화가 진행되어진다. 그 결과 문학전집 같은 대량출판이 행해져 문학이 대중 속으로 보급되어지는 한편 통속적인 스토리로 흥미를 불러일으키는 大衆文學7)이 소위 순문학과는 별개로 넓은 독자층을 확보하게 되는 것도 이 시대의 성격을 잘 보여주고 있다고 하겠다.

결국 이 대전을 계기로 한 일본경제의 고도성장은 대량생산과 함께 탄생된 新中間層을 핵으로 한 대량소비의 사회를 형성해 나가게 된다. 말하자면 일본에 있어서의 대중사회의 출현인 셈이다. 이와 같은 대량생산과 대량소비의 자본주의는 또한 점차 문화산업을 탄생시켜 가는 것이다. <u>그와 동시에 저널리즘도 역시 상업 저널리즘으로 변모해 가게 된다.</u>

예를 들면 아쿠타가와가 社友로 되고(1918 · 3) 키쿠치 히로시(菊池寬)가 客員이 된(1919 · 2) 大阪每日新聞社는, 1919년에 그 때까지 50만엔의 자본금을 120만엔으로 증자하고 22년에는 250만엔, 24년에는 500만엔으로 늘리고 있다. 政論이나 의견으로 特定層의 사람들에게 호소하는 것에서부터 인쇄기술의 고도화 · 공장화를 바탕으로 한 대량생산 · 대량판매의 가능과, 불특정 다수의 독자를 대상으로 하여 보도 제일주의·사회면 중시·취미 오락면으로의 진출을 표방하는 신문산업 및 상업주의 신문사로 모습을 바꾸어 나가는 것이다.

대중사회의 형성은 대중을 시장으로 한 문화산업을 배출한다. 그것은 또한 출판계도 동일했다. 문화상품의 소비자로서의 대중은 출판물의 독자로도 대량으로 진출하게 되었기 때문에, 이러한 대중독자의 니즈(needs)를 무시해서는 상업출판 저널리즘은 지탱해 나갈 수 없는 시대가 도래한 것이다. 작가 예비군인 문학청년이나 友人작가, 독자의 중심으로서 만들어진 舊來의 문단 저널리즘에 첫발을 들여놓은 아쿠타가와로서도 대중독자의 출현에는 안심할 수는 없었을 터이다.8) 그렇기 때문에 아쿠타가와는 다음과 같이 말하지 않을 수 없었던 것이다.

> 오늘날의 일본은 예술조차도 대량생산을 요구하고 있다. 뿐만 아니라 작가자신으로서도 대량생산을 하지 않는 한, 입고 먹는 것도 용이하지 않다. 9)

위 인용문 속의 <오늘날의 일본>이란 아쿠타가와가 창작활동을 하던 대정시대를 가리킴은 말할 필요도 없을 것이다. 인용문은 당시 대정시대의 자본주의사회 분위기에 대한 아쿠타가와 자신의 솔직한 고백이라 하겠다.

그리고 아쿠타가와는 「文壇小言」(1925년;大正14·8집필, 유고로서 1928년; 昭和3·7 「創作月刊」에 게재) 속에서, 당시 대정문단의 상황과 문단인의 사회적인 자세에 대해서 논하면서 <문단이라는 것도 하나의 사회일 뿐>으로 작가도 文才만이 아니라 세상 물정에 능해야 할 것이라고 말하고 있

다.10)

또한 그는 자본주의사회에서는 원고료 제도라는 것에 의해 문단인도 실업가적인 능력을 발휘하여 대량생산을 한다면서, 당시 문단사회의 풍토와 문단인의 움직임을 간접적으로 전하고 있었다. 이와 같은 것은 당시의 대정문단은 저널리즘의 분위기에 휩싸여 있었음을 잘 말해주고 있다고 하겠다.

결국 대량생산과 대량판매라는 자본주의에 의한 상업 저널리즘이 당시의 대정문단에도 다대한 영향을 미쳤음을 의미한다. 아울러 아쿠타가와 스스로도 그와 같은 상업 저널리즘적인 대정문단의 분위기에 구애되고 있었음을 말해주는 것이다.

## 5. 저널리스트에 대한 동경

그러면 이제 상업 저널리즘에 관한 아쿠타가와의 견해를 살펴보기 위해 다시 한번 작품으로 되돌아가 보기로 한다.

다음의 인용문에는 베스트셀러로서의 성서가 날개 돋친 듯이 팔리는 모습을 부러워하는 아쿠타가와의 얼굴이 숨겨져 있다.

이러한 그리스도의 수입은 아마도 저널리즘에 의한 것이리라. ---(중략)---
「욥기」를 쓴 저널리스트는 혹은 그보다도 웅대했을지도 모른다. 그러나 그는 「욥기」에 없는 온순함을 몰래 집어넣는 수완을 지니고 있었다. 이 수완은 적지 않게 그의 수입을 도와주었을 것이다. 그의 저널리즘은 십자가에 달리기 전에 실로 최고의 시가를 차지하고 있었다. 그러나 그의 死後에 비

하면, ——실제로 아메리카 성서회사는 신성하게도 해마다 이익을 얻고 있
다. ……11) (속7 그리스도의 지갑)


상기 인용문에는 아쿠타가와가 생각하는 저널리즘이 가지고 있는 또 하나
의 일면이 나타나 있다. 즉 출판한 자신의 저서 판매로 최고의 수입을 바라는
작가의 얼굴이 바로 그것이다.

아쿠타가와는 자신의 작품도 <많은 독자들 때문에 인기를 얻어>(속9 그
리스도의 확신)서 상업적으로 성공하여 베스트셀러가 되기를 바라고 있었던
것이다. 그와 같은 자신의 희망과 확신을 아쿠타가와는 예수와 성서의 관계를
빌어서 표현하고 있었음을 알 수 있다.

아쿠타가와는 예수는 <고대의 저널리스트>(14 성령의 아이, 속5 생활자)
이고 <그의 저널리즘은><서방의 고전과 어깨를 나란히 하고 있다>고 말
했다. 이것은 결국 예수는 <詩人>(28 예루살렘), 즉 '작가'이고 그의 저널리
즘이란 '작품'인 것을 말해준다. 여기서 말하는 '작품'이 '성서'를 가리킴은 말
할 필요도 없을 것이다. 이것은 <「선한 사마리아인」>(19 저널리스트)이나
<「탕자의 귀가」>(19 저널리스트)라는 신약성서 속의 이야기를 <그의 詩
의 걸작>(19 저널리스트)이라고 말하는 문장을 보더라도 잘 이해될 수 있을
것이다.

이와 같은 것은 영국의 극작가이자 시인인 셰익스피어(William Shakespe
are;1564-1616년)를 예로 들고 있는 문장을 보아도 분명하다고 하겠다.12)
아쿠타가와는 후대의 사람들은 <셰익스피어의 부활을 인정하듯이 그리스도
의 부활을 인정하기 시작했다>(35 부활)고 서술하고 있는데, 이 <셰익스피
어의 부활>이란 후대에 와서 셰익스피어 의 작품에 대한 본격적인 재평가와

인정을 가리키는 것이다.13) 말하자면 아쿠타가와는 예수를 작가·예술가인 세익스피어와 동등한 수준의 존재로 보고 있었던 것이다.

한편 이와 같은 예수의 저널리즘의 <미래>(속9 그리스도의 확신)에 대해 아쿠타가와는 다음과 같이 예측하고 있다.

> 그리스도는 그의 저널리즘이 언젠가 많은 독자들 때문에 인기를 얻을 것임을 확신하고 있었다. 그의 저널리즘에 위력이 있었던 것은 이러한 확신이 있었기 때문이다. 따라서 그는 또한 최후의 심판이 ——즉 그의 저널리즘이 승리할 것도 확신하고 있었다. 그렇지만 이러한 확신도 때로는 흔들리지 않는 것은 아니었을 것이다. 그러나 대체로는 이 확신하에 자유롭게 그의 저널리즘을 공포해 나갔다. ---(후략)--- 14) (속9 그리스도의 확신)

아쿠타가와는 예수의 <천재적 저널리즘>(14 성령의 아이)은 그의 죽음 후에도 많은 독자들 사이에서 인기가 있음을 확신한다고 했다. 바꾸어 말하면 예수가 주고 난 후 그의 작품 즉 성서의 인기를 말하는데, 이 인기란 물론 출판되어진 성서의 좋은 판매실적을 가리킨다. 또한 <그의 저널리즘을 공포해 나갔다>는 것은 그의 작품 즉 성서의 출판을 의미한다. 이 같은 표현을 보더라도 <저널리즘>이 작품을 가리킴을 알 수 있을 것이다.

일반적으로 저널리즘의 역사는 17-18세기에 시민혁명의 과정에서 나타난 근대적인 신문·잡지의 출현, 다시 말해 근대 저널리즘에 의해 시작된다. 이윽고 산업혁명 및 그에 이어지는 자본주의의 급격한 발달이 대량의 노동자를 탄생시키자 저널리즘은 이들의 새로운 대중 속으로 독자를 개척해서 저변을 하강 확대해 나갔다. 그리고 19세기 말기부터 20세기 초에 걸쳐서 소위 자본주의의 독점 단계로 발전됨과 동시에 저널리즘은 근대 저널리즘이 지니는 비판의 전통에서 기업성·상업성의 현대 저널리즘으로 기울어져 갔다고 말할 수 있다.

이미 살펴본 앞의 인용문에 나오는 <이러한 그리스도의 수입은 아마도 저널리즘에 의한 것이리라.>(속7 그리스도의 지갑)는 아쿠타가와의 발언에는 이와 같은 근대와 현대 저널리즘의 특질의 영향을 볼 수 있다고 생각한다. 환언하면 그것은 저널리즘이 가지고 있는 상업성의 영향과 문제라고 하겠다.

이상에서 살펴본 것처럼 아쿠타가와는 <저널리스트>인 예수와 그의 <저널리즘>에 동경을 느끼고 있음과 동시에, 그 자신도 그와 같은 예수에게 자신의 미래에 대한 희망과 확신을 의탁하며 간절히 바라고 있었던 것이다. 요컨대 아쿠타가와는 자신은 저널리스트이며 또한 그렇게 되기를 바란다고 주장하고 있는 것이다.15)

# 6. 결어

본 논문의 연구목적은 아쿠타가와의 만년의 작품인 「서방의 사람」을 중심으로 하여 아쿠타가와에게 있어서 저널리스트로서의 예수가 지니는 의미를 고찰하는 데에 있었다.

아쿠타가와는 예수 그리스도에 대해서는 <고대의 저널리스트>라고 부르고, 예수의 설교집(성서)에 대해서는 <저널리즘>이라고 표현하는 등 그 자신만의 독특한 관념을 나타내고 있었다.

그와 같은 호칭의 이유를 고찰한 결과 <저널리스트>라는 표현은 예수가 설교 즉 <저널리즘>으로 당시의 민중을 매료시키며 대중 속으로 전파시켜 나가는 모습에 대한 비유였음을 알 수 있었다.

그런데 그와 같은 예수는 결국 아쿠타가와의 自畵像이라는 지식이 있다면, <저널리즘>이라는 비유어는 아쿠타가와 자신의 작품에 대한 상징적이고 유니크(unique)한 표현이란 것도 이해할 수 있었다고 본다. 아쿠타가와의 이와 같은 표현 위에는 자본주의 발달에 수반된 상업적 저널리즘이 당시 대정문단에 영향을 미쳤던 것도 사실이었다.

아쿠타가와가 자기 자신과 작품을 표현하는 데에 예수를 빌려서 묘사한 것은 예수의 선교활동과 성서와의 관계 위에 자신의 <자화상>과 <理想像>을 보았기 때문이었다.[16] 다시 말해 자신의 사상이나 신념을 많은 민중에게 호소해 전파하며 민중을 움직이는 설득력을 가지고 있는 예수와, 작품으로 많은 독자에게 자신의 생각을 전하고 그들에게 감동을 주는 작가로서의 자신을 아쿠타가와는 동일한 수준의 인물로 간주하고 있었던 것이다. 이것은 결국 저널리즘이 지니고 있는 대중성·대중전달적인 면임에 틀림없다.

또한 아쿠타가와는 전세계에서 출판되어 판매되고 있는 성서를 부러워하면서 자신의 작품도 불후의 명작으로서 후대에 많은 독자들로부터 최고의 평가를 받을 것을 바라며 확신하고 있었다. 이는 결국 아쿠타가와 자신도 자신의 작품이 호평을 얻어 베스트셀러가 되고 호조의 판매를 보이는 즉 상업적인 성공을 희망했음을 의미한다. 말하자면 이것은 저널리즘이 가지는 또 하나의 속성인 상업성의 측면이라고 하겠다.

지금까지 아쿠타가와가 생각하는 저널리스트로서의 예수의 의미를 살펴보기 위해 「서방의 사람」 속의 예수를 통해서 고찰해 보았다. 그 결과 아쿠타가와는 저널리즘이 지니고 있는 대중전달(대중성)과 상업성이라는 두 가지 속성

을 예수의 일생에 의탁하여 저널리스트로서의 자신만의 특이한 저널리즘觀
을 피력하고 있었음이 밝혀졌다.

## 【주】

1) 14 聖霊の子供

   クリストは古代のジヤアナリストになつた。同時に又古代のボヘミアンになつた。彼の天才は飛躍をつづけ、彼の生活は一時代の社会的約束を踏みにじつた。ーーー(中略)ーーークリストは彼の詩の中にどの位情熱を感じてゐたであらう。「山上の教へ」は二十何歳かの彼の感激に満ちた産物である。彼はどう云ふ前人も彼に若かないのを感じてゐた。この海のやうに高まつた彼の天才的ジヤアナリズムは勿論敵を招いたであらう。が、彼等はクリストを恐れない訣には行かなかつた。それは実に彼等には——クリストよりも人生を知り、従つて又人生に対する恐怖を抱いてゐる彼等にはこの天才の量見の呑みこめない為に外ならなかつた。(下線引用者)＜芥川龍之介、「西方の人」、『芥川龍之介全集』第十五巻、(東京、岩波書店、1997)、254頁＞

2) 尚学図書(編)、『国語大辞典』(東京、小学館、1982)、1198頁、参照

3) 19 ジヤアナリスト

   我々は唯我々自身に近いものの外は見ることは出来ない。少くとも我々に迫つて来るものは我々自身に近いものだけである。クリストはあらゆるジヤアナリストのやうにこの事実を直覚してゐた。花嫁、葡萄園、驢馬、工人——彼の教へは目のあたりにあるものを一度も利用せずにすましたことはない。「善いサマリア人」や「放蕩息子の帰宅」はかう云ふ彼の詩の傑作である。抽象的な言葉ばかり使つてゐる後代のクリスト教的ジヤアナリスト——牧師たちは一度もこのクリストのジヤアナリズムの効果を考へなかつたのであらう。彼は彼等に比べれば勿論、後代のクリストたちに比べても、決して遜色のあるジヤアナリストではない。彼のジヤアナリズムはその為に西方の古典と肩を並べてゐる。彼は実に古い炎に新しい薪を加へるジヤアナリストだつた。(下線引用者)＜芥川龍之介、「西方の人」、『芥川龍之介全集』第十五巻、257～258頁＞

4) 『世界大百科事典』(14)、(東京、平凡社、1972)、155頁、参照

5) 芥川龍之介、「文芸的な、余りに文芸的な」(十、二十)、『芥川龍之介全集』第十五巻、166と179頁

6) 菊地弘 他(編著)、『芥川龍之介事典』(東京、明治書院、1985)、240頁

7) ＜大衆文学の定義:狭義には髷物、剣戟物、ちゃんばら物などの封建社会を舞台にした通俗的な歴史小説、すなわち時代小説を意味する。広義には明治三十年代に始まった家庭小説の系統を引く通俗現代小説をも含めて考える。「大衆文学」という概念が文学史的に明確になるのは、マス·メディアの発達を背景とした大正後期

以後である。すなわち、中期以後の「民衆文芸」から「読物文芸」を経、さらに「大衆文芸」を経て定着する。それは私小説·心境小説を軸とする純文学の概念が成立する過程と並行している。それ故、大衆文学発展史を狭義に見れば、第一次世界大戦後の大正デモクラシーとジャーナリズムの発達とを契機にして生まれたと言える。広義に見れば、明治時代の政治小説、歴史小説、家庭小説、冒険小説、探偵小説などもこの範疇に含まれることになる。>→ 山崎一穎、「大衆文学の成立」、『近代文学4』(三好行雄·竹盛天雄 編)、(東京、有斐閣、1977)、205頁

8) 佐藤嗣男、「菊池寛——大衆とは何か」、「国文学」2001年9月号、(東京、学灯社、2001)、22～23頁、参照

9) 芥川龍之介、「文芸的な、余りに文芸的な」(二十四)、『芥川龍之介全集』第十五巻、188頁

10) 芥川龍之介、「文壇小言」、『芥川龍之介全集』第二十二巻、(東京、岩波書店、1997)、485頁

11) 芥川龍之介、「続西方の人」、『芥川龍之介全集』第十五巻、278頁

12) <——(前略)—— 彼(イエスを指す。→ 論者注)は三日の後に復活した。 が、肉体を失つた彼の世界中を動かすには更に長い年月を必要とした。その為に最も力のあつたのはクリストの天才を全身に感じたジヤアナリストのパウロである。クリストを十字架にかけた彼等は何世紀かの流れ去るのにつれ、シエクスピイアの復活を認めるやうにクリストの復活を認め出した。——(後略)——> (35 復活) → 芥川龍之介、「西方の人」、『芥川龍之介全集』第十五巻、271頁

13) 芥川龍之介、「骨董羹」、『芥川龍之介全集』第六巻、(東京、岩波書店、1996)、211頁、参照

14) 芥川龍之介、「続西方の人」、『芥川龍之介全集』第十五巻、279～280頁

15) → (주5)와 같음.

16) * <自画像>→吉田精一、吉田精一著作集1『芥川龍之介Ⅰ』(東京、桜楓社、1979)、242頁、参照
　　* <芥川の分身性をもつと同時に彼の理想像>→ 笹淵友一、「芥川龍之介『西方の人』新論」、『日本文学研究資料新集20 芥川龍之介·作家とその時代』(石割透 編)、176頁、参照

# 아쿠타가와 류노스케의 종교관

하 태 후

## I. 서론

아쿠타가와는 1927년 7월 24일 미명에 다바타의 자택에서 베르나르와 자아르를 치사량 먹고 자살하였다. 그의 머리맡에는 성서가 놓여 있었고, 성서를 인용한 그리스도의 평전『속 서방의 사람』을 마무리한 후 자살한 것으로 추정된다.『속 서방의 사람』은 7월 10일 완성한『서방의 사람』의 속편으로, 원고 마감일에 쫓기어 충분히 그리지 못한 그리스도의 일생을 흡족하게 평한 작품이라는 점에서 그의 유서에 필적한다고 할 수 있다. 그런데『속 서방의 사람』은 다음 한 절로 끝맺고 있다.

———우리들은 엠마오로 가는 여행자들처럼 우리들의 마음을 달아오르게 하는 그리스도를 찾지 않고는 견딜 수 없을 것이다(「22. 가난한 사람들에게」)

자살할 당시 아쿠타가와의 머리맡에 성서가 놓여 있었다는 사실과 또 유서나 다름없는『속 서방의 사람』의 말미를 들어 아쿠타가와와 그리스도교의 상관관계를 주장하는 학설이 많다.

또 그 상관관계의 방증으로서 『서방의 사람』의 「1. 이 사람을 보라」의 한 절을 들어 아쿠타가와의 그리스도교에 대한 변화를 <남만 취미 수용>——<순교자에 대한 흥미>——<그리스도 응시>로 규정하고 아쿠타가와의 그리스도교 수용이라는 관점에서 작품을 읽고자 하는 학설도 있다.

확실히 아쿠타가와는 자신에게 죽음이 임박할수록 구체적이고 깊이 있는 성서 인식을 하였으며, 그의 작품 속에 '회개', '죄의식'과 같은 참회에 가까운 문구까지 쓰고 있다. 예를 들면 다음과 같다.

나는 그리스도교를 깔보기 위하여 거꾸로 그리스도교를 사랑했다. 내가 벌을 받는 것은 반드시 그 때문만은 아닐 것이다. 하지만 나는 그 때문에 벌을 받았다고 믿고 있다. (「어떤 채찍」)

또 다음의 문구도 그의 참회의 정도를 알 수 있는 한 절이다.

하늘을 향하여 내뱉은 침은 반드시 자기 얼굴에 떨어진다. 나는 이 한 장을 쓸 때도, 한 마음으로 하나님께 염원하고 있다. ——'하나님께서 구하시는 제사는 상한 심령이라. 하나님이여, 상하고 통회하는 마음을 주께서 멸시치 아니하시리이다.'(「침」)

물론 아쿠타가와의 종교의식에는 그리스도교가 차지하는 비중이 크고, 앞에서 예를 든 바와 같이 만년으로 갈수록 그리스도에 대하여 참회에까지 이르렀다는 것은 부정할 수 없다. 그러나 그에게는 그 외의 종교적 의식은 없었느냐 하면 반드시 그러하지 않다.

또 그리스도교에 대한 신앙도 지금까지 연구해온 바대로 아쿠타가와의 '그리스도교 수용'만으로 보아 타당한지에 대한 면밀한 분석과 검토가 있지 않으면 안 된다.

아쿠타가와의 전 작품 약 200여 편에는 그리스도교를 직접적으로 소재한 작품이 약 1할이 넘으며, 또 불교를 소재로 한 작품도 10여 편이 된다. 거기에다가 『선인』과 같이 도교적인 배경을 가지고 있는 작품도 있고, 또 종교는 아니지만 유교적인 배경은 아쿠타가와가 일본인이기에 당연히 작품에서 사상적인 백그라운드로 배어나온다. 그 뿐만이 아니라 아쿠타가와는 『갓파』라는 작품에서 그 나름의 <근대교>, <생활교>라는 독특한 종교를 만들어 낸다.

따라서 본고에서는 그리스도교를 포함한 아쿠타가와의 전반적인 종교의식 혹은 종교관을 살펴보고자 한다. 그러나 그 중에서도 특히 작품에 많은 영향을 끼친 그리스도교에 대하여 작품을 예들어 논한다. 그리고 마지막으로 그가 주장했던 근대교와 생활교란 무엇인가를 일괄해 봄으로 그가 일생 지니고 있었던 가치관의 중심이 어디에 있었던가를 좀 더 명확하게 알아보고자 한다.1)

## 2. 그리스도교

아쿠타가와의 그리스도교 인식의 토대는 무엇보다도 <성서> 그 자체에 있었고, 또 <인간존재> 그 자체에 있었음을 재인식할 필요가 있다. 그가 그리스도교에서 무엇보다도 중히 여긴 것은 도그마도 아니고 또 제도로서의 교회나 신도의 신앙행위도 아니었다. 그리스도라고 하는 존재에 '세계고' 그 자체를 짊어진 수난의 모습, 또는 인간존재 그 자체의 실존적 형상의 근원이라고 할 수 있는 것을 그는 발견하였다.

동시에 <믿음>이라는 본연의 모습에 대해서는 어린아이와 같은 순박한 <믿음>의 모습에 깊이 공감하였다. '돌이켜 어린아이와 같이 되지 아니하면 결단코 천국에 들어가지 못하리라' (「마태복음」 제18장 3절)는 한 절은 그가 깊은 공감을 받고 성서에 곁 줄을 긋기까지 하였고, '그리스도의 말씀에 따르면 누군가의 보호를 받지 않으면 인생을 견뎌낼 수 없는 자 외에는 황금 문에 들어갈 수 없다'(「26 어린아이와 같이」) 라는 한 절도 그가 『서방의 사람』에 적은 바이다.

여기에는 우리가 자신도 모르게 빠지기 쉬운 <지>에 대한 오만한 자세가 통렬히 비판되는데, 이 자성의 염도 역시 성서로부터 되물어진 것이다. 더욱이 그는 그 소박한 <믿음> 속에 숨겨진 강렬한 자기애, 에고이즘의 모순을 놓치지 않는다.

『검은 옷의 성모』는 이 모순을 선명하게 도려낸 것이다. '하다못해 저의 목숨이 있는 한 모사쿠의 생명을 구해 주십시오', '어쨌든 제가 눈을 감기까지라도 좋으니 죽음의 천사의 칼이 모사쿠의 몸에 닿지 않도록 자비를 내려 주십시오.' 라고 기도하는 한가운데, 손자에게 향하여야 할 사랑이 부지불식간에 자신의 생명의 안존으로 향하여 타인에 대한 사랑 대신에 자기에 대한 사랑, 즉 에고이즘이 순박한 기도 속에 숨어들어 있음을 그린다. 아쿠타가와의 눈은 이와 같이 언제나 복안적으로 움직인다. 선과 악은 <상반>적이 아닌 <상관>적이라고 본다. 이 이원상관의 이치는 그의 그리스도교관을 선명하게 꿰뚫고 있다.

근대 지식인의 최첨단에 서 있던 아쿠타가와에게 인식의 능력이 없는 자,

즉 우인은 그가 강렬하게 동경심을 품었던 인간상이었다. 천하무쌍의 강자를 찾다가, 악마보다도 강하다는 예수 그리스도야말로 받들어 모실 강자라고 믿은 레푸로보스를 그린『그리시토호로상인전』, 그리스도가 상사병으로 죽었다고 믿고 자신과 같은 고뇌를 이해해 주리라고 생각하여 기리시탄이 되어, 책형을 받게 되는, 아쿠타가와가 '내가 가장 사랑하는 신성한 우인'이라고 한 기치스케를 그린『주리아노 기치스케』, 그리스도가 남경에 내려와 자기의 병을 치유하는 기적을 행하셨다고 믿는 금화를 그린『남경의 그리스도』가 이 일군의 작품이다.

이와 같이 소박한 <믿음>, '신성한 우인'에 대한 공감을『기리시토호로상인전』이나『주리아노 기치스케』, 또는『남경의 그리스도』등에서 그렸던 그는, 그 <믿음>의 허망함을 찌르는 이지의 작용도 놓치지 않는다. 동시에 거기에는 후쿠다 쓰네아리가 말하는 '일본적인 부드러움'[2]도 또한 배어 나온다. 가타오카 뎃페의 '아쿠타가와씨의 로맨티시즘의, 최고의 표현을 우리들은『남경의 그리스도』에서 본다'[3]는 이 작품에서 소녀 금화의 환상을 푸는 열쇠는 '부드러움'이지 <지>를 가지고 그 모든 것을 이해하고자 하는 것은 오만에 지나지 않는다. 아쿠타가와가 '이성이 나에게 가르쳐주었던 것은 필경 이성의 무력이었다.' (「이성」,『난쟁이의 말』)고 술회한다. 이것은 또 이 작품이 묘사하는 점과 무관하지 않다.

아쿠타가와의 기리시탄모노는 단순히 엑조티시즘에 머무르지 않는다.『봉교인의 죽음』에서는 순교의 감동을,『오가타 료사이 비망록』과『오긴』에서는 기교의 애통을 자신의 일처럼 그리고 있다.

『오긴』이라는 작품은 어떠한가. 오긴의 소박한 믿음의 세계가 허물어져 가는 작품의 끝 부근 장면에서 여기에 나타나는 것은 <믿음>의 세계를 둘러싼 보다 이질적인 세계로부터의 근원적인 물음이다. <믿음>의 내부에 있는 자가 오긴의 모습을 이교의 세계, 불신의 세계라고 할지라도 이 같은 이질적인 세계 또는 타자적인 존재로부터 비판 없는 <믿음>은 진정한 <믿음>이라고 할 수 있을까 하는 작가의 성실, 진지한 물음이 여기에 들어 있다.

아쿠타가와는 『오긴』보다도 앞선 『봉교인의 죽음』에서 이미 순교에 대한 공감을 숨기지 않는다. 『봉교인의 죽음』 클라이맥스 장면에서 맹화 속에서 자기 자식이 살아 있기를 기원하는 친자의 정 [필리아]과, 이 미워해야 할 여자아이를, 감히 목숨을 걸고 구하려고 하는 주인공 로렌조의 순교 [아가페]를 그는 동시에 묘사하고 있다. 게다가 맹화 속에 비춰진 로렌조의 선연한 에로스의 감촉도 또한 그는 그리고 있다. 즉 여기에는 필리아, 아가페, 에로스라는 사랑의 세 형태를 한 줄로 꿰고 있다.

아마 이것은 아쿠타가와의 작품이 항상 복안적임과 동시에 또 그 주제가 중층적인 구조를 취하고 있음을 나타내는 것이다. 『오가타 료사이 비망록』에서 시노의 고뇌를 그리는 작자의 필치는 억제되어 있으면서도 그 사이로 침통함이 스미어 나온다. 아마 작자가 묻고자 하는 바는, 딸의 생명을 버리고라도 가르침을 지킬 것인가. 그 때문에 믿음을 버린 모친을 누가 배교자로서 재단할 것인가. 더욱이 제도로서의 배교를 재단하는 거기에 육적인 사랑 [필리아]을 뛰어넘는 아가페는 얻어지는가 하는 근원적인 물음이 있다.

반면에 『오시노』에서는 거꾸로 자기 자식의 생명을 구하고자 신부를 찾아갔으나 십자가 위의 그리스도의 연약함을 알고 여기에 실망해 거침없는 비판을 신부에게 퍼붓고 사라진다. 둘 다 자기 자식에 대한 모친의 애절한 정 [필리아]을 제재로 하고 있지만 그리고자 의도하는 작자의 벡터는 역으로 작용하고 있다. 후자를 그리는 작자의 눈은 차갑게 깨어 있고, 전자를 그리는 작자의 눈은 배교의 고뇌를 그려 뜨거운 데가 있다.

이 아쿠타가와의 냉열 양면의 눈은 그의 작품에 번갈아 표현된다. 『담배와 악마』나 『악마』, 더욱이 『신들의 미소』나 『나가사키 소품』 등, 동서양문명, 혹은 문화나 종교를 둘러싼 민족성의 차이를 일종의 문명비판의 눈을 가지고 그리는 경우, 그에게는 대상과 거리를 유지한 비평가로서의 각성된 통찰력이 보인다.

이 차가운 통찰력은 후기의 『이토조 비망록』등에도 보인다. 호소가와 다다오키의 처 다마, 즉 호소카와 가라사아부인의 최후가 짓궂은 시녀의 눈을 통해 서술되어, 그 <믿음>의 독선이 풍자의 대상이 된다. 이 작품에는 두 가지의 테마가 있다. 하나는 골계화의 이면에 숨은, 일본의 열녀라고 하는 호소카와부인의 진실한 모습을 추구하는 것으로, 여기에는 미즈타니 아키오가 말하는 '아쿠타가와 특유의 우상 기피'[4] 현상도 작용하고 있다.

또 하나는 호소카와 가라시아부인의 최후가 야유적인 시녀의 눈을 통하여 기술되어 그 <믿음>의 독선이 풍자의 대상이 된다. 그녀가 최후를 맞이하여 시녀들을 향하여 기리시탄 종문에 귀의하지 않으면 '"인페르노"라고 하는 지옥에 떨어지고 악마의 먹이가 되고 말 테니' 모두 종문에 귀의하여 나를 따르라고 명한다. 이 가라시아부인을 묘사하는 시각을 역전 시켜, 가르침을 모르기 때문에 지옥에 떨어진다고 한다면, 감히 가르침을 버리고 지옥에 떨어지겠다는 『오긴』을 그리는 작자의 뜨거운 눈이 된다.

『오긴』에서는 실부모가 불교도로 죽어서 지옥에 떨어져 있는 이상, 자기만 천국에 들어갈 수 없어 기교한다는 오긴에게 작자는 '"유인이 된 하와의 자식", 모든 인간의 마음'을 보고 있다. 이 한 절에, 이교도에게는 구원은 없고 지옥에 떨어질 수밖에 없다는 종교적 도그마를 인간 보편의 문제로서 받아들일 수 있는가 하는 물음이 그 근저에 있다.

어느 쪽이던 <믿음>의 외면상의 형태가 아닌 성속이원, 선악이원을 둘러싼 인간존재의 고뇌와 갈등을 그리는 작자의 파토스에는 강렬한 것이 보인다. 그것은 이미 초기 작품인 『유랑하는 유태인』이나 『루시헤루』 등에서도 볼 수 있다. '오른쪽 눈에는 "인페르노"의 무한한 어두움을 보면서도 왼쪽 눈에는 지금도 "파라이소"의 빛이 곱다고 항상 천상을 바라본다.' '내가 항상 "인페르노"에 떨어진다고 생각하는 영혼은 마찬가지로 또 내가 항상 "인페르노"에 떨어지지 않아야겠다고 생각하는 영혼이다' (『루시헤루』)는 묘사는 기리시탄 작품, 아니, 아쿠타가와의 생애 기저를 이루는 것이기도 하다. 또 '주님을 십자가에 매단 죄는 나 혼자 져야 한다. 그러나 벌을 받으면 구원도 있기에 머지않아 주님의 구원을 기다리는 것도 나 혼자에 한합니다.' (『유랑하는 유태인』)라고 한다.

그리고 『서방의 사람』에는 '그리스도는 오늘 나에게는 행로의 사람'이 아닌 현대인이 돌아보지도 않고 '거꾸러뜨리기를 주저하지 않는 십자가에 주목하기 시작했다'라는 고백으로 시작하여 나의 그리스도전을 써내려 간다.

성령과 마리아를 부모로 하고 태어났다고 하는 아쿠타가와의 '나의 그리스도'는 천재적 저널리스트이고, 역설의 시인이었다. 이 그리스도가 목적하는 것은 저널리즘의 고양이고, 시적 정의이다. 아쿠타가와가 이 한 작품에서 그리고자 한 것은 <구세주>가 아닌, 예술가로서의 수난의 선인의 비극이고, 아쿠타가와는 그 뜨거운 공감을 감추려고 하지 않는다. 이 그리스도의 일생을

　　그것은 천상에서 지상으로 오르기 위해 무참히도 부서진 사다리이다. 어두컴컴한 하늘에서 세차게 내리는 억수 같은 비속에 기우려진 채…….

라고 적고 있다. 그리스도의 일생을 압축하여 최고로 훌륭하게 나타내었지만, 여기에서도 아쿠타가와와 그리스도교라는 문제가 제도로서의 그리스도교가 아닌, 나의 '그리스도'와의 대면 그 자체에 있었다는 것을 웅변적으로 이야기해 주고 있다.

그는 더욱이 『속 서방의 사람』 모두에서도 '나는 사복음서 속에서 똑똑히 나를 부르고 있는 그리스도의 모습을 느껴' '나의 그리스도를 덧붙여 그리는 것'을 '그만둘 수 없다'고 한다. 또 『서방의 사람』의 끝에 '그리스도교는 혹 망할는지 모른다. 적어도 끊임없이 변화하고 있다. 하지만 그리스도의 일생은 언제나 우리들을 움직일 것이다'고 한 그는, 『속 서방의 사람』의 최후에서도 또 '그의 일생은 언제나 우리들을 움직일 것이다'라고 적는다. 그리고 『속 서방의 사람』은 '우리들은 엠마오로 가는 여행자들처럼 우리들의 마음을 달아오르게 하는 그리스도를 찾지 않고는 견딜 수 없을 것이다'라는 한 절로서 끝맺고 있다.

이같이 아쿠타가와에게 그리스도교란 제도로서의 그리스도교가 아니고, 나의 그리스도와의 대면 그 자체에 있었다는 것은 재언할 필요가 없다. 그 뿐만 아니라 그가 그리스도교를 보는 눈은 단순히 감동 뿐만도 아니며, 또 오로지 비판 뿐만도 아니다. 그는 실로 다각도에서 그리스도교를 보고, 때로는 뜨거운 마음으로 종교적 감동을 노래하며, 때로는 차갑고 깨어 있는 눈으로 비판을 가한다.

이 냉열 양면의 눈을 그는 작품세계에 번갈아 나타낸다. 이것이야말로 아쿠타가와와 그리스도교의 문제를 푸는 열쇠가 되며, 그 한쪽을 없애고는 바르게 아쿠타가와를 이해하고 논할 수 없다. 그의 그리스도교, 아니 세계를 보는 눈은 중층적이고 복안적이었다는 것을 재언할 필요는 없다.

## 3. 근대교

아쿠타가와의 종교에 대한 의식의 전면모를 조감하려면 그의 만년의 작품 『갓파』를 검토하는 것이 타당하리라고 본다. 『갓파』는 아쿠타가와가 자살하던 해인 1927년 3월 1일 발행된 잡지 「가이초」에 발표한 작품으로, 그의 역사소설처럼 내용이나 문체의 출전도 없고, 자신의 직접 체험에 기초한 것도 아닌, 사회 상황에 등을 돌린 그의 소설로서는 드물게 사회풍자로 가득 차있는 작품이다. 그런 면에서 『갓파』는 묵시문학처럼 보인다.

묵시문학의 주요 내용은 통상 저자가 본 환상의 보고로, 환상은 장래적·초자연적 사건의 서술을 가능케 하기 위한 문학적 수단이며 실제 산 체험의 보고로만 한정할 수 없다. 환상에는, 짐승·자연현상 등의 표상들이 많이 등장한다. 그것은 저마다 상징적 의미를 가지며 또한 특정 숫자를 중요시하는 일이 많다.5)

따라서 『갓파』를 아쿠타가와의 묵시문학으로 본다고 가정하면, 이 작품이 오히려 순수한 그의 정신세계를 잘 드러내고 있다고 할 수도 있다.

『갓파』「14」의 처음은

> '그것은 그리스도교, 불교, 모하메드교, 배화교 등도 널리 행하여지고 있습니다. 우선 가장 세력이 있는 것은 무어라고 해도 근대교이지요 생활교라고도 말합니다만.'

이라고, 물질주의자에게 종교를 받아들이는 방법으로 돗쿠의 죽음에 접하여 랏푸의 의견으로써 꺼내었던 위의 한 절로 시작된다. 이 한 절에 아쿠타가와는 종교에 대한 생각을 단적으로 나타내지 않았는가 하는 점에서 대단히 중요하다.

아쿠타가와는, 엔도 슈사쿠처럼 예수와 그리스도의 문제, 또는 그리스도교와 자신의 문제를 추구한 작가와는 달리, 그의 작품 속에서 다양한 종교를 항상 상정하고 또 이를 형상화하였다. 그는 그리스도교 또한 진지하게 다룬 작가라고 할 수 있다. 그러나 그를 그리스도교로 모든 것을 재단하려고 한다면 이는 잘못에 빠지는 결과를 초래할 것이다.

불교, 그리스도교, 도교, 유교에 대한 아쿠타가와의 깊은 이해에도 불구하고 진정 아쿠타가와가 자신의 정신적 기반으로 하고자 했던 종교라면 무엇일까? 그리고 그 종교에 의한 가치관으로써 그의 일생을 지배했던 것은 무엇이었을까? 이 물음에 대한 답은 이미 앞에서 제시한 대로 아쿠타가와 자신이 명명한 근대교 혹은 생활교임에 틀림없다.

『갓파』「13」말미에 돗쿠의 자살에 직면했던 철학자 맛구는 부끄러운 듯이 이렇게 말한다.

> '우리들 갓파는 무어라고해도 갓파의 생활을 완수하기 위해서는……'
> (중략)
> '하여간 우리들 갓파 이외의 무엇인가의 힘을 믿는 것이지요.'

이렇게 하여 주인공은 갓파의 종교라고 하는 것에 생각이 이른다. 믿기에 족한 '무언가의 힘'이란 도대체 무엇을 의미하는 것인가. 학생 랏푸의 설명에 의하면 갓파나라에서는 인간계와 다름없이 그리스도교, 불교, 모하메드교, 배화교 등의 종교가 존재하고, 그 중에서도 최대 세력을 가지고 있는 것은 근대교(생활교라고도 한다)였다.

여기에서 아쿠타가와는 근대교를 생활교라도 한다고 주석을 달고 있으나, 이 두 단어의 의미를 명확하게 정의 내리지 않고 막연하게 쓰고 있는지, 아니면 의미를 정확하게 알고 있으면서도 일부러 두 단어를 혼용하여 쓰고 있는지 명확하지가 않다. 왜냐하면 아쿠타가와는 근대교＝생활교라고 하고 있지만 사실 그 내용은 전혀 다르다. 작품 「14」는 서로 상반되는 근대교와 생활교의 진술이 뒤섞여 있기 때문이다. 근대교에 대한 묘사가 작품의 대부분을 차지하지만 그렇다고 생활교의 기본 개념이 반드시 근대교의 그것과 같지 않기 때문이다.

‘나’는 랏푸와 함께 장로의 안내로 근대교의 사원의 내부를 둘러본다. 거기에는 스트린드베리, 니체, 톨스토이, 구니키다 돗포, 바그너, 고갱 등 19세기에서 20세기에 걸쳐서 활약했던 문학가, 사상가, 예술가 등의 성도가 우상화되어 있고 그 반신상이 감실 속에 안치되어 있다. 이들은 모두 자살미수자, 발광자, 죽음의 이해자, 죽음의 유혹자들이었기 때문에 성도의 반열에 들 수 있었다.6)

여기에서 말하는 근대교의 성도의 면면을 살펴봐서 근대교의 정체성을 밝힌다면, 이때의 ‘근대’는 아쿠타가와의 표현으로 바꾸면 ‘세기말’이라고 할 수 있다.7) 아쿠타가와는 『어떤 바보의 일생』의 「1 시대」에서 세기말을 예술가 사상가의 이름을 나열하고 있다.

　　이것은 어느 서점의 이층이었다. 20세의 그는 서가에 걸쳐진 서양풍의 사다리에 오르며 새로운 책을 찾고 있었다. 모파상, 보들레르, 스트린드베리, 입센, 쇼, 톨스토이……

그동안에 날은 어두워져왔다. 그러나 그는 열심히 책의 배문자를 계속 읽었다. 거기에 진열되어 있는 것은 책이라기보다도 오히려 세기말 그 자신이었다. 니체, 베르렌느, 콩쿠르형제, 토스토에프스키, 하우푸트만, 플로베르……

이들이 소위 아쿠타가와가 말하는 근대교의 성도들이다. '세기말의 악귀'는 근대교를 이끌어가는, 그리스도교의 용어를 빌어 예들자면 성도들을 이끌고 교회를 형성해가는 '성령'에 대비된다고 할 수 있다. 근대교는 말을 바꾸면 '세기말교'라고 할 수도 있다.

'세기말'은 19세기말 프랑스에서 사실적인 내추럴리즘이나 낙천적인 파르나시앵의 막다른 길에서 나온 회의적이고, 탐미적이며, 퇴폐적이고, 우울하며 도피적인 풍조를 만들었다.8) 아쿠타가와의 근대교는 '악마를 믿을 수는 있지'만, '그냥 신을 믿고 신의 아들 그리스도를 믿고, 그리스도가 행한 기적을 믿는'(『톱니바퀴』「5 적광」)' 것이 불가능한 자의 사상을 가리킨다.

여기에서 아쿠타가와의 만년에 그의 심상풍경을 그린 유고 작품인 『톱니바퀴』를 살피지 않을 없다. 『톱니바퀴』는 지금까지의 형식에서 일전하여, '"이야기"다운 이야기가 없는 소설'(『문예적인 너무나 문예적인』) 즉 의식의 흐름을 기술한 것이고, 그 내실은 존재의 위기에 있는 자신의 심상, 즉 죄와 죽음의 불안에 떠는 인간을 극히 상대화하여 분석적으로 포착하고 있다.

불면증과 신경쇠약에 고뇌하는 '나', 즉 아쿠타가와가 광기 직전의 지옥과 같은 생활을 예감하고, 그것에 의해 벌 받고 있는 자기를 인식하는, 환언하면, 여러 가지 우연한 일치에 의해 집요하게 '나'를 괴롭히는 '복수의 신'의 정체는 무엇인가라는 점에 작품 전반부의 초점이 맞추어져 있다. 이 작품 전반에는 시게코와 저지른 실수의 후회를 중심으로 한 윤리적인 죄와, 그 죄를 통감하는 아쿠타가와의 모습이 그려져 있다.

아쿠타가와에게 윤리적인 죄의식은 상당한 고통이었음에 틀림없다. 그러나 이 작품이 단지 윤리적인 죄 때문에 고뇌하는 '나'를 그렸다고 하기에는 너무나도 무겁고 깊은 것이 내재되어 있다.

후반부에서 '나'를 불안하게 하는 것에는 다른 무엇인가가 존재한다. 그것을 용이하게 푸는 것은 쉽지 않지만, '세기말'도 그 한 요소임에 틀림없다. 「5 적광」에 나오는 어떤 노인과의 대화에서는 쇠잔하였으면서도 또한 생생한 세기말의 악마에 잡혀 있는 자아의식의 표백이 보인다. '나'는 노인과 헤어져 밤의 거리를 걸으면서 '라스코르니코프를 떠올리고, 무슨 일이든 참회하고 싶은 욕망을 느낀'다. 그러나 결국 참회는 안 된다. 그래서 실은 '나'는 세기말의 악귀에 붙잡혀버린 원죄적인 죄인임을 깨닫고, 신의 심판을 통절하게 느낀다. 『톱니바퀴』에 나타나는 이런 묘사가 아쿠타가와의 당시의 심상 풍경이었다면, 근대교가 어떠함은 쉽게 이해된다.

근대교 장로의 승방에 모셔진 '검은 비너스'는 구체적으로 설명은 되어 있지는 않았지만 보들레르였음을 암시하며 이것은 누구나 쉽게 간파할 수 있다.[9] 그렇다면 '세기말의 악귀'는 갓파국의 대사원에도 숨어들어와 있는 셈이다.

아쿠타가와도 만년에는 그리스도교에 집착을 보이고 있다. 그러나 그의 유고 『어떤 바보의 일생』에서 다음과 같이 쓰고 있다.

> 그는 신을 힘으로 했던 중세기의 사람들에게 부러움을 느꼈다. 그러나 신을 믿는 것은 ——신의 사랑을 믿는 것은 도저히 그에게는 불가능했다. 저 콕토마저 믿었던 신을 ! (51 포로)

『갓파』의 종교관은 그대로 그의 사상을 나타내고 있으며, 아쿠타가와 자신의 고뇌의 깊이를 엿보기에 족하다. 아쿠타가와의 종교는 스즈키 히데코의 말처럼 '근대일본작가 중에서는 세례를 받고 그리스도교도가 된 사람도 많다. 그러나 나는 아쿠타가와 류노스케야말로 생명을 살리는 그리스도를 알고, 그리스도의 부름에 전인적으로 응했던 얼마 안 되는 사람 중 한 사람이라고 생각한다.'10)는 의견도 있으나 그러나 그 이상을 넘어서지는 않는다.

『갓파』를 통하여 나타난 그의 종교관은, 좀 더 명확하게 표현하면 그의 사상은, 세기말의 악귀에 붙잡힌 세기말교 그 이상의 독특한 사상은 아니다.


# 4. 생활교


『갓파』에는 또 다음과 같은 문구가 나온다.


'우선 가장 세력이 있는 것은 무어라고 해도 근대교이지요. 생활교라고도 말합니다만.' (「생활교」라는 역어는 적당하지 않을는지 모릅니다. 이 원어는 Quemoocha입니다. cha는 영어 ism이라는 의미에 해당하지요. quemoo의 원형 quemal의 역은 단순히 '살다'라는 것보다 '밥을 먹기도 하고, 술을 마시기도 하고, 교합하기도 하는' 의미입니다.)


여기에는 생활교의 기본교리가 제시되어 있다. 그 교리의 기본은 '삶의 긍정' 그 자체이다. 그러나 아쿠타가와는 근대교=생활교라고 하고 있다. 사실 이 두 개념은 상반된다. 근대교의 '근대'가 '세기말'이라고 한다면 생활교의

‘생활'은 ‘반세기말'을 의미한다고 할 수 있다. 아쿠타가와 자신이 정의하기를 생활교의 ‘생활'의 원어의 의미는 ‘살다'라는 것보다 ‘밥을 먹기도 하고, 술을 마시기도 하고, 교합하기도 하는' 것이라고 한다. 그리고 ‘먹어라, 교합하라, 왕성히 살라'는 것이 생활교의 교리라고도 한다.

생활교가 가르치는 것은 거의 원시적이라고 해도 좋을 생의 에너지이다. 사원의 장식도 ‘야만의 미'라고 형용되어 있는 것처럼 이 종교의 ‘살다'라는 것은 동물적 차원에서의 생 그 자체이다. 여기에는 보통의 종교에 보이는 것과 같은 선악의 가치판단, 도덕이라는 것은 일체 나오지 않는다. 생활교는 ‘왕성히 살라'는 교의가 가장 중요하다. 그렇다면 이것은 근대교의 ‘회의적이고, 탐미적이며, 퇴폐적이고, 우울하며 도피적인 풍조'와는 전혀 다른 개념이다.

아쿠타가와가 명명한 생활교는 『구약성서』「창세기」를 패러디화하였다.

> ‘그래서는 모르시겠지요. 우리들의 신은 하루 동안에 이 세계를 만들었습니다. (“생명의 나무"는 나무라고는 하지만 할 수 없는 것은 없습니다.) 그뿐만 아니라 암놈의 갓파를 만들었습니다. 그러자 암놈 갓파가 지루한 나머지, 수놈 갓파를 만들어주도록 요구했습니다. 우리들의 신은 이 한탄을 가엽게 여겨 암놈 갓파의 뇌수를 취해 수놈 갓파를 만들었습니다. 우리들의 신은 이 두 마리의 갓파에게 “먹어라. 교합하라. 왕성하게 살아라."라고 하고 축복을 주셨습니다.……'

위의 문장은 『구약성서』「창세기」의,

> 여호와 하나님이 가라사대 사람의 독처하는 것이 좋지 못하니 내가 그를 위하여 돕는 배필을 지으리라 하시니라.(제2장 18절)

여호와 하나님이 아담을 깊이 잠들게 하시니 잠들매 그가 그 갈빗대 하나를 취하고 살로 대신 채우시고, 여호와 하나님이 아담에게서 취하신 그 갈빗대로 여자를 만들고 그를 아담에게로 이끌어 오시니, 아담이 가로되 이는 내 뼈 중의 뼈요 살 중의 살이라. 이것을 남자에게서 취하였은즉 여자라 칭하라 하니라.(제2장 21절~23)

하나님이 그들에게 복을 주시며 그들에게 이르시되 생육하고 번성하여 땅에 충만 하라, 땅을 정복하라, 바다의 고기와 공중의 새와 땅에 움직이는 모든 생물을 다스리라 하시니라.(제1장 28절)

라는 서술과 거의 다름이 없다. 차이라고 한다면 암놈을 먼저 만들고 암놈의 뇌수를 취하여 수놈을 만들었다는 차이는 있지만 이 차이점은 여기서 논하는 논지에 큰 영향을 미치지 않는다. 다만 『갓파』에서 아쿠타가와가 일관되게 서술하는 여성에 대한 두려움이 이 장에서는 이와 같이 달리 표현되었다고 보아도 무방할 것이다.

아쿠타가와는 1927년 3월 28일에 사이토 모키치에게 보낸 편지에서 '지금 바로 소생이 원하는 것은 첫째도 동물적 에너지, 둘째도 동물적 에너지, 셋째도 동물적 에너지뿐'이라고 적고 있다. 만년의 아쿠타가와의 피로를 엿볼 수 있는 문장이기도 하다. 또 『어떤 바보의 일생』「36 권태」에서는

그는 어떤 대학생과 갈대밭 속을 걷고 있었다.
'자네들은 아직 생활욕을 왕성하게 가지고 있지?'
'예 —— 하지만 당신도……'
'하지만 나는 가지고 있지 않아. 제작욕만은 가지고 있어도.'
그것은 나의 진정이었다. 그는 실제 언젠가 생활에 흥미를 잃어버렸다.
'제작욕도 역시 생활욕이지요'
그는 아무대답도 없었다. 갈대밭은 언젠가 빨간 이삭 위에 또렷이 분화구

를 드러내었다. 그는 이 분화구에 무언가 선망에 가까운 것을 느꼈다. 그러나 그것은 그 자신도 왜 그런지 까닭을 몰랐다.

라고 서술하고 있다. 이 문장에서도 역시 아쿠타가와의 극심한 피로를 느낄 수 있으며, 또 그의 염세적인 사상의 일단을 분명하게 볼 수 있다.

"먹어라. 교합하라. 왕성하게 살아라."는 명령은 다름 아닌 아쿠타가와가 자신에게 명령하여 불어넣고 싶었던 인생의 에너지를 이야기 하는 것이고, 생활교 또한 다름 아닌 자신에게 에너지를 불어넣어 '대학생'처럼 '생활욕' '왕성'하게 살아가는 사상이다. 만년에 쇠약해질 대로 쇠약해진 아쿠타가와에게 구원이란 다름 아닌 이 생활욕을 회복하는 길이고 이것은 과히 종교로 이름 붙여 합당한 아쿠타가와의 생활교이다.

'그에 앞에 있는 것은 오로지 발광인가 자살인가뿐이었다.'(『어떤 바보의 일생』「49 박제의 백조」) 고 한 그에게 왕성한 생활욕이야말로 그가 가장 부러워했던 것이고, 종교로까지 승화할 수 있는 충분한 이유가 된다. '돗쿠씨는 불행하게도 신앙을 갖고 있지 않았습니다.'라는[11] 표현 역시 생활교의 '왕성'한 '생활욕'을 믿지 않았기 때문에 일어났던 일이라고 진단한다.

현실세계의 번뇌, 생활고, 병고, 인간관계의 견디기 힘든 것을 극복하고, 왕성하게 살아간다는 점에 생활교의 특색이 있다. 그것은 '불가해한, 하등한, 지루한 인생'(『밀감』) 을 뛰어넘는 것이다. 성가시고 복잡한 인생의 여러 문제는 '생명의 나무'를 숭배하는 것에 의해 '할 수 없는 것은 없'는 것이 되어 모두 해결된다. 여기에 신흥종교다운 생활교의 본질이 모습을 드러낸다.

그런데 「14」의 마지막에 가서 장로가 말하기를,

　　'저는 실은,——이것은 저의 비밀이기 때문에 부디 누군가에게 말하지 말아주십시오——저도 실은 우리들의 신을 믿지는 않습니다. 그러나 언젠가 저의 기도는,——'

라고, 지금까지의 모든 것을 역전시키는 말을 한다. 이것은 생활교에 대한 장로의 부정이고 결국은 아쿠타가와 자신의 생활교에 대한 부정이기도 하다. 아예 아쿠타가와는 "나는 갓파가 아니기 때문에 생활교를 몰랐던 것은 무리가 아닙니다."라고 잘라서 말하기도 한다.

　이것은 바꾸어 말하면 아쿠타가와는 내면적으로는 생에 대한 집착에서 "먹어라. 교합하라. 왕성하게 살아라."는 생활교의 교리를 믿고 싶었지만 결국에는 그의 지성이 이를 허락하지 않는다는 이야기가 된다. 오직 지금 필요한 것은 '동물적 에너지'이며 그것을 제공할 수 있는 종교가 생활교임에도 불구하고 그의 지성은 이를 거부하고 만다. 그러나 생활교의 문제는 자살이 부르는 소리에 필사적으로 저항하고 끝까지 이 우울한 근대의 생활을 참고 살아가기를 염원했던 아쿠타가와의 원망의 표시일 것이다.12)

　생활교를 부정한 아쿠타가와가 믿을 수 있는 종교란 무언인가. 그것은 근대교이다. 말하자면 세기말교이다. 아쿠타가와가 생활교를 부정하고 근대교로 돌아간다는 것은 "생명의 나무"의 가르침을 따르지 않고, '무신론자'로 되돌아간다는 결론에 다다르고 만다.

　그렇게 될 때, 그는 다시 염세사상13)으로, 니힐리즘으로 돌아가게 될 것이고, 이런 사상이 지금 자신의 형편에서 자신을 구원할 수 없음을 잘 알고 있다. 또 피로와 권태와 절망이 앞에 놓여 있음을 알고 있음에도 불구하고 발광 아니면 자살을 택하는 길로 그는 그의 운명을 내맡겨버리게 되어 결국은

자살로 이어지는 도정을 걷게 된다고 보아야 할 것이다.14)

사바고의 인생을 괴롭게 살아가기 위한 생활교——— 아쿠타가와는 이와 같은 가르침에 대하여 따를 수 없었던 것은 당연한 일이다. 이리하여 종교도 주인공이 납득하는 것이 되지 못하고 '사막의 하늘에 보이는 신기루'의 '기분나쁜' 것으로 밖에 생각할 수 없었다.15)

『갓파』 작품의 최후에 놓인,

> ——야자 꽃과 대나무 속에서
> 불타는 벌써 잠들어 있다.
>
> 길가의 마른 무화과와 함께
> 그리스도도 이미 죽은 것 같다. (후략)

는 돗쿠의 시는 그대로 종교에 대한 아쿠타가와의 불신의 표명이라고 해야 옳을 것이다. 이 아쿠타가와의 종교관에 관한 시로서 『갓파』 작품 전체를 끝맺음하고자 하는 아쿠타가와의 의도에는 그의 종교에 대한 경도가 얼마나 깊었나를 여실히 보여주며, 동시에 종교 속으로 순박하게 깊이 빠져들 수 없었던 그의 한계도 명확하게 나타낸다.


## 5. 결론


아쿠타가와의 전 작품 약 200여 편에는 그리스도교를 직접적으로 소재로 한 작품이 약 1할이 넘으며, 또 불교를 소재로 한 작품도 10여 편이나 된다. 거기에다가 『선인』과 같이 도교적인 배경을 가지고 있는 작품도 있다. 그 뿐만이 아니라 아쿠타가와는 『갓파』라는 작품에서 <근대교>, <생활교>라는 독특한 종교를 만들어 낸다.

아쿠타가와는 『곤자쿠모노가타리슈』 등 고전작품을 소재로 하여 작품을 썼기 때문에 불교적인 요소는 당연히 작품에 들어있다. 하지만 아쿠타가와에게 불교는 대체적으로 상대적인 존재였다고 할 수 밖에 없다. 즉 불교는 그에게 그리스도교만큼 자신의 존재를 걸만큼의 무게는 아니었다.

그러면 아쿠타가와의 그리스도교 인식은 어떠하였는가? 아쿠타가와의 그리스도교 인식의 토대는 무엇보다도 <성서> 그 자체에 있었고, 또 <인간존재> 그 자체에 있었다. 그가 중히 여긴 것은 그리스도의 수난의 모습이었지 그리스도교의 도그마가 아니었다. 그는 그리스도교 신앙의 무턱까지 갔음에도 불구하고 그 믿음을 확정하지도 못하였다.

『갓파』「14」에는 아쿠타가와의 종교관에 대하여 엿볼 수 있는 장면이 묘사되어 있다. 그러나 여기에는 생활교와 근대교라는 상반되는 두 종교를 뒤섞어 놓고 있다. 아쿠타가와가 '발광인가 자살인가'를 앞두고 진정 믿고 싶었던 종교는 '생명의 나무'이고 왕성하게 살아가는 생활교였지만 결국은 이것도 도저히 믿을 수 없게 된다.

결국 아쿠타가와는 생활교를 버림으로서 세기말의 악귀가 이끄는 세기말교인 근대교로 되돌아가는 결과로 작품은 구성되어 있다. 결국은 '신의 사랑을 믿는 것은 도저히 그에게는 불가능했다. 저 콕토마저 믿었던 신을 !'이라는 고백이 그의 종교에 대한 정확한 입장 표명이라고 보아야 할 것이다.

## 【주】

1) 불교를 소재로 한 작품은 반드시 불교를 주제화하려는 작품이 아니라 대부분이 『곤자쿠모노가타리슈』 등 일본고전문학작품에서 취재한 것으로, 고전문학 자체가 당시의 가장 일반적인 종교였던 불교에 그 배경을 두고 있기 때문에 여기에서는 언급하지 않는다.

2) 福田恒存編 『芥川龍之介研究』 新潮社 1957, 61쪽

3) 片岡鉄兵 「作家としての芥川氏」(「文芸春秋」 1927. 9), 23쪽

4) 水谷昭夫 「芥川龍之介 『糸女覚え書』」(「国文学 三月臨増」 1974. 3), 157쪽

5) http://kr.dic.yahoo.com/search/enc/result.html?pk＝13510300&p＝묵시문학％20&field d&type=enc

6) 石崎等 「ゆがんだ自画像」(『作品論芥川竜之介』 双文社出版 1990), 343쪽

7) 塚越和夫 「河童」(『批評と研究芥川龍之介』 芳賀書店 1972), 314쪽

8) 菊地弘他編 『芥川龍之介事典』 明治書院 1985, 294쪽

9) 小山田義文 『世紀末のエロスとデーモン』 河出書房神社 1994, 117쪽

10) 笹淵友一編 『キリスト教と文学』 第2集 笠間書房 1975, 73~74쪽

11) 酒井英行 『芥川龍之介 作品の迷路』 有精堂 1993, 260쪽

12) 平岡敏夫 『芥川龍之介』 大修館 1982, 457쪽

13) 久保しのぶ 「芥川龍之介 『河童』」(「虹鱒」終刊号 1991. 8) 119쪽

14) 奥山実 『芥川龍之介— 愛と絶望の狭間で』 マルコーシュ·パブリケーション 1995, 120쪽

15) 石口安義 「河童」 『芥川龍之介研究』 明治書院 1981, 162쪽

# 아쿠타가와와 이상문학에 나타난 기독교적 양상

김 명 주

## Ⅰ. 서론

이상(李箱, 1910～1937)의 아쿠타가와 류노스케(芥川竜之介, 1892～1927)문학에 대한 동경심은 순수했으며 그 만큼 강렬했다. 그것은 마치 20세의 아쿠타가와가 보들레르에게 사로잡혀 있던 것과 흡사한 느낌이 든다. 아쿠타가와는 스스로 자신의 문학적 출발을 <인생은 한 줄의 보들레르에게도 미치지 못한다(人生は一行のボオドレエルにも若かない)>[1]고 하는데, 그 20세의 젊은 청년의 모습과, 역시 20세쯤에 아쿠타가와문학을 읽고 작가가 되기를 결심했다는 이상의 모습이 고스란히 중첩되는 것이다. 그리고 27세에 도쿄에서 폐결핵으로 객사할 때까지, 즉 작가로서의 생 전체에 걸쳐 아쿠타가와문학이 이상문학에 끼친 영향에 대해서는 이상의 직접적인 고백이 아닐지라도 작품들을 보더라도 쉽게 수긍할 수 있다. 그러면 왜 이상은 그토록 아쿠타가와에게 사로잡혀있었던 것일까. 이상은 마치 인생이란 한 줄의 아쿠타가와에게도 미치지 못한다고 하는 것 같다. 그러나 36세에 자결하게 되는 아쿠타가와는 정작 만년에 이르러 광기에 찬 보들레르를 그리고 있듯이 극히 부정적인 시각으로 바뀐다. 대신 그러한 아쿠타가와의 마지막 <임종의 눈(末期の眼)>에 또 달리 강렬하게 비쳐오던 것은 예수 그리스도였다. 그리하여 그 특유의 재기 넘치는 어조로 다소 역설적이기는 하지만 <나의 그리스도(私のクリスト)>를 조형하고 그날 밤으로 목숨을 끊었다. 그런데 이렇게 비극적 형태로 완결되는 아쿠타가와문학의 도착점에서 식민지 우리문단의 이단아로서의 이상이 출발을 하고 있는 것이다. 그의 동경심은 참담한 비극으로 귀결되지만, 이상의 가슴을 뜨겁게 달구던 또 하나의 <나의 그리스도>였던 아쿠타가와를 우리는 그냥 간과할 수가 없다.

지금까지 이상의 동경심의 본질이 무엇일까라는 의문 하에 양자 간의 수수 관계의 가능성을 살펴보고 있는 중이지만, 이와는 별도로 다소간 아쿠타가와 문학을 개별적으로 고찰해온 바에 의하면 그 동경심이란 오히려 아쿠타가와 에게는 과분하다할 정도로 순도가 높다는 생각도 든다. 아쿠타가와가 자살할 당시 일본 젊은이들이 나날이 목숨을 끊어갔듯이, 근엄한 신앙심에도 가까운 일반성을 띠고 우리의 이상도 그렇게 아쿠타가와 종교의 신도가 되어 갔던 것일까. 아니면 그 이면에는 양자 사이에만 형성될 수 있는 그 어떤 독특한 연결성이 있는 것일까. 이미 두 문학 간의 유사한 양상들에 대해서는 다양한 관점들로 논의되어 오고 있는 중이다. 이러한 논점들 가운데 이미 문제제기는 되었지만, 이제부터 본격적인 논의가 필요한 것이 바로 기독교적 양상에 관한 것이라고 보고 고찰을 시도하게 되었다.

우선 양자의 <기독교>에 대해 국문학계의 김윤식[2]은 다음과 같이 입장을 밝히고 있다.

(A)는 시를 쓰기 시작할 때, <선에 관한 각서>와 더불어 보여준 기독의 표정이다. 그러니까, 이상의 그리스도에 관한 독서체험은 그가 개천용지개(芥川竜之介)에 몰두한 만큼의 독서체험에 연결된 것이었음을 증명하고 있다. 그런데, 그 독서체험이 한갓 독서체험에 또는 모더니즘의 예술이라 말해지는 활동사진의 수준에 지나지 않음도 (B)(C)에서 잘 드러난다.

하선부분에서 잘 알 수 있듯이, 이상의 기독교에 관한 독서체험이 아쿠타가와문학에의 몰두에서 온 것임을 지적하고 있으며, 이상의 아쿠타가와문학 수용이 표피적인 형태에 지나지 않는다고 단언하는 것이다.

그리고 일문학계의 조사옥3) 도 다음과 같이 말한다.

결국, 이상은 아쿠타가와의 『서방의 사람』(西方の人), 『속서방의 사람』을 읽고 김윤식씨가 지적한 대로 그리스도에게 관심을 가졌을 것이다. 그러나 이상의 그리스도에 대한 파악은 아쿠타가와의 그리스도관과 비슷한 점도 있고 다른 점도 있다.

두 작가 간의 기독교적 양상의 수용에 대해서는 인정되고 있는 것이지만, 조사옥의 경우는 이상문학에 대한 어떤 형태로든지 간에 사적인 판단은 보류하고, 양상을 동질성과 이질성으로 나누어 살피는 쪽으로 발전시키고 있다. 그리고 이 두 연구에 있어서는 주로 <기독> 즉 <그리스도>를 중심으로 수용여부가 논의되고 있음을 알 수 있다.

우선 아쿠타가와문학을 개별적으로 떼어놓고 살펴 볼 때 기독교라는 주제는 거의 일반화된 논의사항으로, 매우 다양한 시각이 제출되고 있다. 그러나 이상문학에서는 하나의 사상적인 형태로 논의를 개진시킬 만한 것은 아닌 것 같다. 드러난 양상 자체도 아쿠타가와문학에 비교하여 지극히 파편적이고 의미해독이 힘들 정도로 상징적이고 난삽하기 그지없어 보인다. 그럼에도 불구하고 정작 기독교인이 아니면서 기독교적 상징이나 표현을 다용하고 있는 이상문학과 아쿠타가와문학 사이에는 어떠한 형태로든 적지 않은 연결성이 보이는 것이다.

# Ⅱ. 본론

다양한 기독교적 모티프들이 산견하지만, 주로 <그리스도> 및 <마리아> 등과 같은 기본적인 제재가 다용되고 있으므로, 이를 중심으로 표면적으로는 이질적인 양상을 띠면서 심층에 있어서는 어느 정도 친화력을 보이는 두 문학 간의 연결성을 확인해보고자 한다. 다음으로는 두 작가가 무신론자인 만큼 깊은 신앙적 체험이나 인식에 기초한 것은 아니지만 <신(神)>적 존재에 대해 토로하는 부분들이 다소 보이므로 이를 또 <종교관>이란 항목으로 묶어 포괄적으로 검토해 나간다.

## 2.1 그리스도

위에서 언급한 바와 같이, 가장 다용되는 것은 역시 <그리스도> 및 <기독>에 대한 표현이다. 이상문학의 경우는 다음과 같다.

(1) 크리스트에酷似한한襤褸한사나이가있으니이는그의終生과殞命까지도내게떠맡기려는사나운마음씨다.(『肉親』)4)

(2) 基督은襤褸한行色으로説教를시작했다./아아ㄹ카아보네는橄欖山을산채로拉致해갔다.(『烏瞰図 二人』)5)

(3) 아아ㄹ카아보네의貨幣는참으로光이나고메달로하여도좋을만하나基督의貨幣는기숭할지경으로貧弱하고해서아뭏든돈이라는資格에서는一步도벗어나지못하고있다./카아보네가프렛상으로보내어준프록코오트를基督은最後까지拒絶하고말았다는것은有名한이야기이거나와宜当한일이아니겠는가.(『二人』)6)

(4) 基督에 酷似한 한사람이 襤褸한 사나이가 있었다. 다만 基督에 비하여 訥辯이요 어지간히 無智한 것만이 틀린다면 틀렸다./年紀五十有一./나는 이 模造基督을 암살하지 아니하면 안된다. 그렇지 아니하면 내 一生을 押収하려는 気色이 바야흐로 濃厚하다.(「肉親의 章」)7)

(5) 가브리엘 天使菌(내가 가장 不世出의 그리스도라 치고 이 殺菌剤는 마침내 肺結核의 血痰이었다(고?)/肺속 펭키칠한 十字架가 날이날마다 발돋음을 한다. 肺속 料理師 天使가 있어서 때때로 소변을 본단 말이다.(중략)하얀 天使가 나의 肺에 가벼이 노크한다. 黄昏 같은 肺속에서는 고요히 물이 끓고 있다. 고무 電線을 끌어다가 聖베드로가 盗聴을 한다. 그리곤 세 번이나 천사를 보고 나는 모른다고 한다. 그때 닭이 홰를 친다. --어엇 끓는 물을 엎지르면 야단야단--(『咯血의 아침』)8)


위의 출전들은 대부분이 시나 수필로 소설에서는 용례를 잘 찾아볼 수 없다. 이상의 <그리스도>상에 대해 국문학계의 유광우9)는 <빈곤>의 이미지와 결부되어있다고 지적하고 있는데, 이에 대해서는 위의 (1)(2)(4)에서와 같이 <남루(襤楼)>라는 표현이 다용되고 있으므로 쉽게 수긍할 수 있다.

그런데 이러한 양상을 두고 연구가들은 작가의 전기적 사실을 들어 풀고자 한다. 물론 전기적 사실이 텍스트 내부의 의미를 밝히는데 있어서 최상의 자료라는 말은 아니지만, 이 경우 특별히 의미가 있을 것으로 보인다. 이상은 알려진 대로 비극적 성장과정을 거친 작가이다. 봉건적 구습의 잔재가 강한 시대적 배경 속에서 친부모를 떠나 백부집에 양자로 가지 않으면 안 되었다. 친부모는 너무 가난하고 무능했으며, 그에 비해 같은 형제라고는 여겨지지 않을 정도로 교양 있는 백부에게는 불행히도 후사가 없었다. 이와 같이 이상은 심리적 상처로 남게 되는 기아 및 양자체험을 유아기에 경험하게 되는 것이다. 김윤식은 아쿠타가와 역시 이러한 기아 및 양자체험을 하고 있고, 더불어 양부모 및 근친에 대한 일종의 콤플렉스가 있었다는 점에 착목한다. 그리고 그러한 콤플렉스가 만년의 <나의 그리스도>를 통하여 표출되고 있었다는 점에 주목하면서, 이것이 이상문학에 깊은 영향을 끼쳤다고 보았다. 즉 신의 아들로서 태어나 가난한 목수인 요셉을 양부로 하여 성장하는 예수의 출생과 성장의 비밀과 내밀하게 호응하고 있을 것이라는 추정일 것으로 짐작된다.

그러면 정작 아쿠타가와의 <나의 그리스도>상은 어떠한지 살펴보기로 하자.

(1) クリストの父、大工のヨセフは実はマリア自身だつた。彼のマリアほど尊まれないのはかう云ふ事実にもとづいてゐる。ヨセフはどう贔屓目に見ても、畢竟余計ものの第一人だつた。(四　ヨセフ)10)

(2) マリアの聖霊に感じて孕んだことは羊飼ひたちを騒がせるほど、醜聞だつたことは確である。クリストの母、美しいマリアはこの時から人間苦の途に上り出した。(六　羊飼ひた

ち)[11]

(3) が、クリストは彼自身に、－－－彼自身の中のマリアに反逆
　　 してゐる。それはバラバの反逆よりも更に根本的な反逆だ
　　 つた。同時に又　　「人間的な、余りに人間的な」反逆だつ
　　 た。(三十一　クリストよりもバラバを)[12]


　위는 자결 직전에 쓴 『서방의 사람』 속의 문장들이다. <서방의 사람>이
란 예수 그리스도를 말하며, 그리스도를 매개로 펼친 아쿠타가와의 인생론
혹은 예술론이라 불리는 에세이풍의 작품이다. 여기서 그리스도가 아쿠타가
와의 자화상인가 아닌가에 대해서 논의도 있지만, 기아와 양자체험을 출발점
으로 한 자신의 삶이 중첩되어 투영되어 있을 것으로 보인다. 즉 출생의 비밀
에 깊은 관심을 보이고 있는 것이다. 그리하여 이 이색적인 시각의 작품이
이상으로 하여금 아쿠타가와문학에 대한 강한 친화력을 형성함과 동시에 그
리스도에 대한 친화력이 형성되어 갔을 개연성이 생기는 것이다.
　따라서 양자의 <그리스도>의 내실에 대해서 좀 더 세부적으로 고찰해보
고자 한다. 다음은 이상에 대한 김윤식의 언급이다.


　그 틈에 똑똑한 아이 김해경이 말똥말똥한 눈동자를 반짝이며 자라고 있
었다. 그 아이의 눈에 비친 실부(實父)의 모습은 어떠했을까. 이 물음 속에
이상 문학의 비밀이 온통 잠겨 있고, 무식하고, 손가락 세 개까지 잘려나간
실부 김연창은 저 2천 년 전 이스라엘의 어느 고을, 십자가에 매달려 죽은
예수처럼 보였던 것이다.(중략)「기독에 혹사한 사나이」라는 표현만큼 고통
스러운 말, 정확한 말을, 말의 기사이자 총독부 기자 김해경도 결국 찾아내
지 못한 것이다. 기독에 혹사하다는 것은 무엇인가. 그것은 신이라는 뜻이자
진짜 인간이란 뜻이 아니겠는가. 비록 기독에 비해 눌변이고 무식한 차이가

있긴 하나, 이발사이자 정직한 김연창의 고통은, 목수의 아들인 기독을 닮았을 것이다.(중략)그에게는 생활이 없었다. 뿌리를 내릴 곳이 없으니까 당연한 일이다. 그는 모조기독에게 쫓기우고 있었다. <u>모조기독은 그의 인생을 차압하고자 덤볐다. 표면적으로 모조기독은 백부이지만 근원적으로는 그것은 실부이다.</u> 이 양가성(兩価性)이 이상 문학의 역설이며 미학이었다. 이러한 악몽에서 그는 평생을 시달리지 않으면 안 되었다.[13]

앞에서도 언급했지만 김윤식은 이상이 아쿠타가와의 양자체험과 생부에 대한 혐오의 감정을 알고 있었다는 점에 주목하고, 이상의 경우 백부와 생부에 대해 모두 복잡한 애증의 감정을 가지고 있었다는 것을 지적하고 있다. 하선에서와 같이 <모조기독>은 표면적으로는 백부이지만 근원적으로는 생부일 것이라 하는데, 남루한 그리스도상이 백부인가 생부인가를 판단하기란 사실상 쉽지는 않다. 이승훈은 이를 다음과 같이 생부에 대한 오이디푸스 콤플렉스적인 것으로 이해하고 있다.

문제는 실부다. 이 수필에서 이발업을 하던, 손가락 세 개가 잘려 나간, 무식한 실부는 십자가에 매달려 죽은 기독, 곧 예수에 비유된다. 다만 다른 것은 그의 아버지가 눌변이고 아는 게 없다는 점이다. 그러나 해경은 이런 아버지, '기독에 혹사한 남루한 사나이', 51세의 사나이에 대한 암살을 생각한다. 말하자면 아버지를 죽여야 한다고 말한다. 왜냐하면 이 사나이를 죽이지 않으면 그의 일생은 이 사나이에게 압수될 것이기 때문이다.[14]

그러나 필자는 이 <기독>은 생부를 지칭하는 것이라 본다. 왜냐하면 우선 앞의 (4)의 문장은 유고로 남겨진 것이지만, 모두(冒頭)가 <나는 24歲>로 시작되고 있어서 1934년 작이라 추정할 수 있다. 또 생부 김연창이 이상을 낳은 나이가 27세이므로, <年紀五十有一>는 계산상 생부의 나이와도 맞아떨어지고 있다. 즉 두 작가 간의 오이디푸스 콤플렉스적 생부혐오의 감정이 공통적으로 개재하는 것으로 보인다. 그런데 조사옥은 더욱이 이상의 그리스도가 생부와 백부가 뒤섞인 형태라고 한다. 이러한 주장들은 그 만큼 이상이 서술하고 있는 내용들이 그 의미에 있어서 얼마나 불투명한 지를 시사해주기도 한다.

그러면 먼저 백부에 대해서 이상의 여동생인 김옥희의 증언을 참고해보기로 하자.

(1) <u>두 돌 때부터 천자문을 놓고 '따, 지' 자를 외며 가리키는 총명을 귀여워 못 배겨 하시는 큰아버지,</u> 그래서 모든 일을 어린 큰오빠의 존재가 못마땅하게 여기시는 큰어머니가 오빠를 어떻게 대했을까 하는 것은 능히 상상할 수가 있는 일입니다.(중략) 잠시만 자리를 비워도 「해경이 어디 갔느냐?」고 찾으시는 큰아버지의 끔찍한 사랑과 큰어머니의 질시 속에서 자란 큰오빠, 무던히도 급한 성미에 이런 환경을 어떻게 참아냈는지 모릅니다. 하기는 그랬기에 외부로 발산하지 못한 울분들이 그대로 내부로 스며들어 폐를 파먹는 병균으로 번식해 갔는지도 모르겠습니다만, (하략)[15]

(2) 옥희씨의 증언을 들어보면 '오빠는 정말이지 어려서부터 잘 생기셨대요. 동네아낙네들이 얼싸안아도 울지 않고 낯익은 어머니 대하듯 하셨대요. <u>그러나 큰아버님한테 껴안길 때는 겁이 나서 울곤 하셨대요'</u>라고 하고 '오빠는 세 살 때 웃는 큰어머님을 보고 무서워했대요. 그렇다고 울거나 하는 일은 없고 슬금슬금 문 밖으로 숨었대요'라고 한다. 이는 백부가에 대한 어린 해경의 숨길 수 없는 두려움이 나타난 것으로서 철부지 어린애가 친부모를 떠나 다른 가족 속에서 살게 될 때 수반되는 본능적인 불안감을 읽을 수 있다. 공포와 불안---이것을

해경은 세 살 때부터 배우기 시작했으리라 짐작된다.16)

(1)은 김옥희의 문장이고 (2)는 그녀의 증언을 기초로 하여 다시 기술한 문장이다. 같은 사람이 진술한 것이지만 하선에서 보듯이 시각이 전혀 달라지고 있어 잘 납득할 수 없다. 그러나 이면에는 아주 복잡한 상황과 심정이 개재하고 있었기 때문이라는 생각이 들기도 한다. 어쨌든 그 외 문장들을 통해서는 이상에 대한 백부의 사랑이 끔찍했다는 사실을 확인할 수 있다. 그리고 이상문학에서 보면, 처녀작 중편『十二月 十二日』에서는 백부 보다 생부에 대한 비속함과 혐오의 감정을 더욱 토로하고 있으며, 아내 김향안의 증언17)으로 본다면, 양자체험의 기억은 그렇게 나쁘지만은 않았던 것 같고, 오히려 진보적 사상을 가졌던 백부집으로의 양자체험은 은혜라고 여기는 부분도 있었던 것 같다. 그리고 1932년 이상의 나이 22세 되던 때에 백부 김연필이 뇌일혈로 사망하여 생가로 돌아가게 되는데, 동시에 이 해에 아쿠타가와문학에 더욱 몰입하게 된다. 아쿠타가와문학에서 보이는 최만년의 혈육에 대한 중압감에 대하여 이미 생가로 돌아간 이상이 크게 공감하지 않았을까 한다.

다음으로 주의해볼 것은, 앞의 유광우의 <빈곤>의 그리스도의 이미지를 받아들여 조사옥은 아쿠타가와의 그리스도도 역시 빈곤의 이미지를 띠고 있으므로 양자가 호응한다고 지적하고 있는 점이다.

물론「적빈」으로 양자가 된 이상과, 어머니의 정신이상이 원인이 되어 외삼촌에게 양가로 간 아쿠타가와는 그 배경부터 다르다. 즉 백부가 무서워서 친가에 돌아가고 싶어하는 이상과, 아쿠타가와가(家)의 양부모와 큰 이모 후키 등에게 사랑을 받으며 친아버지 집인 니이하라(新原)가에 돌아가고 싶어하지 않았던 아쿠타가와와는 다르다는 것이다. 이 점이 이상과 아쿠타

가와의 문학을 비교할 때 중요하리라고 본다. 이것이 확실하지 않으면 이상
문학의 「모조기독」과 아쿠타가와문학의 「그리스도」에 대해서 비교를 하기
가 어렵기 때문이다.[18]


그러나 이상의 <남루>한 그리스도와 낭만주의적 시인, 저널리스트로서
정의 된 아쿠타가와의 그리스도는 거리가 있어 보인다. 아쿠타가와의 그리스
도는 가난하다기 보다는 가난하고 약한 자들의 편에 선 리더로서의 면모가
강하기 때문이다. 다음 문장에서 알 수 있듯이, 오히려 아쿠타가와의 <나의
그리스도(私のクリスト)>란 현실적 의미에서의 <빈곤>을 표출하고 있기
보다는 오히려 <적빈>의 민중의 편으로 다가가는 주체적 존재로 조명되고
있다는 말이 맞을 것이다.


(1) しかし彼は 「ヨブ記」にない優しさを忍びこます手腕を持つ
てゐた。この手腕は少からず彼の収入を扶けたことであら
う。彼のジァアナリズムは十字架にかかる前に正に最高の市
価を占めてゐた。しかし彼の死後に比べれば、ーーー現にア
メリカ聖書会社は神聖にも年々に利益を占めてゐる。
·······(「続 七 クリストの財布」)[19]

(2) クリストのジァアナリズムは貧しい人たちや奴隷を慰めるこ
とになつた。(「続 二十二 貧しい人たちに」)[20]


또 이와 관련하여 꼭 생각하여야 할 것은 이상문학에서는 자신의 생부,
혹은 백부 어느 쪽이라 하더라도 혈육을 그리스도로 표출시키고 있지만, 아쿠
타가와의 경우는 그 자신을 투영하고 있다는 차이점에 관한 것이다. 즉 아쿠
타가와의 경우는 기아나 양자체험의 아픔을 예술적 천재로서의 성장에 수반

되는 통과의례적 요소로 표출시키고 있지만, 이상의 경우는 일반성과는 거리가 멀고, 심하게 뒤틀려 있는 것이다. 즉 표면적으로 보아 하나의 수사적 장치에 지나지 않는 것 같고, 시각 또한 자의적이고 무척 사소하다는 느낌마저 든다. 따라서 이러한 시적인 표현들을 객관적인 해석으로 바꾸기는 퍽 힘이 든다.

원래 <그리스도>란 메시아, 즉 구원자[21]의 의미를 가진 말이다. 이 점에서 보면, 아쿠타가와의 <나의 그리스도>는 하태후가 다음과 같이 지적하고 있듯이, 종교적인 의미에서의 구원자의 이미지와는 거리가 먼 것임은 명백하다.

> 芥川が正続 『西方の人』で描こうとしたキリストのイメージは、ここでほぼ浮かび上がる。キリストの目指すところはジャーナリズムの昂揚であり、詩的正義である。芥川がそこに描こうとしたものは<救い主>ならぬ、芸術家としての受難の先達の悲劇であり、芥川はその熱い共感を隠そうとしていない。[22]

그러나 거의 모든 아쿠타가와 연구가들이 지적하고 있듯이 비록 종교적인 신성의 이미지나 기독교적 신앙관에서는 벗어나 있을지라도 예술가, 지식인들, 즉 공자나 붓다, 그리고 괴테까지를 그리스도라 부르며 같은 개념적 정의를 하고 있다는 사실이 퍽 흥미롭게 보인다. 이상의 그리스도상이 전인적 모습을 가지지 않고, 이미지적으로 분편화되어 그다지 사상을 분광하지는 않는다는 점과, 아쿠타가와의 경우는 물론 종교적 구원에 대한 갈망이나 의지와는 거리가 멀다고 할 수 있지만, 정신과 육체의 이원성과 그 분열성으로 인한 고난과 투쟁에 찬 일생에 초점을 맞추고 있다는 점이 이질적인 것이다. 아쿠타가와문학이 끝나는 지점에는 비록 예술적 범주에 지나지 않는 것이라 할지

라도, 구원자로서의 <그리스도>에 대한 뜨거운 눈빛이 투사되고 있으며, <영원히 넘어서려는 힘(永遠に越えんとするもの)>으로서의 성령(聖靈)과 <영원히 지키려는 힘(永遠に守らんとするもの)>으로서의 <마리아(マリア)>라는 정신과 육체의 이항대립적 요소를 동시에 지닌 예수그리스도의 <우리들의 마음을 움직이는(我々を動かす)> 일생에 대한 감격의 유무가 근본적인 차이점이라고 할 수 있다. 마치 아쿠타가와문학에 있어서의 기독교가 초기에서 중기에 이르기까지 순교자의 이상심리와 같은 소재적 관점에서 벗어나지 못한 것과 같이, 이상의 경우 비록 예술적 견지에서라고 하더라도 수사적이고 모티프적인 차원에서의 피상적인 관심에 그치고 말았다는 것은 그의 문학적 특징이기도 하지만 못내 아쉬운 점으로 여겨진다.

## 2.2 마리아

<마리아>에 관한 용례는 <그리스도>에 비해 빈도가 훨씬 적다. 그 가운데서도 이상문학의 경우는 아쿠타가와문학에 비하여 더욱 적은 편이며, 또 그나마 시적 상징성에 차있는 표현들이어서 원의를 제대로 해석하기가 힘이 든다. 먼저 이상의 <마리아>를 인상적으로 살펴보면, 앞에서 살펴본 <그리스도>상과 같이 많이 뒤틀리고 또 아주 그로테스크한 이미지로 조형되어 있다는 것이 인상적으로 파악될 수 있다. 다음과 같이 이상은 일반적인 상징으로서의 성스러운 모성적 이미지 보다는, 오히려 마리아를 성적인 이미지를 중핵으로 한 여성성에 초점을 맞추어 묘출하고 있는 것 같다.

(1) 마리아여, 마리아여, <u>피부는새까만마리아여어디로갔느냐</u>, (『LE URI

NE』)[23]

> (2) 고치-帰化한 ‘마리아’들이 最新智慧의 果実을 端麗한 맵시로 따고 있습니다. 그 아들의 不幸한 最後를 슬퍼하며 ‘크리스마스츄리’를 헐어 들어가는 ‘피에타’画幅全図입니다.[24]


(1)은 색채를 전도시킴으로써 성적 이미지를 표출시키고 있는 것으로 보인다. 거룩한 구원의 이미지로서의 하얀 마리아상이 아니라 죽음의 냄새를 풍기는 육욕적인 검은 마리아의 이미지이다. 그런데 아쿠타가와문학에 있어서도 <피부는새까만마리아>를 연상시키는 『黒衣聖母』(1920.5, 『文章倶樂部』)란 단편이 있다. 이는 중기에 해당하는 작품으로 위의 이상의 그로테스크한 이미지와 중첩될 수 있는 <악의를 띤 조소>를 띤 모습을 다음과 같이 보여주고 있다.


> 私はこの運命それ自身のやうな麻利耶観音へ、思はず無気味な眼を移した。聖母は黒檀の衣を纏つた侭、やはりその美しい象牙の顔に、或悪意を帯びた嘲笑を永久に冷然と湛へてゐる。ーーー[25]


그리고 (2)에서는 창세기에 나오는 에덴신화의 모티프와 이미지적으로 교착시키고 있다. 이는 <선악과>에 대한 풍자와 성모를 까만 비너스로 이미지적으로 전도시키고 있는 『河童』에 나오는 「その又小さい部屋の隅には黒いヴエヌスの像の下に山葡萄が一ふさ献じてあるのです。僕は何の装飾もない僧房を想像してゐただけにちよつと意外に感じました。」[26]라는 일절을 환기시킨다. 이와 같이 마리아의 굴절된 이미지가 서로

교차되는 있는 것을 확인할 수 있다.

그러나 역시 아쿠타가와문학에서 본질적인 형태로서 최종적으로 완결되는 마리아상이라면 정, 속『서방의 사람』에서 다수 그려지는 슬픈 표정의 마리아일 것이다. 아들 예수의 처참한 십자가형을 바라보며 가슴을 찢는 어머니상에 아쿠타가와는 최종적으로 초점을 고정시키고 있다. 이처럼 마리아에게서 여성성을 배제하고 있다는 점에서 이상문학과의 차이성이 노정된다고 본다. 그러나 모성적 아름다움을 부각시키고는 있지만, 종교적인 성스러운 분위기를 억제하려고 하는 것이 아쿠타가와의 <마리아>의 특징이며, <그리스도>의 특징이라고 할 수 있겠다.

(1) マリアは 「永遠に女性なるもの」ではない。ただ 「永遠に守らんとするもの」である。クリストの母、マリアの一生もやはり 「涙の谷」の中に通つてゐた。が、マリアは忍耐を重ねてこの人生を歩いて行つた。世間智と愚と美徳とは彼女の一生の中に一つに住んでゐる。(二　マリア)27)

(2) クリストの母、年をとつたマリアはクリストの死骸の前に歎いてゐる。ーーーかう云ふ図のpiétaと呼ばれるのは必ずしも感傷主義的と言ふことは出来ない。(三十三　ピエタ)28)

(3) しかし大工の妻だつたマリアはこの時薄暗い 「涙の谷」に向かひ合わなければならなかつたのであらう。29)(続　八　或時のマリア)

이와 같이 볼 때, 이상의 <피부는새까만마리아>와 아쿠타가와의 <영원히 지키려는 힘>으로서의 마리아도 역시 앞의 그리스도의 경우와 같이 무척 이질적이며, 두 작가의 마리아가 그 어느 쪽도 가톨릭에서 형상화하고 있는 성모 마리아의 이미지는 희박한 편이라고 할 수 있지만, 아쿠타가와 쪽은 일반적인 모성을 강조하여 표출하고 있음은 부정할 수 없다. <눈물의 골짜기를 거니는> 마리아가 지닌 일반적인 미학을 이상문학에서는 찾아볼 수가 없는 것이다. 아쿠타가와문학 연구자들 역시 이러한 이질성에 대해서는 그의 전기적 사실에 기초하여 풀어가고 있으며, 본고에서도 역시 그들의 모성체험과 연결시켜 정리해보고자 한다.

아쿠타가와문학의 경우, 작가의 내면에 깊숙이 자리하는 <모성동경>적 부분이『서방의 사람』에 있어서 승화된 형태로 잘 표출되어 있다. 아쿠타가와의 생모는 정신분열로 죽게 된다. 아쿠타가와는 출생 직후 정신이상을 일으킨 어머니 때문에 외가에 보내진다. 생모는 아쿠타가와 11세에 정신분열로 쇠약사하게 되는데, 그 동안 두 사람 사이에는 혈육으로서의 따뜻한 교감은 일체 없었던 것 같다. 아들은 단 한 번도 <어머니>라 불러본 적이 없었고, 어머니 역시 아들을 알아보지 못했다. 그런 어머니를 그는 누구에게도 알리고 싶어 하지 않았고, 죽기 직전의 고백적 문장에서 여우를 닮았던 어머니라고 담담하게 이야기하고 있다. 그럼에도 불구하고 많은 아쿠타가와 연구자들이 아쿠타가와문학에 현저한 강한 허무성의 저변에서 <모성동경>을 찾아내고 있듯이, 이 <눈물 골짜기를 거니는> 애련의 마리아상을 통하여 그의 의식의 밑바닥을 들여다 볼 수가 있는 것이다.

그러면 유사한 기아 및 양자체험을 하고 있던 이상의 경우는 왜 그러한 그로테스크한 양상으로 표출해야만 한 것일까. 즉 <모성동경>적 양상은 보이지 않는 것이다. 그의 경우는 이름도 없이 떠돌다가 그 또한 무지하고 무능한 아버지를 만나 결혼을 한 얼굴이 얽은 어머니에게서 고결한 모성을 느끼지는 못하는 것 같다. 또 육친으로서의 연민은 있었지만, 강렬한 모성동경적 요소는 없었던 것으로 보인다. 이승훈은 생모에 대해 다음과 같이 지적하고 있다.

> 아버지가 남루라면 어머니는 불구로 묘사된다. '한 다리를 절름거리는 여인'인 어머니 역시 '돌아선 자세'로 원가 상환을 청구하면서 육박한다. 말하자면 낳아 준 값을 갚으라고 말하면서 다가온다. 그가 할 수 있는 일이란 '이 추악한 여인'으로부터 도망가는 일이다. 요컨대 해경에게 부모는 도망하고 싶은 존재요, 그것은 인감이 실효된 지 오랜 세계로부터 도망가려는 그의 무의식을 암시한다.30)

이상의 생모는 한 다리를 절름거리는 '불구'로 묘사된다는 점에 주목하여, 육체적 결함에서 그 이유를 찾는 것이다. 그러나 사건으로 한다면 아쿠타가와와는 달리 이상은 늘 생모가 이웃에서 생활 속에서 같이 있었기 때문이 아닐까 생각된다. 이들은 다 같이 유아기 때의 혈육과 결별하는 정신적 상처를 경험하고 있다. 그러나 차이점이라면, 이상은 결국 백부의 죽음과 함께 가난한 생가로 돌아가게 되는 것이다. 아쿠타가와는 생모의 광기로 하여 단절이 생기기 때문에 어머니에게 버림받았다는 생각을 가지지 않을 수 있다. 다시 돌아와 어머니를 부양해야 한다는 의무감을 가지게 된 이상에 있어서 모성에 대한 인식은 달라질 수가 있는 것이다. 그 이면에는 아쿠타가와가 결혼을 하여 세 명의 아들을 두고 있던 반면, 이상에게는 그러한 인생의 체험이 없었다는 점에서 이해해볼 수도 있을 것이다. 부모가 된다는 체험을 통하여 아쿠타가와의 내부에서는 스스로 생모와의 화해가 이루어지고 승화되어가는 느낌을 강하게 준다.

## 2.3 종교성

본고의 주제로 한다면 역설적인 느낌이 들지만, 두 작가가 무신론자였고 기독교에 대해서도 그렇지만, 종교적인 신앙심이라는 것을 일체 가지고 있지 않았다는 것은 일반적인 시각이다. 그럼에도 불구하고 기독교 및 종교에 대한 관심과 그들 나름의 미묘한 입장이 표출되어 있는 것이다. 이상의 경우는 다음과 같다.

(1) 医師 믿기를 하나님같이 하는 그가 薬을 全然 먹지 않는 것은 그 무슨 矛盾인지 알 수 없었다.(중략)그의 重病(단지 지금의 形勢만으로도 훌륭한 重病患者의 資格을 가지고 있다)을 고칠 수 있을까 믿기는 예수 믿기보다도 그에게는 어려웠다. (『病床以後』)[31]

(2) 과연 이 한 몸은 광대한 우주에 비하면 티끌만한 가치도 없다. 그런데도 이 야망은 어떻게 된 것인가. 이 불안은 뭔가. 이 악에의 충동은 또 뭔가. 신은 이 순간에 있어서 건강체인 나의 앞에선 단연 무력하다. 그러나 그렇다고 해도 나는 그 신을 이길 수는 없지만. 그러나 나는 신에 대해 저주의 마음 같은 것은 추호도 갖고 있지 않다. 왜냐하면 나의 이 불안감은 끝없는 환희 속에서 신의 의지, 신의 제재를 인정하지 않기 때문이다. (중략)인간 세상이 온통 제멋대로인 것처럼 자꾸만 생각된다. 그것은 사실 신이 관여하는 바가 아니기 때문이다. 그래서 인간은 자기 한 몸을 마음대로 처리할 수 있고 간섭받지 않는 완전한 자유를 지녔다. 자살이 바로 그것이다. (『夜色』)[32]

주지하는 대로 이상은 폐결핵으로 죽었다. 위의 문장들로 본다면 각혈을 하면서 점차 뚜렷해지는 죽음과 같이 놀고 있던 느낌이 강하며, 자살에 대한 강한 동경심을 확인해볼 수 있다. (1)의 문장은 종교도 가질 수 없었지만, 그 보다 더 결핵이 완치될 것이라는 기대감에 대해서는 더욱 절망적이라고 역설한다. 그리고 (2)에서는 자살을 신의 구속에서 자유로울 수 있는 인간의 유일한 방도라는 것이다.

> 가브리엘 天使菌(내가 가장 不世出의 그리스도라 치고) 이 殺菌劑는 마침내 肺結核의 血痰이었다(고?)/肺속 펭키칠한 十字架가 날이날마다 발돋음을 한다. 肺속엔 料理師 天使가 있어서 때때로 소변을 본단 말이다.(중략)하얀 天使가 나의 肺에 가벼이 노크한다. /黃昏 같은 肺속에서는 고요히 물이 끓고 있다./ 고무電線을 끌어다가 聖베드로가 盜聽을 한다./ 그리곤 세번이나 천사를 보고 나는 모른다고 한다./ 그때 닭이 홰를 친다. ---어엇 끓는 물을 엎지르면 야단 야단---(『咯血의 아침』)33)

자신을 그리스도라 칭하고 또 폐결핵을 <십자가>로 이미지화한 아주 기발한 표현의 문장이다. 이는 <폐결핵>을 운명적으로 체념하고 있을 뿐 아니라, 하나의 사명감과 같은 고행의 의미로 받아들이고 있는 것이다. 죽음을 대상화하여 함께 놀고 있는 듯하다. 그러한 무신론적 성향이 가지는 오만함과 폐결핵에서 오는 불안과 공포감, 그 모순적 감정 사이에서 그는 예술작품을 통하여 최대한 균형을 잡고 있는 것이다.

아쿠타가와도 「彼は神を力にした中世期の人々に羨ましさを感じだ。しかし神を信ずることは———神を信ずることは到底彼には出来なかつた。あのコクトさへ信じた神を！」34)와 같이 자신의 종교적 성향의 부재를 강하게 역설하고 있으며, 위의 문장들과 어느 정도 친화성을 형성하게 된다.

그러나 양자에게는 모순되게도 이와 같은 무신론적 발언들과는 역설적으로 범신론적 우주관이나 신에 대한 외경심이 보이지 않는 것은 아니다. 이상은 다음과 같이 구체적으로 교회나 성서에 대한 전혀 굴절되지 않은 순수한 동경심을 서술하고 있는 문장도 쓰고 있는 것이다.

그러나 空気는 水晶처럼 맑아서 별빛만으로라도 넉넉히 <u>좋아하는 '누가'</u> <u>福音도 읽을 수 있을 것 같읍니다.</u>(중략)<u>教会가 보고 싶읍니다.</u> 그래서 '에루살렘'聖域을 数万里 떨어져 있는 이 마을의 農民들까지도 사랑하는 神 앞에서 悔改하고 싶었읍니다. 발길이 讚頌歌소리 나는 곳으로 갑니다. '포푸라'나무 밑에 '염소' 한 마리를 매어 놓았습니다.(중략)고치-帰化한 '마리아'들이 最新智慧의 果実을 端麗한 맵시로 따고 있습니다. 그 아들의 不幸한 最後를 슬퍼하며 '크리스마스츄리'를 헐어 들어가는 '피에타'画幅全図입니다.(중략)잠---聖経을 採字하다가 엎질러 버린 印刷職工이 아무렇게나 주워담은 支離滅裂한 活字의 꿈 나도 갈갈이 찢어진 使徒가 되어서 세 번 아니라 열 번이라도 굶는 家族을 모른다고 그립니다. (『山村余情』)[35]

하선의 「教会가 보고 싶습니다」를 앞에서 살펴본 문장들과 대조하여 본다면, 젊은 이상의 사상적 균열이라고밖에 볼 수 없다. 그러나 이 문장은 25세에 쓴 문장으로, 이 시기 『날개』의 아내 연심(금홍)이 네 번째 가출을 하고, 다방 <제비>와 <69>가 연이어 실패하게 된다. 이상의 현실적 중압감과 심적 고통을 충분히 기늠해볼 수 있다는 측면도 있다. 병마에서 오는 육체적 고통과 장남으로서 안게 된 부양의 의무감 등이 더하고, 게다가 사업마저 실패로 끝나므로 얼마나 그 자신이 절망적이었을 지는 가히 짐작해볼 수 있을 것이다. 그러한 상황에서 요양을 떠나게 되었고, 요양지에서 느꼈던 감정들을 적은 것이다.

그런데 위의 문장에서 이상은 또 「좋아하는 누가복음」이라고 말하고 있다. 이 부분을 참고하면, 이상에게도 구체적인 성서체험이 있었던 것은 분명하다. 누가복음은 사복음서 중에서도 특히 지식인들이 좋아할 만한 문장이라는 것으로 유명한데, 이에 대해서는 세키구치의 지적 「これは「ルカによる福音書」の第二十四章十三～三十五の記事を踏まえての竜之介の信仰告白のことばであった。」36)를 통하여 연결성을 시사 받을 수 있다. 「이것(これ)」란 「我々はエマヲの旅びとたちのやうに我々の心を燃え上がらせるクリストを求めずにはゐられないのであらう。」37)라는 아쿠타가와의 문장을 말하는 것으로 아쿠타가와가 자결 당일 쓴 이 지상에서의 마지막 문장이다. 조사옥38)에 의하면 연구자들 사이에서는 아쿠타가와가 영원한 잠으로 빠져들기 직전에 읽고 있던 것이 바로 누가복음의 이 장면이 아닐까라고 추정되고 있는 것이다. 그는 머리맡에 성서를 펼쳐두고 죽었기 때문이다. 따라서 모두가 의견을 같이 하고 있듯이, 이상이 정, 속『서방의 사람』의 영향을 받았다고 한다면, 이 문장을 읽지 않았을 리는 없을 것이다. 성서 전체를 통독했을 지에 대해서는 의문이 남지만, 정, 속『서방의 사람』이 4복음서를 전반적으로 언급하고 있으므로, 4복음서 정도는 접했을 것이며, 특히 위의 마지막문장의 출처인 누가복음에 대해 특별한 관심을 가졌으리란 추측은 해볼 수가 있다. 하지만 이것은 거저 추측일 뿐 아쉽지만 이상의 성서체험은 거의 불투명한 채로 남겨 둘 수밖에 없다. 이상은 경우에 따라 구약성서의 노아나 카인을 언급하기도 하고, 신약성서의 베드로 등을 언급하기도 하지만, 아직 이들 문장은 지극히 감상적이어서 인식적 차원에까지 이르지 못하고 있다는 느낌만을 강하게 주고 있다.

이러한 이상에 비해 아쿠타가와에게는 구체적이고 전문적인 성서인식이 수반되어 있었다. 그 출발은 고교 시절인 10대 후반으로 거슬러 올라갈 수 있는데, 그는 절친한 친구였던 이가와 교(井川恭)에게서 선물로 받으면서 자연스레 성서를 접하였고, 그 뒤 요시다 야요이(吉田弥生)에게 실연함으로써 더욱 깊게 들어갔던 것으로 확인된다. 그리고 단속적인 체험이기는 하지만, 죽음에 가까울수록 더욱 진지하게 성서를 읽고 있는 것을 볼 수 있다. 그가 평생 접한 것은 영어바이블, 문어역 바이블, 구어역 바이블이었는데, 자살 시에 머리맡에 두었던 것은 문어역으로, 중요한 부분들에 이중, 삼중의 선들을 긋고 있으므로, 한눈에 애독했음을 알 수 있다.

이와 같이 두 문학에 있어서는 무신론적 성향과 종교적 성향이 동시에 표출되고 있다. 특히 이상문학에서는 장난성이나 유희성이 강하게 나타나는 반면, 그와 모순적으로 <회　개>와 같은 종교적 색채가 강렬한 용어가 구사되고, <죄의식>을 토로하는 부분도 보이는 것이다. 그리고 이러한 원죄의식에 가까운 죄의식의 인식은 만년의 아쿠타가와문학과 강하게 호응하며, 죄의식에 수반된 근원적인 불안과 공포감의 표출도 역시 유사한 양상을 보이지만, 다음과 같이 아쿠타가와문학에서의 종교적 참회에 가까운 겸손한 자기성찰로는 전환되지 않는다.

> (1) 僕は千九百二十二年来、基督教的信仰或は基督教徒を嘲る為に、屢短編やアフォリズムを艸した。しかもそれ等の短編はやはりいつも基督教の芸術的荘厳を道具にしてゐた。即ち僕は基督教を軽んずる為に反つて基督教を愛したのだつた。僕の罰を受けたのは必ずしもその為ばかりではあるまい。けれども僕はその為にも罰を受けたことを信じてゐる。
> 
> (「ある鞭」)[39]

(2) 天に向つて吐いた唾は必ず面上に落ちなければならなぬ。僕
　　はこの一章を艸する時も、一心に神に念じている。---　『神
　　の求め給ふ供物は砕けたる霊魂なり。神よ。汝は砕けたる
　　悔いし心を軽しめ給はざるべし。』40)(「唾」)

다시 말하면 앞의 <그리스도>부분에서도 살펴보았지만, 아쿠타가와의 종교적 입장은 시간이 경과함에 따라, 즉 죽음에 임박할수록, 겸허한 자세로 바뀌고 눈빛은 뜨겁고 순수하고 깊어지는 것이 특징이다. 반면에 많은 기독교인들의 비판을 피할 수는 없는 부분도 있지만, 그의 이해는 한층 고양되어 죽음 직전의 그의 내면의 중심을 잡게 되는 것이며, 이 점이 모순성을 내재한 이상문학과의 결정적인 차이점이라고 할 수 있다.

# Ⅲ. 결론

두 문학에 나타난 기독교적 양상에 대해서는 개략적으로 종교적 개념에서의 신앙적 체험이나 인식의 표출과는 거리가 멀다는 것을 공통적으로 지적할 수 있다. 그리고 표현에 있어서는 모두 역설적 표현이 많고, 무거운 죄의식과 함께 경시적 태도가 함께하는 모순적이고 이중적인 시각이 확인되지만, 이상의 경우는 그 정도가 심하고, 아쿠타가와의 경우는, 만년에 이르러 한갓 예술적 소재로써의 태도를 지양하고 전인적 그리스도에 대한 관심에 이르고 있다는 것을 알 수 있다. 반면, 이상의 경우는 김윤식의 가차 없는 지적도 있듯이, 거의 <수사적> 레벨에 그치고 있다는 것을 차이성으로 들 수 있다. 또 이상문학의 경우는, 전체 용례 속에서도 알 수 있듯이 시간적 흐름에 따른 인식적 전개상이 거의 보이지 않다는 점을 부연해둘 수 있겠다.

아쿠타가와의 경우는 처음에는 단순히 소재적 차원이나 순교자의 광적인 심리에 대한 관심에서 비롯된 <예술적 흥미>였지만, 만년으로 가까워올 수록 사멸에 대한 불안과 죄의식이 표출되고 있어, 반성적인 양상과 함께 <신>적 존재에 대해 겸허하게 자신을 낮추어가고 있음을 볼 수 있다. 그리고 이상의 경우도 <신은 건강체인 나의 앞에서는 단연 무력하다>라는 오만함에서 벗어나 다소 스스로를 낮추는 모습도 함께 보이므로, 이를 그들의 죽음의 의미와 함께 고려해야 할 것이다.

이상의 죽음이 <자살을 가장한 병사>이든, 불가항력적 병사였든 그가 아쿠타가와에게 경도되고 끝내 흠모하다가 자살원망(自殺願望)을 안고 죽어갔다는 사실을 떠올릴 때, 못내 아쉬운 것은 아쿠타가와문학이 끝나는 그 지점을 마치 아쿠타가와가 그리스도를 응시하듯 좀 더 깊은 성찰의 눈을 뜨고 잘 응시했었더라면 하는 것이다. 우리들의 가슴을 <불태우는(燃え上がらせる)> 예수그리스도의 일생을 뜨겁게 응시하는 아쿠타가와의 마지막 심정을 잘 이해했더라면 그의 문학도 생도 많이 달라져 있지 않았을까 한다.

남겨진 과제로서는 첫째, 이들 작가들의 그리스도 및 기독교에 대한 관심과 그 양상의 동질성과 차이성이 개인적 문제가 아닌, 우리나라 근대와 일본의 기독교라는 시대문화적 배경에서 오는 차이라면 그 점을 어떻게 수렴할 것인지, 둘째, 앞에서도 언급했지만 이상에 있어서의 성서체험 등의 기독교체험의 양상을 구체적으로 밝혀내는 것, 다른 많은 기독교적 모티프들의 의미와 연결성을 살펴보는 일들이 남겨져 있다. 특히 이상의 처녀소설이라 할 수 있는 『12월 12일』(『朝鮮』, 1930・2～12)에서 보이는 기아, 방화나 죄와 벌, 그리고 교회당과 같은 모티프는 아쿠타가와의 이러한 기아, 양자체험을 중심으로 하여 쓰인 최만년의 사소설적 고백 작품인 『歯車』(『文芸春秋』, 1927・10)와 유사한 양상을 보이지만, 본고에서는 아직 분석되고 있지 않으며, 앞으로 검토를 통하여 논의를 진전시켜 나가고자 한다.

# 【주】

1) 「一 時代」『或阿呆の一生』, 全集9巻, p310

2) 『이상연구』, 문학사상사, 1987, p115

3) 『일본문학연구7』, 동아시아일본학회, 2002.10, p346

4) 전집1, p92

5) 전집1, p118

6) 전집1, p120

7) 전집3, p190

8) 전집3, pp.327-328

9) 『이상문학연구』, 충남대학출판부, 1993, p66

10) 그리스도의 아버지인 목수 요셉은 실은 마리아 자신이었다. 그가 마리아만큼 숭앙받지 못하는 것은 이러한 사실에서 기인하고 있다. 요셉은 그 어떤 너그러운 눈으로 바라보더라도 결국 쓸데없는 한 사람에 지나지 않았다. 全集9巻, p232

11) 마리아가 성령을 느끼고 잉태한 일은 양치기들을 떠들썩하게 할 정도로, 추문이었던 것은 틀림없다. 그리스도의 어머니 마리아는 이때부터 인간고의 길을 걷기 시작했다. 全集9巻, p233

12) 그러나, 그리스도는 그 자신에게, ---그 자신 속의 마리아에게 반역하고 있다. 그것은 바라바의 반역보다도 더욱 근본적인 반역이었다. 동시에 또 <인간적인 너무나 인간적인> 반역이었다. 全集9巻, p250

13) 김윤식, 전게서, pp.55-57

14) 『이상』, 건국대학교출판부, 1997, p18

15) 김옥희, 「오빠 이상」『이상문학전집』, 문학사상사, 1995, pp.416-417

16) 김승희 , 『이상』, 문학세계사, 1982, p23

17) 「이젠 李箱의 真実을 알리고 싶다」, 『문학사상』,1986.5, p60

18) 『日本文化研究 第7輯』,동아시아일본학회, 2002.10, pp.343-344

19) 그러나 그는 '욥기'에는 보이지 않는 부드러움을 몰래 가미하는 수완을 가지고 있었다. 이 수완은 적지 않게 그의 수입에 일조했을 것이다. 그의 저널리즘은 십자가에 달리기 전에 완전히 최고의 시가를 올렸다. 그러나 그의 사후에 비하면,---현재 미국 성서회사는 신성하게도 매년 이익을 올리고 있다…… 全集9巻, p261

20) 그리스도의 저널리즘은 가난한 사람들이나 노예에게 위안을 주게 되었다. 全集9巻, p271,

21) 그리스도교의 시조(始祖). 그가 태어난 해를 서력기원으로 삼고 있다. <예수>는 <여호와(이스라엘의 하나님)는 구원이시다>라는 뜻의 헤브라이어 인명인 여호수아의 그리스어

음역이다(정확하게는 예수스). <그리스도>는 본래 고유명사가 아니라 <기름부음을 받은 사람>을 뜻하는 헤브라이어 마시아하(메시아)에 해당되는 그리스어(정확하게는 크리스토스)이다. 《신약성서》 시대의 유대인에게는 구원자의 칭호로 쓰였으나, 다른 여러 민족들에게 예수 그리스도는 고유명사로서 쓰이게 되었다.

22) 아쿠타가와가 정속 『서방의 사람』에서 그리려 한 그리스도의 이미지는, 여기서 거의 명확해진다. 그리스도가 지향하는 바는 저널리즘의 고양이고, 시적 정의인 것이다. 아쿠타가와가 거기에 그리려고 했던 것은 <구원자>가 아닌 예술가로서 수난 받던 선배들의 비극이며, 아쿠타가와는 그 뜨거운 공감을 숨기려고 하지 않는다. 河泰厚「第五章　キリストへの凝視」『芥川竜之介の基督教思想』、翰林書房、1998、p315

23) 전집1, p124

24) 전집3, p110

25) 나는 운명 그것 자체인 것 같은 마리아관음을 무심코 두려운 눈길로 바라보았다. 성모는 검은 나무 옷을 걸친 채, 역시 그 상아로 된 얼굴에는, 일종의 악의를 띤 조소를 영원히 냉담하게 머금고 있었다.　全集3卷, p485

26) 그 또 작은 방 한 구석에는 검은 비너스상 밑에 머루 한 송이가 바쳐져 있는 겁니다. 나는 아무런 장식도 없는 예배실을 상상하고 있던 만큼 좀 의외로 느껴졌습니다. 全集8卷, p357

27) 마리아는 <영원히 여성적인 것>은 아니다, 단지 <영원히 지키려고 하는 것>이다, 그리스도의 어머니. 마리아의 일생도 역시 <눈물의 골짜기> 속을 거닐고 있었다. 그러나 마리아는 인내를 거듭하여 이 인생을 걸어갔다. 세상지식과 어리석음과 미덕은 그녀의 일생 속에 일체가 되어 깃들어 있었다. 全集9卷, p231,

28) 그리스도의 어머니, 나이 든 마리아는 그리스도의 시체 앞에서 탄식하고 있다.---이런 그림이 piéta(필자 주: 자비심)로 불리는 것은 반드시 감상주의적이라고 만은 할 수 없다. 全集9卷, p252

29) 그러나 목수의 아내였던 마리아는 이 때 어둑어둑한 <눈물의 골짜기>로 향하지 않으면 안 되었을 것이다. 全集9卷, p262

30) 이승훈 , 『이상』, 건국대학교출판부, 1997, pp.19-20

31) 전집3, p56

32) 전집3, p339

33) 전집3, pp.327-328

34) 그는 신에게 오로지 의지하던 중세기인 들에게 부러움을 느꼈다. 그러나 신을 믿는다는 것은---신을 믿는다는 것은 도저히 그는 할 수가 없었다. 그 콕토마저 믿었던 신을！ 全集9卷,
「五十　俘」,『或阿呆の一生』, p337

35) 전집3, pp.103-112

36) 이것은 누가복음 제24장 13에서 35절까지의 문장에 의거한 류노스케의 신앙고백이었다.

関口安義, 『芥川竜之介闘いの生涯』, 毎日新聞社, 1992, pp.215-216

37) 우리들은 엠마오마을로 가는 나그네들과 같이 우리 마음을 불태우는 그리스도를 간구하지
않으면 안 될 것이다. 全集9巻, 「続 二十二 貧しい人たちに」, p272

38) 「V 第五の遺書」 『芥川竜之介の遺書』, 新教出版社, 2001, pp.121

39) 나는 1920년 이래, 기독교적 신앙 혹은 기독교인 들을 조소하기 위하여, 여러 단편이나
아포리즘을 썼다. 게다가 그 단편들은 역시 언제나 기독교의 예술적 장엄을 도구로 삼고
있었다. 즉 나는 기독교를 경시하기 위하여 오히려 기독교를 사랑한 것이다. 내가 벌을 받은
것은 반드시 그 탓만은 아닐 것이다. 하지만 나는 그 때문에 벌을 받고 있음을 믿고 있다.
『断片』, 全集12巻, p310

40) 하늘을 향해 뱉은 침은 자기 얼굴로 떨어지게 되어 있다. 나는 이 한 문장을 쓸 때에도,
간절히 신에게 기도하고 있다.--- 「신이 바라시는 제물은 정성을 다하는 영혼이라. 신이시
여. 당신은 정성을 다하여 회개하는 마음을 가볍게 보지 마시기를.」 『断片』, 全集12巻,
pp.310-311

# 이상문학과 아쿠타가와 류노스케

조 사 옥

## Ⅰ. 시작하는 말 － 이상문학의 출발점

이상(본명 : 김해경)[1]은 한국근대 최고의 시인이자 단편소설가이다. 1975 년에는 「이상문학상」 이 제정되어 35회를 맞이하고 있다. 본 상은 한국에서 가장 권위 있는 문학상이고, 수상작가들 중의 대다수는 현재, 한국 문단을 대표하는 작가로서 활약하고 있다.

이상은 1937년 4월에 27세로 죽은 뒤, 72년 동안 한국문학연구 중에서는 가장 많은 연구자를 가지고 있다.[2] 한편, 일본인의 이상연구로서는 가와무라 미나토(川村湊)씨의 『서울 도시이야기』 가 눈길을 끈다. 제 4장 「식민도 시·이상의 경성(京城)」 속에서 가와무라씨는, 「서울내기」 인 이상을 「그 야말로 1930년대의 경성이라는 도시가 낳은 전형적인 문학자이자 인물이었 다」 고 지적하면서, 다음과 같이 말하고 있다.

이상의 모더니즘은 본질적으로 종로 북쪽에 퍼져있는 조선인 마을의 난잡 함과 에너지, 질주감각과 풍요로운 정통성 속에 있었다고 할 수 있다. 그러

한 힘을 잃은 그는 타향 땅에서 쇠약해지고 죽을 수밖에 없었다.3)

이상의 모더니즘의 본질을, 근대적인 도시와 시대를 향한 「질주」와 조선인 마을의 에너지 속에서 구하고 있는 점은 새로운 시점이다. 그러나 이상의 죽음에 대해서는 좀 더 다른 각도에서 고찰 할 필요가 있다고 본다.

1980년대 이후에는, 포스트모더니즘의 영향으로 이상문학연구에 대한 관심이 고조되고 있다. 이에 대해서 권택영씨는 다음과 같이 말한다.

> 비록 그의 글 속에 식민지 상황을 비판하는 직접적인 말이 없다해도 그는 일그러진 모더니즘을 그려냄으로써 당대 우리민족의 불우한 처지를 우회적으로 그렸으며 자신의 비극적인 삶으로 그것을 암시했다고 보인다. 그리고 출구 없는 모더니즘, 환유로서의 주체, 혼적, '반복'은 포스트모던 시대의 은유로서 우리시대에도 풍요하게 분석될 수 있는 가능성을 남긴다.4)

이와 같이 시각을 바꾸어서 보면 이상문학에서 시대성과 사회성을 느낄 수가 있다. 이상은 1910년 한일 합병이 된 해에 태어나서, 1919년 일제에 항거한 3.1독립운동을 경험하였다. 당시는 가혹한 통제와 검열에 묶인 식민지 하였기 때문에, 문학을 해나가기 위해서는 제한된 표현밖에 할 수 없었다. 다시 권택영씨는 다음과 같이 말한다.

> 순수문학만이 살아남던 시대, 그러나 그의 문학은 앞선 이광수나 김동인과 또 다른 차원에 속한다. 이광수의 계몽주의적 사실주의나 그보다 한 차원 더 리얼해지려 했던 김동인의 자연주의 문학을 그는 그대로 답습하려 들지 않았다. 다른 나라에 눈을 돌리고 그들과 어깨를 나란히 해 보려던 각성이 그의 실험을 낳게 한다.5)

여기에 이상의 선견성을 읽을 수 있다. 실제로 이상은 「오감도」를 발표했을 때, 독자의 항의로 연재가 중단되었다. 그때 그는 「남들은 저만큼 가 있는데, 왜 우리는 언제까지나 그대로 머물러 있으려는가」 하고 유감스러운 듯이 말했다. 사회성과 선견성을 가지고 있던 이상의 문학이지만, 주어진 운명에서 벗어 날 수 없다고 하는 의식이 그의 작품 저변에 흐르고 있다.

조선 총독부 건축기사로서 근무하고 있던 20세 때, 처녀작인 장편소설 「12월 12일」을 발표했다. 「서문(1)」의 첫머리에는 「자살은 몇 번이나 나를 찾아왔다. 그러나 나는 죽을 수 없었다」로 시작되어 「펜은 나의 최후의 칼이다」로 끝나고 있다. 처녀작 「12월 12일」의 서문에서 말하고 있는 자살 충동은, 그야말로 이상문학의 기조를 이루어 간다. 더욱이 「펜은 나의 최후의 칼이다」라고 하는 곳에서는, 일본의 작가 아쿠타가와 류노스케(芥川龍之介)의 그림자를 느끼게 한다. 아쿠타가와가 절필로 예정하고 쓴 「어느 바보의 일생」의 「57 패배」속에서, 정신도 육체도 쇠약해진 주인공이 「이가 빠져버린 가는 검을 지팡이 삼아서」 그 날 그 날의 생활을 하고 있었다고 하는데 이와 비슷한 표현이다.

이상의 일본 근대문학에 대한 관심에 대해서는 다음과 같은 증언이 있다. 첫째는 1928년(고등공업 2학년)에서 1931년까지 이상과 친하게 지낸 친구 문종혁에 의한 것이다. 이상은 원래 화가 지망생이었지만, 어느 날 문학 지망으로 전환했다고 한다.

스물 한살 1930년 봄, 어느 날 상은 그림이야기를 하다가 문득 〈다다이즘은 문학에도 있는 거야〉 하고 말하였는데, 이해 여름 그는 첫 각혈을 하였다. (중략) 그림을 그리지 않는 시간에 상은 일본의 서조팔십(西條八十)의 시와 국지관(菊池寬)의 소설을 열심히 읽고 있었다. 이렇게 2년을 보낸 후 스무살(1929)에 접어들자, 상은 입버릇처럼 말하기 시작했다.<나는 문학을 해야 할까봐……>6)

둘째는, 이 시기에 이상은 사이조 야소(西條八十)와 기쿠치 간(菊池寬)을 버리고 아쿠타가와 류노스케와 마키노 신이치(牧野信一)에게로 갔을 것이라고 김윤식씨는 말한다.7) 문종혁의 말을 믿는다면, 18세와 19세 2년간 이상은 사이조 야소와 기쿠치 간에게 몰두했지만, 20세가 되었을 때에 아쿠타가와에게로 관심이 옮겨가 문학을 하기 시작했다는 것이 된다.

17세 때 이상은 보성고보를 졸업하고 경성고등공업학교 건축과에 입학했다. 그 해 아쿠타가와 류노스케가 자살했기 때문에, 20세인 이상이 아쿠타가와를 읽기 시작했을 때에는「어느 바보의 일생」「51 패배」의 문장을 읽었으리라고 추정 할 수 있다. 즉 아쿠타가와의 「이가 빠져 버린 가는 검」은 이상에게 있어서는 「최후의 칼」인 펜이고, 이상문학의 출발점이 되었다고 볼 수 있다.

이상의 문학이 아쿠타가와의 문학에서 영향을 받았다고 하는 것은, 한국문학연구자들에게 의해서 자주 지적되어 왔다. 그러나 지금까지의 이상 연구자들은 아쿠타가와의 문학을 잘 모르는 면도 있기 때문에, 이상과 아쿠타가와 문학의 비교연구는 별로 진전이 없었다. 이상연구의 전문가인 김윤식씨는 이상과 아쿠타가와 문학의 비교연구에 대해서 다음과 같은 기대를 가지고 있다.

<나생문>의 저자이며 대정(大正)시대의 정신을 대표하는 하목(夏目)문하의 천재작가 개천용지개(芥川龍之介)의 유서는 그 자체가 세상을 뒤덮는 일품이었다. 2년간 자살을 교묘히 계획해온 이 천재를 이상이 모델로

하였는데, 그 근거는 적어도 다음 두 가지로 분석된다. 하나는 백부집 양자였다는 점. 개천용지개의 백부집 양자 생활이 그의 문학에 어떤 의미를 갖는가를 문제삼는 일과 이상문학에서의 기독교소재의 여러 에피그램들의 대응 관계가 밝혀진다면 비교문학의 큰 성과 축에 들것이다. 다른 하나는 신경증과 결핵이다. 개천용지개의 병은 신경쇠약, 위경련, 심장박동 앙진이었다.8)

이상에서 알 수 있는 것은, 이상의 문학에 아쿠타가와가 끼친 영향이 크다는 점이고, 아쿠타가와 문학과의 비교를 이상문학 연구에 있어서는 빠뜨릴 수 없다고 하는 것이다. 그러면, 한가지씩 생각해 보고자 한다. 먼저는 이상의 양자문제에 아쿠타가와의 양자 문제가 어떤 영향을 주고 있는가 하는 것이다. 이상은 양아버지인 백부와 친아버지에 대해서「모조기독」이라고 부르고 있는데「모조기독」이란 무엇인지를 아쿠타가와의 기독교 소재 에피그램과의 관련성 속에서 고찰해 볼 필요가 있을 것이다.

다음으로 이상문학의 근원이라고도 할 수 있는 자살 충동과 아쿠타가와 자살과의 관련성, 양자의 문학에 나타난 자살의 의미를 고찰해 보아야 한다. 더욱이 이상은 아쿠타가와를 동경하여「인공날개」가 있었던 흔적에서「날개」가 다시 한번 돋아나기를 희구하였고, 이 날개를 달고 동경으로 날아갔다. 그 이상의「인공날개」와「날개」를 비교하는 것도 의미가 있다고 본다.

이상이 살아간 시대는 일본의 식민지통치하였다. 왜 이상은 지배국의 문학자를 동경하였을까? 이를 규명하는 것은 아쿠타가와 연구의 국제화에 있어서 한 과제이기도 할 것이다. 이상(以上)에 관한 것을 본 논문 중에서 고찰해 가고자 한다.

# Ⅱ. 양자와 모조기독

이상은 1910년 음력 8월 28일에 태어났다. 1913년 세 살이 되었을 때, 백부인 김연필에게 양자로 갔다. 백부는 총독부기사였는데, 만주 여행 중에 아이가 딸린 여성을 만나서 집으로 데리고 들어왔기 때문에 그의 처는 집을 나가버렸다.

친아버지인 김연창(호적은 영창)은 궁내부 활판소 직공이었지만, 손가락 셋을 절단기에 잘려 사직을 하지 않을 수 없어서 이발소를 시작했다. 어머니 박세창은 고아였고, 아버지와 둘 다 곰보였다. 이상이 백부에게 간 이유는 여동생 김옥희의 말에서 엿 볼 수 있다.

> 큰아버지 김연필씨는 슬하에 자식이 없었기 때문에, 큰오빠를 양자 삼아 데려다 길렀던 것입니다. 그런데, 자식을 보겠다고 안간힘을 쓰시던 큰어머니께 작은 오빠가 생겼으니 큰 오빠의 존재가 마땅치 않은 것은 너무도 당연한 일입니다.[9]

이상의 여동생인 김옥희의 말을 믿는다면, 백부는 아이가 없었기 때문에 이상을 양자로 삼았다. 그런데 계백모가 들어와서 남자아이가 태어났는데도, 백부는 이상을 친아버지에게 돌려주지 않은 셈이다.

한편 친아버지 쪽은, 당시로서는 천한 업종에 종사하고 있었고 가난 때문에 아이를 형에게 뺏겨버린 상황이었다. 게다가 형인 김연필은 조상에게 물려받은 가옥 등의 재산을 동생을 분가시킬 때에도 분할하지 않고 전부 자신의 것으로 만들어버렸다.

백부는 총명한 조카인 해경을 편애하여 양자로는 삼았지만, 호적상으로는 양자로 하지 않았다. 호적에는 김해경이 친아버지 김연창의 장남으로 기재되어 있다. 백부 집에서 3세인 1913년에서 22세인 1932년까지 생활한 해경은 백부가 죽기까지 20년 간 실질적인 양자의 역할을 했다. 그동안 해경이 친아버지에게 간 것이 알려지면 백부에게 심하게 꾸중을 들었다. 이러한 사실은 계모 김영숙의 말에서 엿볼 수 있다.

> 해경은 세살 때부터 23세까지 20년 동안 우리하고 함께 살았어요. 그 애가 23세가 되었을 때, 우리 어른은 작고하셨지요. 그 애가 사직동이나 적선동으로 제 부모와 남매들을 찾아가지 않은 것은 아니지만, 그러나 거기에 간다는 것을 알면 우리 어른한테 호통을 만났지요.10)

백부인 김연필은 중인 계급으로, 집안에서는 무섭고 권위적인 존재였다. 이상에게 공포를 준 백부와 「적빈」 때문에 아들을 뺏겨버린 실부(実父)에 대한 증오의 감정이 섞여 있는 작품이 처녀작 「12월 12일」이다.

이상은 자신의 성장과정에서 볼 때, 그와 마찬가지로 양자로 간 아쿠타가와 류노스케에게 친근감을 느꼈다. 물론 「적빈」으로 양자가 된 이상과, 어머니의 정신이상이 원인이 되어 외삼촌에게 양자로 간 아쿠타가와와는 그 배경부터 다르다. 즉 백부가 무서워서 친가에 돌아가고 싶어하는 이상과, 아쿠타가와가(家)의 양부모와 큰 이모 후키 등에게 사랑을 받으며 친아버지 집인 니이하라(新原)가에 돌아가고 싶어하지 않았던 아쿠타가와와는 다르다는 것이다.11) 이점이 이상과 아쿠타가와의 문학을 비교할 때 중요하리라고 본다. 이것이 확실하지 않으면 이상 문학의 「모조기독」과 아쿠타가와 문학의 「그리스도」에 대해서 비교를 하기가 어렵기 때문이다. 그러면 「모조기독」이란 무엇인가?

> 그리스도에 혹사한 한 남루한 사나이가 있으니 이는 그의 종생과 운명까지도 내게 떠맡기려는 사나운 마음씨다. 내 시시 각각에 늘어서서 한 시대나 눌변인 트집으로 나를 위협한다. 은애(恩愛)—나의 착실한 경영이 늘 새파랗게 질린다. 나는 이 육중한 그리스도의 별신(別身)을 암살하지 않고는 내 문벌과 내 음모를 약탈당할까 참 걱정이다. 그러나 내 신선한 도망이 그 끈적끈적한 청각을 벗어버릴 수가 없다. (「위독」)

먼저 여기서 「그리스도에 혹사한」「그리스도의 별신」은 백부인 김연필을 말한다. 공포, 증오의 대상인 백부이기는 하지만, 이상은 「무서운, 그러면서도 연민에 가득 찬 기독의 표정을 보고 있었다」고 김윤식씨는 지적하고 있다. 또한 그는 표면적으로 「모조기독」은 백부이지만, 근원적으로는 실부라고 말한다.[12]

> 기독에 혹사한 한 사람의 남루한 사나이가 있었다. 다만 기독에 비하여 눌변이요 어지간히 무지한 것만이 틀린다면 틀린다.
> 年紀五十有一
> 나는 이 모조기독을 암살하지 않으면 안 된다. 그렇지 아니하면 내 일생을 압수하려는 기색이 바야흐로 농후하다. (「실락원」)

여기에서 「모조기독」은 김연창을 가리키고 있다. 왜 김연창이「모조기독」일까? 김윤식씨는 분가 때, 형에게 집안의 재산을 나누어 받지 못하고 적빈으로 인하여 아들까지 형에게 뺏겨버린 김연창의 고통이 그리스도와 닮았다고 하는 것이다. 한편 유광우씨는 이상의 시에 「기독」이 등장하고 있는 것도 빈곤 때문이라고 말한다. 더욱이 이상이 그의 아버지를 「크리스트에 혹사한 남루한 사나이」로 비유하고 있는 것은 「가난」이라는 요소에 중점을 둔 것이라고 지적하고 있다.13)

이상에서 볼 때 친아버지 김연창을 가리키고 있는 「모조기독」이란, 그리스도의고통과 가난이라는 면을 부각시키고 있다고 할 수 있다. 그러나 공포와 증오의 대상인 양아버지, 백부 김연필은 왜 「기독에 혹사한」것일까? 이는 김연필의 이상에 대한 「은애」가 그리스도의 사랑을 닮았기 때문일 것이다. 김연필에게 아들이 있었음에도 불구하고, 호적에도 올리지 않은 이상을 양자로 생각하고 귀하게 키운 사실을 읽을 수 있어야 한다. 이를 이상은 「은애」라고 표현하고 있다고 본다.

또한 이상은 양아버지인 백부나 친아버지를 그리스도와 극히 닮은 「모조기독」이라고 보고 있지만, 이상 스스로도 자신을 그리스도라고 묘사하고 있다.

가브리엘 천사균(내가 가장 불세출의 그리스도라 치고)
이 살균제는 마침내 폐결핵의 혈담이었다(고?)

폐속 펭키칠한 십자가가 날이 날마다 발돋움을 한다.
폐속엔 요리사 천사가 있어서 때때로 소변을 본단 말이다.
나에 대해 달력의 숫자는 차츰차츰 줄어든다.
네온사인은 색소폰같이 야위었다.
그리고 나의 정맥은 휘파람 같이 야위었다.

하얀 천사가 나의 폐에 가벼이 노크한다.
황혼 같은 폐 속에서는 고요히 몸이 끓고 있다.

고무전선을 끌어다가 성베드로가 도청을 한다.
그리고 세 번이나 천사를 보고 나는 모른다고 한다.
그 때 닭이 홰를 친다―어엇 끓는 물을 엎지르면 야단야단―

(『각혈의 아침』)

십자가가 발돋움을 할수록 「불세출의 그리스도」 이상의 죽음은 다가오고 있다. 의사 베드로가 세 번이나 그리스도인 나를 모른다고 한다. 즉 이상은, 폐결핵의 피로 빨갛게 펭키칠을 한 십자가에 달리게 되어 있던 자신을 그리스도라고 보고 있다.

이에 대해 김윤식씨는 「이상의 그리스도에 관한 독서체험은 그가 개천용지개(芥川龍之介)에 몰두한 만큼의 독서체험에 연결」 되어 있다고 말한다. 더욱이 「육친의 장」 의 「모조기독」 도 「구원으로서의 그리스도의 길과 얼마나 다른 인식체계인가」 하고 말하면서 「이상이 결정적으로 영향 받은 개천용지개의 경우는 어떠했던가」 를 비교하기 위해서 「속 서방의 사람」 (続西方の人)에서의 「영원히 초월하고자 하는 것」 과 「영원히 지키고자 하는 것」 을 인용하고 있다.14)

결국, 이상은 아쿠타가와의 「서방의 사람」 (西方の人), 「속 서방의 사람」 을 읽고 김윤식씨가 지적한 대로 그리스도에게 관심을 가졌을 것이다. 그러나 이상의 그리스도에 대한 파악은 아쿠타가와의 그리스도관과 비슷한 점도 있고 다른 점도 있다.

아쿠타가와에게 있어서 그리스도는 「천재적인 저널리스트」 (『서방의 사람』 14 )이고, 「인생보다도 천국을 중시한 시인」 (「서방의 사람」 28 )이다. 게다가 그리스도와 같은 시인이나 저널리스트를 「그리스도들」 (「서방의 사람」21 )이라고 부르고 있다.

아쿠타가와 스스로가 시인 겸 그리스도라고 생각하고 있었기 때문에 이상 자신도 그리스도라고 말하고 있다. 또한 그리스도는 시인 겸 그리스도이기 때문에 당시의 제도권에 저항하고 비판하였고 이로 인하여 십자가에 달렸다고 아쿠타가와는 보고 있다. 더욱이 아쿠타가와는 그리스도를 「가난한 사람」이라고 보았고, 아쿠타가와 스스로도 가난한 사람이라고 생각하였기 때문에 그리스도를 추구했다.

한편 이상은, 고통을 느끼고 있는 실부의 빈곤이나 장남을 양자로 뺏긴 고통과 외로움에 주목하여, 실부가 그리스도를 극히 닮은 「모조기독」이라고 말하고 있다. 따라서 이상이 실부를 「모조기독」이라고 말한 것은, 아쿠타가와가 그리스도를 「가난한 사람」이라고 생각했듯이 「가난한 사람」에 중점이 두어져 있다고 할 수 있다. 또한 공포나 증오보다는 양부의 「은애」를 중시하여 그리스도를 극히 닮은 「그리스도의 별신」이라고 말하고 있다. 더욱이 결핵을 앓고 있던 「가난한 사람」이자 시인이었던 이상은, 스스로를 「불세출의 그리스도」라고 말하고 있다.

아쿠타가와와 이상의 그리스도관의 공통점은, 그리스도 이외의 인간도 그리스도라고 보고 있다는 것이다. 아쿠타가와는 주로 시인겸 저널리스트를 「그리스도들」이라고 보았다. 따라서 아쿠타가와 자신도 「그리스도들」의 한사람이라고 여겼다. 또한 이상은 시인인 스스로를 「불세출의 그리스도」라고 생각했다. 즉 아쿠타가와와 이상은 실제로 자신의 죽음을 그리스도의 십자가 죽음에 비유하고 있다.

차이점은, 이상이 「모조기독」과 그리스도를 나누고 있다는 것이다. 한국의 이상연구자들이 지적하고 있듯이, 이상은 실부 김연창을 그의 빈곤과 고통으로 인하여「모조기독」이라고 말하고 있다. 양부인 백부 김연필은「은애」때문에「그리스도의 별신」이라고 생각하였다. 즉 그리스도의 속성을 가지고 있다고 하는 것이다.

그러면 왜 양부인 백부나 실부라고 하는「모조기독」을「암살」하지 않으면 안 되는가? 이는 그들이 이상에게 주는 공포나 빈곤 때문에 이상이 그들에게 묶여서, 아무것도 할 수 없어지기 때문이다. 실제로 양부인 백부가 죽고 나서 겨우 이상은 본가에 돌아 갈 수 있었다. 그러나 본가 가족들의 생활비를 전부 책임져야 했다. 그 때문에 허덕이고 있던 이상의 심경이 나타나 있다고 할 수 있다.

## Ⅲ. 자살충동과 동경행

이상의 문학은 자살을 예견한 문학이다. 처녀작인「12월 12일」에서는「죽지 못하는 실망과 살지 못하는 복수」를 쓰면서 다음과 같이 말하고 있다.

> 나는 지금 희망한다. 그것은 살겠다는 희망도 죽겠다는 희망도 아무것도 아니다. 다만 이 무서운 기록을 다 써서 마치기 전에는 나의 그 최후에 내가 차지할 행운은 찾아와 주지 말았으면 하는 것이다. 무서운 기록이다. 펜은 나의 최후의 칼이다.

「펜은 나의 최후의 칼」은, 아쿠타가와의「어느 바보의 일생」「51 패배」에 나오는 문장인 「이가 빠져 버린 가는 검」을 상기시킨다고 이미 말한 바 있다. 그러나 이상은 자살충동을 느끼면서도 희망을 가질 수 있었다. 이는 칼의 날이 여전히 날카롭기 때문이다. 「12월 12일」은 1930년, 이상이 20세 때의 작품이다. 결핵으로 몸은 쇠약해도 정신은 건강했다.

문종혁의 증언에 의하면, 이상의 최초의 각혈은 1930년 봄이었다고 한다.15)「공포의 기록」(1937.4.25∼5.15)은 제 2의 각혈 후 쓴 유고 엣세이집이다.

> 제 2차 각혈이 있은 후 나는 어슴푸레하게나마 내 수명에 대한 개념을 파악하였다고 스스로 믿고 있다.

이상은 각혈 후 자신의 죽음에 대한 공포를 느꼈다. 이상의 각혈과 문학은 깊은 관련이 있다. 아쿠타가와에게 몰두하면서 이상은 모더니즘의 문학을 통하여 결핵이나 죽음과 대항하려고 했다.

「스물세살이오—3월이오—각혈이다」는「봉별기」(奉別記)의 서두이다.「봉별기」는 1933년 3월, 각혈의 체험을 한 총독부기사 이상이 사표를 내고 황해도 배천온천에 요양하러 갔을 때의 일을 쓴 이야기이다.

배천온천에서 이상은 21세의 금홍과 만났다. 여관의 기생이다. 그녀는 16세 때 그 일을 시작하였고, 19세 때에 아이를 낳은 경험을 가지고 있다. 이상은 여기에서 금홍과 동거를 시작하여 모두 합해서 3년 간 같이 생활했다. 다음은 「각혈의 아침」에 나오는 대목으로 살아가는 것을 포기한 이상의 심경을 읽을 수 있다.

지어가지고 온 약은 집어치우고 나는 전혀 금홍이를 사랑하는 데만 골몰했다. 못난 소린 듯하나 사랑의 힘으로 각혈이 다 멈췄으니까.

배천에서 돌아온 이상은, 금홍을 불러서 죽은 양부의 유산으로 「제비」라는 다방을 서울 종로에서 시작했다. 생활수단이라고도 할 수 있고, 이상의 문학 동인인 「9인회」 16)의 거점이기도 했다. 하지만 결국 경영에는 실패하고 금홍은 달아나 버렸다.

1937년 2월 『조광』(朝光)에 발표한 「동해」(童骸)에서, T라는 「그의 친구」는 「자네, 그중 어려운 외국으로 가게나」, 그렇게 하는 것이 「자살을 구할 수 있는 유일한 방도가 아닌가」 하고 권하고 있다. 1939년 4월 『조선문학』에 발표된 이상의 유고 「단발」(斷髮)에서는 「소녀」에게 「A double Suicide」를 제안하지만 실패한다.

A double Suicide
그것은 그러나 결코 애정의 방해를 받아서는 안 된다는 조건이 붙는다. 다만 아무것도 이해하지 말고 서로서로 「스푸링보드」 노릇만 하는 것으로 충분히 이용할 것을 희망한다.

그리고 「소녀」에게 「Double Suicide를 「푸로포즈」」하여 보았지만, 대답은 「노ー」였다. 그래서 주인공은 「혼자 죽을 수 있는 수양을 허지」하고 생각했다. 소녀는 이렇게 대답한다.

싫습니다. 불행을 짊어지고 살아가는 것이 제게는 더 없는 매력입니다. 그렇게 내어 버리구 싶은 생명이거든 제게 좀 빌려 주시지요    (「단발」)

「단발」은 유고이지만, 내용적으로는 「날개」보다 이전의 이야기이다. 이는 또한 아쿠타가와 류노스케의 「어느 바보의 일생」 「47 불장난」을 근거로 하고 있는 점을 알 수 있다.


그는 그녀에게 호의를 가지고 있었다. 그러나 연애 감정은 느끼고 있지 않았다. 뿐만 아니라 그녀의 몸에 손가락 하나 대지 않았다.
「죽고 싶어하신다지요?」
「네. 아니, 죽고 싶어한다기보다도 사는 것에 싫증이 난 겁니다.」
그들은 이런 문답을 하며 함께 죽기를 약속했다.
「더블 플라토닉 슈이사이드군요.」
「더블·플라토닉·슈이사이드.」


더욱이 「어느 바보의 일생」의 「더블 플라토닉·슈이사이드」와 비슷한 이야기는, 1937년 6월 『조광』에 발표된 이상의 유고인 「슬픈 이야기」 중에서도 읽을 수 있다.


여인은 그전에 월광 아래 오래오래 놀던 세월이 있었나 봅니다. (중략)
여인—내 그대 몸에는 손가락 하나 대이지 않으리라. 죽읍시다. 「따불 플라토닉크 쉬사이드인가요」 아니지요—두개의 싱글 쉬사이드지요. (중략)
「틀림없이 같이 죽어 드리기로」 —네—감사하다 뿐이겠습니까. (중략)
나는 이 세상의 모든 죄속스러운 일을 잊어버리기로 결심하였습니다. 그리고 깨끗한 손수건을 기처럼 혼들었습니다. 패배 (敗北) 의 기념입니다. (중략)
집에 갑시다. 「싫어요—저는 오늘 아주 나왔세요」 닷새만 더 참아요. 「참지요—그러나 그렇게까지 해서라도 꼭 죽어야 되나요」 「그러믄요. 죽은세음 치고 그 영혼을 나에게 빌려 주실 수는 없나요」 안됩니다. 「언제

든지 죽어드리겠다는 저당을 붙여도」 네. (중략)
　과연 지금 나로서는 혼자 내 한 명을 끊을 만한 자신이 없습니다. 수양이
못 되었습니다.


「더블・플라토닉・슈사이드」 뿐만 아니라, 이상이 사용하고 있는 「스
프링보드」 라는 말도, 이상 자신이 언급하고 있는 아쿠타가와의 「어느 옛
친구에게 보내는 수기」 의 다음 부분에서 차용하였을 가능성이 높다.17)


　이 스프링・보드로 유익한 것은 뭐니뭐니해도 여인이다. (중략)
　그러나 나는 불행하게도 이런 친구를 가지고 있지 않다. 단지 내가 알고
있는 여인은 나와 함께 죽으려고 했다. 하지만 이는 그들을 위해서는 할 수
없어져 버렸다. 그러는 동안에 나는 스프링・보드 없이 죽을 자신이 생겼다.


이상과 아쿠타가와가 동반자살의 제안을 여성에게 하고 있는 장면인데, 자
살에 관해서는 이상이 아쿠타가와의 문장을 염두에 두고 힌트를 얻어서 썼다
는 사실을 부인 할 수 없다. 단지 이상의 「단발」 에 나오는 「소녀」 나 「슬
픈이야기」 의 「여인」 은 「어느 바보의 일생」 의 「그녀」 와는 죽음에 대
해서 다른 태도를 보이고 있다. 물론 아쿠타가와는 여성과 동반자살 하는 데
에는 실패했지만, 「어느 바보의 일생」 중의 「그녀」 에게 함께 죽겠다는 약
속을 받는다. 그러나 이상의 「소녀」 와 「여인」 은 재기 넘치는 말로 거절하
고 있다.
　결국은 아쿠타가와도 이상도 여성과 동반자살 하는 것에는 실패한다. 아쿠
타가와는 스프링보드로서 그리스도를 추구하게 되고, 이상은 다시 한번 도전
한다. 이상은 동경에 가기 전날, 김유정(金裕貞)으로 보이는 유정(兪政)을

만나서 나눈 말을 떠올린다. 김유정[18]과 이상이 동반자살을 하려고 했던 것은 단지 결핵 때문이었다.

> 유정 ! 유정만 싫다지 않으면 나는 오늘밤으로 치러버리고 말 작정이었다. 한개 요물에게 부상해서 죽는 것이 아니라 27세를 일기로 하는 불우의 천재가 되기 위하여 죽는 것이다.
> 유정과 이상—이 신성불가침의 찬란한 정사(情死)—이 너무나 엄청난 거짓을 어떻게 다 주체를 할 작정인지.
> <그렇지만 나는 임종할 때 유언까지도 거짓말을 해 줄 결심입니다.>[19]

「한 개 요물에게 부상해서」 죽는 것이 아니라 「불우한 천재가 되기 위하여」 죽는 것 자체가 거짓이라는 것이다. 그러나 이상은 자살을 선택하지 않았다. 먼저 「펜은 최후의 칼이다」 라며 자살 충동을 저지시켰던 것은 어차피 죽게 되어 있었기 때문이다. 이 점에서 보면 문학과 결핵이 이상을 자살 충동에서 구했다. 여기서 선택한 것이 동경행이었다.

이상은 동경에 가서 「종생기」(終生記)를 완성했다. 이는 아쿠타가와의 「어느 옛 친구에게 보내는 수기」 에 해당하는 이상의 유서이다. 「종생기」 는 「단편소설」 이라는 제목으로, 1937년 5월 『조광』 에 발표하고 있다. 작품의 끝에는 1936년 8월, 9월에 동경에서 완결했다고 하는 이상 자신의 기록이 있다. 즉 「임종 때의 유언까지도 거짓말을 해줄 결심」 을 하고 쓴 유서이다.

여기에서 말하는 36세로 자살한 「천재」 란 말할 필요도 없이 아쿠타가와 류노스케이다. 김유정과의 대화 속에서 「27세를 일기로 하는 불우한 천재」 가 되기 위하여 죽는다고 하는 것은 다음 글과 비슷한 곳이 있다.

열세벌의 유서가 거의 완성해 가는 것이었다. 그러나 그 어느 것을 집어내 보아도 다같이 서른 여섯 살에 자살한 어느「천재」가 머리맡에 놓고 간 蓋世의 일품의 아류에서 일보를 나서지 못했다. 내게 요만 재주 밖에는 없느냐는 것이 다시없이 분하고 억울한 사정이었고 또 초조의 근원이었다.

(「종생기」)

지금까지 이상의 자살 충동에 대해서 생각해 왔다. 이는 아쿠타가와의 자살과 어떤 차이가 있을까? 먼저 자살 동기의 차이이다. 이상에게는 결핵이라고 하는 육체적인 병이 자살 충동의 원인이 되었다. 그러나 아쿠타가와 쪽은 신경쇠약에서 오는 불면증이 자살 원인의 하나이다.

펜을 쥔 손마저 떨리기 시작했다. 뿐만 아니라 침까지 흘리기 시작했다. 그의 머리는 0.8그램의 베로날 수면제를 복용했다가 깼을 때말고는 한번도 온전한 적이 없었다. 더구나 온전하다 하더라도 기껏해야 반시간이나 한시간 정도였다. 그는 단지 흐릿함 속에서 그날 그날의 생활을 하고 있었다. 말하자면 이가 빠져 버린 가는 검을 지팡이 삼아서.

(「어느 바보의 일생」 51)

아쿠타가와의 「어느 바보의 일생」 마지막 장인 「51 패배」의 한 구절이다. 이를 「톱니바퀴」(歯車)와 함께 읽을 때, 아쿠타가와는 어머니의 광기가 유전될 것을 두려워했다는 사실을 추측할 수 있다. 더욱이 아쿠타가와는 자신의 문학을 지키기 위해서 죽음을 택했다. 이 주인공은 「펜을 쥔 손마저 떨리기 시작」하여 문학을 계속할 힘이 없어졌다고 말하고 있다. 이상에게 있어서 「펜은 최후의 칼」이었다고 한다면, 아쿠타가와에게 있어서 펜은 「이가 빠져 버린 가는 검」이었다. 그것도 아쿠타가와가 펜을 「칼」이 아니라 「지팡이」로 삼은 점이 다르다.

다음은 자살에 대한 한일 문화의 차이이다. 이상은 아쿠타가와가 여성을 스프링보드로하여 동반자살을 시도했던 사실에 힌트를 얻어, 어느 여성에게 동반자살을 제안하지만 거절당한다. 「그렇게 내어버리구 싶은 생명이거든 제게 좀 빌려 주시지요」하고「단발」속의 여성에게 이상은 말하게 한다. 그리고 이상은 같이 결핵을 앓고 있던 김유정(유정)을 찾아가서, 함께 죽자고 권유한다. 그러나 유정은 이를 거절하고, 이상이 자살할 지도 모른다고 주위 사람들에게 말한다.

결국 이상이 동반자살하자고 김유정에게 말하여도 유교의 영향이 강한 한국에서는 자살을 죄로 생각하고 있기 때문에 쉽게 동의하지 않았다. 따라서 이상은 아쿠타가와처럼 자살을 위한 스프링보드를 찾지 못하고 용기도 부족하여 자살하지 못했다.

한가지 공통점이라고 할 수 있는 것은, 이상도 아쿠타가와도 인생에 대한 패배 의식을 가지고 있었기 때문에 죽어서 자신의 문학이 부활 할 것을 기대했다는 것이다. 김윤식씨는, 이상에게 있어서 자살은 공적인 구원이라고 할 수 없고, 사적인 구원으로는 문학적인 의미가 별로 없다고 말하고 있다. 또한 「군자국 조선의 전통 속에서라면 자살이란 일종의 악덕이거나 스캔들에 속할 것」이기 때문에「공적인 구원이란 폐결핵으로 죽어 부활하는 길뿐이었다」고 기술한다.[20] 한국의 문화를 고려할 때 올바른 지적이다. 이상의 경우 이는「펜이 최후의 칼」이 될 수 있는 정신력을 가지고 있었기 때문에 가능해진 것이다.

# Ⅳ. 망명지, 동경

자살이냐 동경행이냐 하는 갈림길에서 이상은 동경행을 택했다. 동경에 가도 어차피 죽는다는 것은 이미 알고 있었지만, 동경은 이상에게 자살로부터의 망명지였다. 이는 다음 「봉별기」 의 문장에서 알 수 있다.

> 나는 몇 편의 소설과 몇 줄의 시를 써서 내 쇠망해 가는 심신 위에 치욕을 배가하였다. 이 세상 내가 이 땅에서의 생존을 계속하기가 자못 어려울 지경에까지 이르렀다. 나는 여하간 허울좋게 말하지만 망명해야겠다.
> 어디로 갈까. 나는 만나는 사람마다 동경으로 가겠다고 호언했다.
>
> (「봉별기」 )

이상에게 있어서 동경은 지적인 목마름을 채워 줄 곳이면서도 지배국의 수도였다. 동경은 그가 계속해온 근대의 모더니즘을 확인하는 곳이라고 생각했다. 지식으로서 배워 온 근대가 동경에 가면 존재하고 있을 것이라고 보았다.

그는 아쿠타가와의 죽음을 동경하여 날개를 달고 동경으로 날아갔다. 동경에 가서 어떻게 될 것인지를 이상은 누구보다 잘 알고 있었다.

> 동경이라고 하는 곳에 오직 나를 매질 할 번고가 있을 뿐인 것을 너무 잘 알고 있지만 컨디슌이 필요하단 말이요, 컨디슌, 사표, 시야, 아니 표상, 구속, 어째 적당한 어휘가 발견되지 않소만 그려 !       (「사신 (2)」 )

이상의 자전적인 작품이라고 하는 「봉별기」 중에서는, 주인공인 「내」 가 금홍과 동거하고 나서 1년이 지난 1933년 8월 하순에 금홍이 가출을 한다.

2개월만에 돌아온 금홍은「내」가 굶어 죽을 듯이 보였는지 그날부터 일을 해서「나」를 먹여 살리게 되었다. 그때「나」는「오-케-」라고 말하고 있다. 그 후「두 달? 아니 다섯 달이나 되나보다」 금홍은 가출해 버렸다. 그런데 금홍이 다시 돌아왔다.「봉별기」의 마지막에서「네눔 하나 보구져서 서울 왔지 내 서울 뭘 허려 왔다디?」,「너 장가갔다 더구나」하고 말한다. 그리고 두 사람은 이생에서의 영이별이라는 결론으로 향한다.

금홍이라는 여성은, 이상이 1933년 3월, 각혈을 하고 배천온천에 요양하러 갔을 때 만난 온천여관의 기생이었다. 그리고 서울에 돌아와서 7월「제비」라는 다방을 경영하였을 때에 불러서 3년간 동거한 여성이다. 금홍이 4번째 가출을 하여 이상은 변동림(卞東琳)21)과 정식으로 결혼하였다. 그러나 이상에게 있어서 금홍은 안정감을 주는 어머니와 같은 존재였다.

이런 안정감을 가지고 쓰여진 이상 단편소설의 대표작인「날개」는, 아쿠타가와의「어느 바보의 일생」「49 박제백조」와 관련을 가지고 시작된다. 다음 문장은 유명한「날개」의 시작과 마지막 구절이다.

「박제가 되어버린 천재」를 아시오? 나는 유쾌하오. 이런 때 연애까지가 유쾌하오. (중략)

나는 불현듯이 겨드랑이 가렵다. 아하, 그것은 내 인공의 날개가 돋았던 자국이다. 오늘은 없는 이 날개, 머릿속에서는 희망과 야심의 말소된 페이지가 딕셔내리 넘어가듯 번뜩였다. 나는 걷던 걸음을 멈추고 그리고 어디한번 이렇게 외쳐 보고 싶었다.

날개야 다시 돋아라.

날자. 날자. 날자. 한번만 더 날자꾸나.

한번만 더 날아 보잤꾸나.                                                  (「날개」)

이상 자신을 모델로 한 「나」는 스스로를 「박제가 되어버린 천재」라고 말하고 있다. 임종국씨는 「박제」와 「날개」와의 관계에 대해서 다음과 같이 쓰고 있다.

'날개'—박제가 되어 버리기 전의 의식의 자연적 비상—를 잃고, 또 오늘 '인공의 날개'—박제가 되어 버린 후의 의식의 인위적 비상, 즉 농성의 생활—도 잃어 버렸음을 의식하는, '나'의 독한 절망······ 이런 속에서도 날개의 재생을 희구했다는 것은 확실히 '걷던 걸음'을 멈추려는, 즉 과거를 초극하려는 격렬한 의지의 섬광이다.22)

위의 문장에서 알 수 있듯이 임종국씨는 「박제」가 된 것은 「나」 자신이라고 지적하고 있다. 더욱이 「날개」의 서두에서 말하는 「박제가 되어 버린 천재」에 대해서 이어령씨는 「「의식의 평화」속에 살던 「박제가 되어 버린 천재」—나, 주인공」이라고 말하고 있다.23) 또한, 김윤식씨도 「박제가 되어 버린 천재」란, 이상 스스로를 가리키고 있다고 이해하고 있다.

스스로 '박제가 되어 버린 천재'라 외치는 것, 이 도저한 허무주의라는 늪에서 허우적 거리지 않을 수 없는 장면이 벌어진다. 이 늪을 벗어나기 위해 고안해 낸 도박이 바로 '자살'이라는 셈이다.24)

즉 한국의 이상 연구에서는 「박제가 되어버린 천재」란, 「날개」 속에서 이상 자신으로 보이는 「나」를 가리키고 있다고 보고 있다.

또 하나 권택영씨에 의하면, 「박제가 되어버린 천재」란 「날개」의 주인공만이 아니라, 「근대이후 도시인의 전형」 이기도 하다는 지적이 있다.25) 암울한 식민지 시대에 식민지의 지식인이 느끼는 좌절과 상실감을 나타내고 있다고도 읽을 수 있다는 것이다.

그러나 「「박제가 되어버린 천재」를 아시오?」 하고 괄호가 처져있는 것과 문장이 주는 느낌으로 볼 때 이는 아쿠타가와라고 읽어도 이상하지 않은 이중성이 있다. 다음은 아쿠타가와의 「어느 바보의 일생」 「49 박제백조」 의 문장이다.

그는 「어느 바보의 일생」 을 다 쓴 뒤, 우연히 어떤 고가구 상점에서 박제된 백조를 발견했다. 그 백조는 목을 들고서 있었지만 노랗게 물든 날개에까지 좀이 슬어 있었다.

그는 자신의 일생을 생각하며 눈물과 냉소가 북받치는 것을 느꼈다. 그의 앞에 놓여 있는 것은 단지 발광이나 자살이냐 뿐이었다. 그는 해질 녘의 거리를 홀로 걸으면서 서서히 그를 멸하러 오는 운명을 기다리기로 결심했다.

주인공인 「그」 는 「박제백조」 를 보고 자신의 운명을 생각했다. 아쿠타가와는 볼테르에게 공급받은 「인공날개」 를 펴고 날아 올라갔지만 이카루스의 비극을 맞이하였다. 그리고 인생에 패배하여 박제가 되어 버렸다고 생각했을 것이다. 이는 「어느 바보의 일생」 「19 인공날개」 의 문장에서도 읽을 수 있다.

그는 이 인공날개를 펴고, 거뜬히 하늘로 날아 올라갔다. 그와 동시에 이지의 빛을 쬔 인생의 환희와 슬픔은 그의 눈 밑으로 가라앉아 갔다. 그는 초라한 마을들 위로 반어(反語)와 미소를 떨구면서 거칠 것 없는 공중을 향해 곧장 올라갔다. 마치 이런 인공 날개가 태양 빛에 타 버렸기 때문에 마침내 바다에 떨어져 죽은, 옛날 그리스인도 잊은 것처럼.

아쿠타가와는 「어느 바보의 일생」 을 절필이라 생각하고 썼다. 구메 마사오(久米正雄) 앞으로 발표의 가부를 부탁하는 글도 썼다. 그러나 그러던 중에 예수 그리스도에게 주목하여 「서방의 사람」 을 쓰기 시작한다. 이를 읽은 이상은 자신을 「박제가 되어버린 천재」 라고 말하고, 「박제가 되어 버렸」 지만 날개가 다시 한번 돋아나기를 희구하고 있다.

아쿠타가와의 문장을 인용하면서도 이상은 자신의 말인 것처럼 하지 않았다. 아쿠타가와의 말이라는 것을 알고 있는 사람이 읽어도 지장이 없도록 「「박제가 되어 버린 천재」를 아시오」 라고 쓰고 있다. 따라서 「박제가 된 천재」 란 원래 아쿠타가와를 가리키고 있는 말이지만, 이를 아쿠타가와라고 읽어도 이상이라고 읽어도 되리라고 본다.

더욱이 「날개」 라는 작품은 시작과 마지막 문장이 아쿠타가와의 작품과 관련을 가지고 있다. 「날개」 의 마지막에 주인공인 나는 「웃방」 에서 나와 미쓰코시(三越)백화점 옥상에 올라가 「날개야 다시 돋아라」 하고 외쳐보고 싶어한다. 결국 다시 돋아난 「날개」 를 펴고 동경으로 날아갔다. 그런데 동경에 간 이상은 실망한다.

> 기림형(起林兄)
> 기어코 동경왔오. 와보니 실망이오. 실로 동경이라는 데는 치사스런 데로구려 !　　　　　　　　　　　　　　　　　　　　　　　(「사신 (6)」)
> 나는 참 동경이 이따위 비속 그것과 같은 シナモノ인줄은 그래도 몰랐오 그래도 뭐이 있겠거니 했더니 과연 속 빈 강정 그것이오　　(「사신 (7)」)

이상이 알고 있던 동경이란 관념적인 것이었다. 모더니즘이 융성한 것을 볼 수 있을 것이라고 생각했던 이상의 기대에 동경은 부응하지 못했다. 이와 같이 동경에 실망을 느낀 이상은 아쿠타가와의 자살 심리를 맛보고 있다.

> 생에 대한 용기, 호기심 이런 것이 날로 희박하여 가는 것을 자각하오 이것은 참 제도할 수 없는 비극이오! 개천(芥川)이나 목야(牧野)같은 사람들이 맛보았을 성싶은 최후 한 찰나의 심경은 나 또한(亦) 어느 순간 전광같이 짧게 그러나 참 똑똑하게 맛보는 것이 이즈음 한두 번이 아니오.
> (「사신 (7)」)

이는 동경에 도착하여 쓴 것으로「종생기」를 쓸 때의 심경을 나타내고 있다. 아쿠타가와나 마키노 신이치(牧野信一)가 맛보았을「최후의 한 찰나의 심경」을「전광」과 같이 맛보다는 것은 무엇일까? 아쿠타가와는 절필로 생각하고 쓴「어느 바보의 일생」의「8 불꽃」에서 다음과 같이 말하고 있다.

> 그때 눈앞의 전깃줄이 하나, 보랏빛 불꽃을 발하고 있었다. 그는 묘하게 감동을 느꼈다. 상의 호주머니에는 그들의 동인 잡지에 발표할 자신의 원고를 감추고 있었다. 그는 빗속을 걸으면서 다시 한번 뒤쪽의 전깃줄을 올려다보았다. 전깃줄은 여전히 날카로운 불꽃을 발하고 있었다. 그는 인생을 바라다보아도 특별히 가지고 싶은 것은 아무 것도 없었다. 하지만 이 보랏빛 불꽃만은—처절한 공중의 불꽃만은—목숨과 바꾼다 할지라도 붙잡고 싶었다.

이상은「날개」를 달고 동경에서 마지막 날개 짓을 하고 있다. 그것이 동경에서 쓴「종생기」등이다. 이를 쓸 때 이상이 맛본「최후 한 찰나의 심경」이란, 아쿠타가와가 상의 호주머니에 동인잡지에 발표할 원고를 감추고 걸으면서 「목숨과 바꾼다 할지라도 붙잡고 싶었」던 전깃줄의 불꽃이란, 전광과 같은 찰나의 감동이었을 것이다.

이상이 「어느 바보의 일생」 의 「8 불꽃」 을 이미 읽었다는 사실은 1932년 11월 6일 날짜로 일본어로 쓴 미발표 창작 노트에서 알 수 있다. 다음과 같다.

> 그와 동시에 소리 없는 방전이 그 파라솔의 첨단에서 번쩍하고 일어났다. 그와 동시에 차실은 삽시에 棺桶의 내부로 화하고 거기에 있는 조그마한 벽면의 여백에 고대미개인의 낙서의 흔적이 남아 있다. 왈「비의 전선에서 지는 불꽃만은 죽어도 역시 놓쳐 버리고 싶지 않아」 「놓치고 싶지 않아」 운운.          (「얼마 안 되는 변해—몇 옛 친구에게 보내는—」)

이는 이상이 23세 때, 총독부 관방 회계과에 근무하던 때의 문장이다. 「전선에서 떨어지는 불꽃」 만은 붙잡고 싶었다고 하는 말이 아쿠타가와의 말과 유사하다. 마지막 부분은 『어느 바보의 일생』 의 「8 불꽃」 을 염두에 두고 쓴 것이 확실하다고 본다.

# Ⅴ. 「인공날개」 와 「날개」

이상은 「종생기」 를 쓴 뒤, 한국 성천의 여름을 떠올리며 팔봉산에 태양이 높이 떠오른 한낮에서 밤이 되기까지의 풍경을 그린 「권태」 를 12월 9일 날짜로 쓰고 있다. 1937년 2월 10일 미명에 쓰여진 「사신(9)」 가 절필이라고 할 수 있으니까「권태」는 절필이 아니다. 23세 때 도회인인 이상이 농촌에 가서 느낀 권태를 상기하며 동경에서 완성하였다. 이 심경은 한국의 농촌에서 느낀 권태뿐만이 아니라 자신이 꿈꾸던 모더니즘의 융성을 볼 수 있으리라고 기대한 동경에서도 느낀 권태라고 읽을 수 있는 곳이 있다.

「권태」의 제 1장은, 한국 농촌의 여름 풍경을 회고하는 다음 문장으로 시작된다. 그리고 마지막 제 6장은 농촌에서 경험한 권태를 불나비의 이야기로 일단 끝내고 있다.

> 어서—차라리—어둬 버리기나 했으면 좋겠는데—벽돌의 여름—날은 지리해서 죽겠을 만치 길다. (중략)
> 불나비가 달려들어 불을 끈다. 불나비는 죽었든지 화상을 입었으리라. 그러나 불나비라는 놈은 사는 방법을 아는 놈이다. 불을 보면 뛰어들 줄을 알고—평상에 불을 초조히 찾아다닐 줄도 아는 정열의 생물이니 말이다.
> (「권태」)

여기서 볼 수 있는 불나비에 대한 것은 아쿠타가와의「서방의 사람」「27 예루살렘으로」라는 문장을 상기하게 한다.

> 우리는 촛불에 타는 나비 속에서도 그를 느낄 것이다. 나비는 단지 한 마리 나비로 태어났기 때문에 촛불에 태워지는 것이다. 그리스도 또한 나비와 다를 바 없다.

앞에서 인용한 적이 있지만, 1933년 1월 20일 23세 때 쓴「각혈의 아침」에서, 이상은 스스로를「내가 가장 불세출의 그리스도라고 치고」라고 쓰고 있다. 이상도 자신을 그리스도라고 표현하고 있는 것을 보면, 아쿠타가와가 절필로 생각하고 쓴「서방의 사람」을 읽은 것으로 보인다. 더욱이 이상이 그리스도에 대해서 말하기 시작한 것이 아쿠타가와의 영향이라는 것은 한국의 이상연구에서도 지적되어오고 있다.

하지만 이상에게는 이미 정열이 남아있지 않았다. 그 심경을 이상은 다음과 같이 나타내고 있다. 이는 한국의 농촌 성천과는 구별하여 일본의 간다(神田)에서 느낀 것이다.

> 그러나 여기 어디 불을 찾으려는 정열이 있으며 뛰어들 불이 있느냐. 없다. 나에게는 아무것도 없고 아무 것도 없는 내 눈에는 아무것도 보이지 않는다. (중략)
> 나는 이 대소 없는 암흑 가운데 누워서 숨쉴 것도 어루만질 것도 또 욕심나는 것도 아무것도 없다. 다만 어디까지 가야 끝이 날지 모르는 내일 그것이 또 창밖에 등대하고 있는 것을 느끼면서 오들오들 떨고 있을 뿐이다.
> (「12월 19일 미명, 동경서」)

결핵과 빈곤을 견디며 생활하고 있던 이상은, 동경의 간다 다타미 방에서 추위 때문에 오들오들 떨고 있었음에 틀림없다. 절필이 된「사신 (9)」에서, 당시 이상의 빈곤 정도를 읽을 수 있다.

> 살아야겠어서, 다시 살아야겠어서 저는 여기를 왔습니다. (중략)
> 저는 당분간 어떤 고난과라도 싸우면서 생각하는 생활을 하는 수밖에 없습니다. 한편의 작품을 못 쓰는 한이 있더라도, 아니, 말라 비틀어져서 아사하는 한이 있더라도 저는 지금의 자세를 포기하지 않겠습니다. (중략)
> 과거를 돌아보니 회한뿐입니다. 저는 제 자신을 속여 왔나 봅니다. 정직하

게 살아 왔거니 하던 제 생활이 지금 와 보니 비겁한 회피의 생활이었나 봅니다.

정직하게 살겠습니다. 고독과 싸우면서 오직 그것만을 생각하며 있습니다.

이는 이상이 김기림에게 쓴 편지이기 때문에 자신의 정직한 감정을 나타내고 있다. 겨우 이상의 눈에 여러 가지 실태가 보이기 시작했다고 할 수 있다. 동경이 관념으로서가 아니라 현실로서 보이기 시작했다.

그러나 정직하게 살아가려고 했을 때 그는 경찰에 붙잡혔다. 표정이나 모습, 쓰고 있는 문장이 이상해서 사상 불온자로 간주되었기 때문이다. 절필인 「사신 (9)」를 쓴지 이틀 후인 1937년 2월 12일이었다. 결핵으로 보석된 것이 3월 16일이니까 34일간 구금되었다. 1947년 4월 17일 새벽 4시, 동경제국대학 부속 병원에서 레몬을 부탁하여 그 향기를 맡으면서 이상은 죽어갔다.

동경은 이상에게 망명지였다. 「살아야겠어서, 다시 살아야겠어서」 동경에 왔다고 이상은 「사신 (9)」에서 말하고 있다. 자살보다 동경을 선택했지만, 동경에 가도 결핵과 빈곤 때문에 죽음을 맞이하게 된다는 사실은 알고 있었다. 그런데 이상은 「날개」를 달고 동경으로 날아갔다.

그러면 이상에게 있어서 「인공날개」 「날개」란 무엇을 가리키고 있는가? 이는 정열이었다. 서울의 한 복판에 있는 미쓰코시 백화점 옥상에 올라가서 「불현듯이 겨드랑이가 가」려워졌다. 그리고 날개가 돋아나도록 외쳐보고 싶어하는 「날개」의 주인공 「나」에게는 불에 뛰어드는 불나비의 정열이 필요했다.

「사신 (3)」에서는 동북(東北)제국대학에 유학하고 있는 김기림 앞으로 다음과 같이 쓰고 있다.

소설을 쓰겠오. 「おれ達の幸福を神様にみせびらかしてやる」그런 해괴망측한 소설을 쓰겠다는 이야기요.

그 소설이 「날개」였을지도 모른다. 1936년 6월경 발표한 「사신 (4)」를 김기림 앞으로 쓰면서 이상은, 「참 내가 요새 소설을 썼오. 우습소?」하고 말하고 있다. 이상은 계속 시나 산문, 에피그램을 써 왔기 때문에, 이는 소설 「날개」라고 할 수 있다. 「사신 (5)」속에서 이상은 김기림에게 「날개」에 관한 비평을 들은 것을 확인할 수 있다.

졸작 <날개>에 대한, 형의 다정한 말씀 골수에 스미오 방금은 문화천년이 灰燼에 돌아갈 지상최종의 걸작 <종생기>를 쓰는 중이오.

이상은 정열을 가지고 동경에 가서, 서울에서 쓰던 「종생기」를 동경에서 완성했다. 1936년 11월 20일이었다. 이상은 「종생기」를 다 쓰고 나서 생에 대한 용기와 호기심이 희박해져 가는 것을 경험했다고 「사신 (7)」에서 고백하고 있다. 결국 김기림 앞으로 쓴 「사신 (8)」속에서, 「내가 서울을 떠날 때 생각한 것은 참 어림도 없는 도원몽이었오 이러다가는 정말 자살할 것 같소」라고 고백하고 있다. 다시 한 번 「인공날개」를 달고 동경으로 날아갔지만 뛰어들 불을 발견하지 못했다. 정열이 식었다고 할 수 있을 것이다.

이상의 「인공날개」와 아쿠타가와의 「인공날개」는 어떻게 다른가. 먼저 아쿠타가와의 「인공날개」에 대해서는 「어느 바보의 일생」 「19 인공날개」속에서 엿볼 수 있다.

스물 아홉 살인 그에게 인생은 조금도 밝지 않았다. 이런 그에게 볼테르는 인공날개를 공급했다.

그는 이 인공날개를 펴고, 거뜬히 하늘로 날아 올라갔다. 그와 동시에 이지의 빛을 쬔 인생의 환희와 슬픔은 그의 눈 밑으로 가라앉아 갔다. 그는 초라한 마을들 위로 반어와 미소를 떨구면서 거칠 것 없는 공중을, 태양을 향해 곧장 올라갔다. 마치 이런 인공날개가 태양 빛에 타 버렸기 때문에 마침내 떨어져 죽은, 옛날 그리스인도 잊은 것처럼.

아쿠타가와는 볼테르에게서 「이지의 빛」인 「인공날개」를 공급받았다. 그러나 아쿠타가와의 「톱니바퀴」 6장 「비행기병」 속에는 이미 「인공날개」를 펴고 날아오른 결과가 제시되어 있다.

「매형은 비행기병이라는 병을 아세요?」 (중략)
「저런 비행기를 주로 타는 사람은 고공의 공기만 마시게 되니까 점점 이 지상의 공기에 견딜 수 없어져 버린대요……」

결국 아쿠타가와는 「인공날개」를 달고 하늘로 날아올라갔지만, 「비행기병」에 걸려 지상의 생활에 적응을 못하게 되었다. 불면증으로 괴로워하여 생활에 적응을 못하게 되었다는 것이다.

그 때 아쿠타가와는 예수그리스도를 주목하여 「서방의 사람」 「속 서방의 사람」을 계속해서 써 나갔다. 그리스도의 죽음에서 아쿠타가와는 죽음의 모델을 발견하고 그리스도의 죽음의 의미를 통해서 자신의 죽음에 의미가 주어졌기 때문이다. 그 그리스도가 「엠마오의 여행자들」의 「마음을 뜨겁게」 했던 것처럼 아쿠타가와의 마음을 뜨겁게 했다.

한편 이상에게 있어서 「인공날개」란 무엇일까? 아쿠타가와의 문학을 읽기 시작하면서 화가지망을 그만두고 문학을 하게되었고, 「인공날개」를 달고 이상은 모더니즘의 문학을 계속해왔다. 그러나 결핵이나 빈곤에 시달려 어차피 결핵으로 죽는 것이라면, 자살충동을 억제하여 자연히 죽어갈 것을 택했다. 그 때 이상은 다시 한번 「날개」가 돋아 날 것을 희구하고 있다. 이는 정열이었다. 이상은 아쿠타가와의 죽음이 일본문단에 충격을 주었던 것처럼 강렬한 인상을 남기며 죽고 싶었다. 그리하여 이상은 아쿠타가와에게서 주어진 정열, 「날개」를 달고 다시 한번 동경으로 비상했다. 아쿠타가와가 그리스도로 인하여 마음이 뜨거워져서 「서방의 사람」「속서방의 사람」이라는 절필을 쓰려고 했던 것과 같은 심경이었을 것이다.

그러나 아쿠타가와의 유서 「어느 옛 친구에게 보내는 수기」를 모델로 「종생기」를 마친 이상은, 동경에서 그 정열이 소진되어 뛰어들 불이 없는 것을 한탄하고 있다. 이상이 동경에서 실망하고 정열이 식어버린 원인을 든다면, 고은씨의 지적이 눈길을 끈다. 세계적인 공황의 여파로 일본의 경제가 악화되었고 강제적인 침략정책에 의해 마르크스주의자, 자유주의자를 정리하고, 특히 한국인을 사상이 불온한 자(不逞鮮人)로 처단하는 분위기였다. 이상은 이와 같은 상황에 먼저 좌절했다.

뿐만 아니라 이상은 그가 계획한 일본의 작가를 만날 수가 없었다. 군소 작가 몇을 만난 적은 있지만 그를 인정해 주지 않았다. 이상의 작품이 일본의 문예지나 잡지에 실렸다면 귀국하는 것도 가능했을 것이다. 그러나 귀국하기에는 그의 자존심이 허락하지 않았다.26) 이는 「사신 (9)」의 문장 「친구, 가정, 약주, 그리고 치사스러운 의리 때문에 서울로 돌아가지 못하겠습니다」하는 고백 속에 나타나 있다. 어쩔 수 없이 이상은 혼신의 힘을 다하여 「봉별기」「종생기」「권태」「공포의 기록」「슬픈 이야기」와 같은 많은 작품을 썼다.

# Ⅵ. 맺는말 ― 앞으로의 과제

이상은 처음에 기쿠치 간이나 호리 다쓰오(堀辰雄)에게서 관심을 옮겨 아쿠타가와 류노스케, 마키노 신이치를 읽기 시작하면서 「인공날개」를 달고 시나 엣세이, 소설을 써 나갔다. 다음에는 박제가 되어 버린 자신을 자각하고 다시 한번 「날개」가 돋아나기를 원했다. 그 날개를 제공한 것이 아쿠타가와 류노스케의 문학이었다. 더욱이 아쿠타가와의 죽음이나 마지막 삶의 태도를 모델로 하여 「날개」, 즉 정열이 주어져서 동경으로 날아갔다.

한편 아쿠타가와는, 처음에 볼테르에게 「인공날개」를 공급받아 문학을 계속했다. 하지만 박제가 된 백조를 보고 자신의 운명을 생각하고 절망했다. 그러나 예수 그리스도를 바라보고 그리스도에게서 「서방의 사람」「속 서방의 사람」을 써 나갈 수 있는 정열이 주어져 자살하려는 생각을 접고 생명을 연장했다. 아쿠타가와는 그리스도를 천재적인 시인이라고 생각하고, 자신도 그리스도의 한 사람이라고 말했다. 이상도 이와 같은 아쿠타가와의 영향으로 자신을 그리스도로 그리고 있다.

일본의 메이지(明治)나 다이쇼(大正) 문학자들은 국가라는 제도에 맞서 저널리스트로서의 역할을 다했다. 이상이 일본근대의 문학자들에게 몰두한 이유는 여기에도 있었다. 1년간 총독부 기사로 일하면서 시를 썼지만, 이상은 이에 견딜 수 없었다. 그 때 양부인 백부가 1932년 5월에 죽자 1933년에 총독부를 사임했다. 이상은 총독부 기사로서 그 제도에 맞서 자유와 문학을 선택하고 사직했던 것이다.

그 해 서울의 중심가 종로에 「제비」라는 다방을 열었지만, 장사에는 신경을 쓰지 않고 「9인회」 멤버들과 큰 소리로 문학이야기를 떠드는 데에 빠졌기 때문에 1935년 폐업했다. 당시에 한국인 문학자로서 할 수 있는 일은 다방 정도밖에 없었을 지도 모른다. 1936년 창문사(彰文社)에서 『시와 소설』의 편집을 했는데, 이 때가 이상에게는 가장 즐거운 시기였을 것이다.

이상의 문학에서는 일본의 제국주의에 저항하고 있는 문장을 발견 할 수 없다고 하는 지적이 있다. 그러나 검열로 어려웠던 시절에 문학을 해 갈 수 있는 범위를 고려해야 한다. 이런 암울한 시대에 이상에게 있어서는 쓴다는 것만이 보람이었던 것이다.

당시의 독자들은 작품을 이해하는데 고심했다. 연작시 「오감도」(烏瞰圖) 15편을 신문에 발표한 후 독자들의 항의로 중단되었다. 그 때 이상은 「산묵집—오감도 작자의 말—」을 1934년 8월에 발표하고 자신을 이성이 결여된 정신병자로 취급한 독자들의 몰이해를 한탄하고 있다.

> 왜 미쳤냐고들 그러는지 대체 우리는 남보다 수십년씩 떨어져도 마음놓고 지낼 작정이냐. 모르는 것은 내 재주도 모자라겠지만 게을러빠지게 놀고만 지내던 일도 좀 뉘우쳐 보아야 아니하느냐. 여남은 개쯤 써 보고서 시 만들 줄 안다고 잔뜩 믿고 굴러다니는 패들과는 물건이 다르다. (중략)
> 다시는 이런—물론 다시는 무슨 방도가 있을 것이고 위선 그만둔다. 한동안 조용하게 공부나 하고 나는 정신병이나 고치겠다.

「9인회」의 동인이고 이상에게 가장 존경을 받았으며 동북(東北)제국대학 법문학부(영문학전공)에 유학한 시인 김기림은, 이상의 시대성에 대해서 다음과 같이 말하고 있다.

그의 시는 드디어 시대의 깊은 상처에 부딪쳐서 참담한 신음소리를 토했다. 그도 또한 세기의 암야 속에서 불타다가 꺼지고 만 한줄기 첨예한 양심이었다. (중략)
상의 죽음은 한 개인의 비극이 아니다. 축쇄된 한 시대의 비극이다.27)

한 시대의 비극을 이상은, 자신의 죽음으로 체현했다. 불온한 사상가로 보여 일본 경찰에 체포되고, 34일간 구금된 뒤에 보석되어 동경제국대학 부속병원에서 죽음을 맞이했다. 다음 김기림의 시가 이상의 아픔을 잘 그리고 있다.

아무도 그에게 수심을 일러준 일이 없기에
흰나비는 도무지 바다가 무섭지 않다.

청무우 밭인가 해서 나려 갔다가는
어린 날개가 물결에 젖어서
공주처럼 지쳐서 돌아온다

3월달 바다가 꽃이 피지 않아서 서글픈
나비허리에 새파란 초생달이 시리다.28)

본 논문에서는 「날개」를 중심으로 아쿠타가와 류노스케의 문학이 이상에게 끼친 영향에 대해서 고찰해 보았다. 그러면 왜 아쿠타가와는 근대 한국의 문학자들에게 비판 없이 받아들여지고, 영향을 끼쳤는가? 이를 다음 연구 과제로 삼고 싶다.

## 【주】

1) 이상(李箱) : 박태원의 주석에 의하면, 이상이 고등공업건축과를 졸업하고 「의주통공사장」 총독부의 기사로서 일하고 있었을 때, 공사장 인부들이 본명인 「김해경」을 잘못알고 「이상」(李さん) 이라고 불렀는데, 그 미묘한 반향이 마음에 들어 발음이 같은 이상(李箱)을 펜 네임으로 하였다고 한다. 그 외에도 발음이 같은 理想, 異常 등을 의미한다는 해석이 있다.

2) 김우현씨의 「이상문학목록」 (『이상소설연구』, 소명출판, 1999. 12) 에는, 이상문학관련 박사학위 논문만 해도 30편 이상을 제시하고 있다.

3) 가와무라 미나토 『서울도시 이야기』, 헤이본사(平凡社)신서, 2000. 4, p.114.

4) 권택영 「출구없는 반복—이상의 모더니즘」, 권영민편저 『이상문학연구 60년』, 문학사상사, 1998. 10, p.77.

5) 권택영 「출구없는 반복—이상의 모더니즘」, pp.55-56.

6) 문종혁 「몇가지 의의」, 『문학사상』, 1974. 4, p.347.

7) 김윤식 「제1차 각혈과 자살충동」, 『이상연구』, 문학사상사, 1997. 6, p.91.

8) 김윤식 「「종생기」 주석」, 『이상연구』, p.377.

9) 김옥희 「오빠이상」, 「신동아」, 1964. 12, p.314.

10) 고은 『이상평전』, 민음사, 1974. p.42.

11) 이상이 양자로 간 후, 백부집에 들어온 계백모에게서 남자아이가 태어났다. 아쿠타가와는 어머니의 광기로 생후 8개월이 되자 어머니 후쿠의 진정인 아쿠타가와 도쇼(芥川道章)에게 맡겨졌다. 아쿠타가와의 본가에 일을 돕기 위해서 가 있던 어머니의 여동생인 이모 후키와 실부 니하라 도시조(新原敏三)와의 사이에 이복 남동생이 태어났다.

12) 김윤식 「결핵의 속성과 결핵문학」, 『이상연구』, p.115.

13) 유광우 『이상문학연구』, 충남대학출판부, 1993. 10, p.66.

14) 김윤식 『이상연구』, p.117.
    김윤식씨는 요시모토 류메이(吉本隆明)씨의 논문, 「비극의 해독」 (지쿠마서방, 1979)을 읽고 이와 같이 언급하고 있다.

15) 문종혁 「몇가지 의의」, 『문학사상』, 1974. 4, p.348.

16) 구인회 : 1933년 두사람의 발기인에 의하여 이태준, 이무영, 이효석, 김기림, 정지용 등 아홉명이 조직한 문학친목단체이다. 그 후에 이종명과 김유영 그리고 평양에 간 이효석이 탈퇴하였고, 그 대신 박태원, 이상, 박팔양을 넣었다. 그 후 얼마 지나지 않아서 유치진, 조용만이 탈퇴하고 김유정, 김환태 두 사람이 가입하였다.

17)「A double Suicide」「스프링보드」라는 말을 이상이 아쿠타가와의「어느 바보의
　　일생」「어느 옛 친구에게 보내는 수기」에서 인용했을 가능성에 대해서는, 이미
　　오유미씨가 지적한 바 있다.
　　　오유미「이상문학의 외래적 요소에 관한연구」,『관악어문연구』1, 서울대학국어
　　국문학과, 1976.
18) 김유정 : 폐결핵을 앓고 있던 소설가로 1937년 3월 29일에 세상을 떠났다. 같은 해
　　4월17일에 죽은 이상보다 조금 전의 일이다. 1937년 5월 경성 부민회관에서 이상,
　　김유정의 합동 추도회가 열렸다. 이에 대해서 고은씨는『이상평전』（p.292）속에
　　서「그들은 사후에 동반자살을 달성했다」고 말하였다.
19) 김유정의 인생을 그린 작품 속에서 안회남은 다음과 같이 말한다.
　　　유정이 내 귀에다 입을 대고 이상형의 걱정을 하면서,
　　　「혹시 자살할지도 모른다. 네가 눈치 좀 떠 보렴.」
　　　하길래, 놀래어 자세히 알아보니, 이상 홀로 유정을 방문하여 와서 우리 두 사람 사정
　　이 딱하기 흡사하니, 이 세상 더 살면 뭐 그리 신통하고 뾰족한 게 있겠소. 둘이서
　　같이 죽어 버립니다. 하더라고 ―.
　　　그러나 유정은 살고 싶었다. 그는 끝끝내 죽으려 하지 않았다. 그래서 유정이 싫다고
　　하니까 이상은 무안을 당해 표연히 돌아갔다는 것이다.
　　　안회남「겸허―김유정편」,『명상』, 지남사, 1990. pp.279-280.
20) 김윤식「결핵의 속성과 결핵의 문학」,『이상연구』, p.118.
21) 변동림 : 이상의 친구인 구본웅의 이복여동생이다. 이화여전문과를 나온 여류작가로
　　1936년 6월 이상과 결혼했다. 바로 10월에 이상이 동경에 가버리자 변동림이 벌어서
　　이상에게 보냈다. 펜 네임은 김향안.
22) 이상의「인공의 날개」「박제가 되어버린 천재」와 아쿠타가와의「인공의 날개」
　　「박제 백조」와의 유사성, 영향관계에 대해서는 황석숭씨가 지적하고 있다.
　　　황석숭「아쿠타가와 류노스케의 문학과 이상의 소설」,『논문집』30, 상명여자대
　　학, 1992. 8.
23) 이어령「이상론―「순수의식」의 완성과 그 파벽―」, 김윤식편저『이상연구에 관한
　　대표적인 논문모음, 이상문학전집4』,『문예사상사』p.47.
24) 김윤식「「단발」해제」, 김윤식편저『소설, 원본·주석　이상문학전집』2, 문학사상
　　사, 1998. 12, p.256.
25) 권택영「출구없는 반복―이상의 모더니즘―」p.68.
26) 고은『이상평전』, 민음사, 1974. 11, p.361
27) 김기림「고 이상의 추억」,「조광」, 1937.6.
28) 김기림「바다와 나비」,『여성』, 1939. 4, p.18.

# 아쿠타가와 류노스케(芥川龍之介)의 『오가타료사이 상신서(尾形了齋覚え書)』考

이 시 준

## Ⅰ. 序論

　『오가타료사이 상신서(尾形了齋覚え書)』(以下『오가타』로 略称)는 아쿠타가와 류노스케(芥川龍之介)가 1916(大正5)年 12月 7日에 脱稿하여 『新潮』(1917.1)에서 発表한 短編이다. 芥川의 이른바 기리시탄모노(切支丹物)의 두 번째 作品으로 일컬어진다.1) 禁教令下의 江戸時代에 棄教를 강요당한 母女의 이야기인데, 그 末尾에는 그럴싸하게 「伊豫國 宇和郡 ─ ─村 醫師 尾形了齋」라고 적는 등 어느 누가 봐도 마치 실존했던 上申書인 것처럼 쓰고 있다. 芥川의 기리시탄모노는 그 出典이나 典拠가 자주 指摘되곤 하는데, 『오가타』의 경우는 아직까지 出典에 대해서는 전혀 알려지지 않고 있다. 하여 本稿에서는 이 作品을 作者의 創作에 의한 픽션일 것으로 前提하고, 어떻게 作品이 構想되었는가를 考察하기로 한다. 具体的인 方法으로는 『오가타』 成立 以前의 初期 未定稿 作品2)을 비롯한 기독교 関連 作品들, 그리고 作者가 参考한 일본 기독교 자료(切支丹資料), 주로

『内政外教衝突史』와의 関連性에 대해서 考察한다.3) 対象이 되는 内容
은『오가타』의 主要 모티브로서 判断되는 幕府·神佛·村落共同体와
기독교의 葛藤, 그리고 背教와 奇跡 등이다. 本稿의 考察을 通해『오가타』
의 構想이나 創作手法이 보다 명확해짐과 同時에, 芥川의 기독교 作品에
있어서 未定稿와 기리시탄모노가 断絶된 것이 아닌 連続된 것이라는 視点
을 提示할 수 있기를 期待한다.


## Ⅱ. 幕府와 기독교의 葛藤


本節에서는『오가타』에 있어서 主된 모티브의 하나인 幕府·神佛·村
落共同体와「시노(篠)」로 대표되는 기독교 간의 葛藤에 대해 検討하고자
한다. 考察 前에 作品의 줄거리를 기술하면 아래와 같다.


의원 오가타 료사이에게 농민 요사쿠(与作)의 미망인 시노(篠)라는 여인
이 큰 병에 걸린 딸 사토(里)의 診察을 부탁하러 왔으나 기독교도라는 이유
로 거절당한다. 처음엔 그대로 돌아가지만 이튿날 다시 찾아와 診察을 부탁
한다. 료사이는 기독교를 버린다면 診察을 해주겠다는 条件을 제시한다.
해서 시노는 품안에서 크루스(十字架)를 꺼내어 세 번 밟는다. 료사이는
약속대로 딸 사토를 診察하지만, 熱病으로 이미 손을 쓸 수가 없는 지경이
었다. 료사이가 되돌아간 뒤 시노는 딸을 잃고, 데우스(기독교의 하나님)를
잃고 悲歎에 빠져 실성을 하고 만다. 이튿날 료사이가 다른 患者를 診察
하기 위해 시노의 집 앞을 지났을 때, 마을 사람들이 잔뜩 모여 있었다.
집안에는 紅毛人(서양인) 한 사람과 日本人 세 사람이 할렐루야, 할렐루야

를 외치고 있었다. 놀랍게도 죽었던 사토가 어머니 시노의 목덜미를 두 손으로 끌어안고 있었다.

  우선 注目되는 것은 幕府의 기독교 弾圧政策이다. 오가타가 딸 사토의 診察을 물리치고 시노의 背教를 強要한 理由는, 그들이 幕府의 禁教令으로 정해져 排斥해 마땅한 「邪法(사악한 종교)」인 「기리시탄 宗門(기독교)」이었기 때문이다. 幕府에 의한 기독교 弾圧이라는 모티브는, 作者가 少年期의 回想이라는 형식을 취하고 있는 『老狂人』에서도 찾을 수 있다.

  두부가게 영감으로 대머리 바보라고 불리는 老人이 主人公이다. 老人은 「正教徒——지난날 日本의 온갖 嚴酷한 宗教 制度에 反抗한 기독교도의 한사람」으로서, 사람들은 明治維新 後 얼마 되지 않아 「大神宮의 부적을 불태운 罰」로 미치광이가 되었다고 한다. 当時 小学生이었던 「나」와 「幸さん」은 미치광이가 기도하면서 慟哭하고 있는 모습을 훔쳐보고는 「이상한 놈」이라며 비웃는다. 하지만 이제는 「그 祈祷와 慟哭, 信徒들을 십자가형에 처한 封建時代의 教勢에 反抗한 殉道의 熱誠」을 관철해온 늙은 狂人에게 「깊은 尊敬」의 마음을 품지 않을 수 없다. 『老狂人』의 執筆은 『義仲論』(1910<明治43>)과 같은 해이거나 조금 이른 時期의 것으로 보이며, 作者의 少年期 回想이므로 『老狂人』은 1900年頃을 背景으로 하고 있는 것이 된다. 『오가타』의 시대와는 상당히 떨어진 시기이지만, 老人은 「원래는 몇백 石의 봉록을 받던 하타모토(旗本)」로서 由緒 있는 武士 가문 출신이며, 「기독교도」로서 「正教徒——지난날 日本의 온갖 嚴酷한 宗教 制度에 反抗」하고, 한 宗教의 教義에 따라 죽은 자를 意味[4]하는 「殉道」의 熱情을 가지고 있다. 結局 老人은 近代를 살아가면서 江戸時代 以来의 기독교

迫害의 歷史를 끌어가고 있는 것이다. 기독교도인 老人을 사람들은 「그다지 좋게 말하지 않았던」 것도 이 점을 이야기하고 있다. 『老狂人』와 『오가타』는 時代的 背景은 다르지만, 禁教令 時代의 기독교에 대한 弹圧이라는 모티브를 作品의 기반으로 삼고 있다.

幕府의 禁教令과 関連해서 한가지 더 注目되는 것은, 『오가타』가 기독교가 사악한 종교임을 幕府에 報告하는 上申書의 형태로 되어 있는 것이다. 上申書(覚え書)라고 하는 小説의 形式 자체가 幕府의 禁教令과 깊이 관련된다는 점이 興味롭다. 아래에 『오가타』의 처음과 끝부분을 引用하였다.

가) 금번 저희 村内에서 기리시탄 宗門의 宗徒들이 邪法을 行하고, 人目을 어지럽히는 것에 대해, 제가 見聞하온 바를 소상히 당국에 아뢰어 올리라는 분부가 있었던 것을 잘 알고 있습니다. / 말씀을 드리자면, 今年 3月 7日, 当村의 농민 요사쿠의 미망인 시노(篠)라고 하는 자가 제 집에 찾아와, 자기 딸 사토(里, 금년 9세)가 重病에 걸렸으니 진맥을 해 주기를 간곡히 청하였습니다.

나) 또한 시노와 그 딸 사토가 그 날 선교사 로도리게와 동행하여 이웃 마을로 이사한 사정 및 慈元寺의 住職이신 日寛 나리의 처분으로 그 집을 불태워버린 사정에 관해서는 이미 촌장 쓰카코시 야자에몬(塚越弥左衛門) 나리께서 보고를 하셨으므로, 제가 見聞하온 사정은 대강 위와 같이 아뢰어 올리고자 합니다. 다만 만에 하나 누락된 것이 있을 시에는 後日 재차 書面으로써 아뢰어 올리고자 하오며, 우선 저의 上申은 이와 같습니다. 以上 / 申年 3月 26日 / 이요노쿠니(伊豫國) 우와군(宇和郡) ——村 의원 오가타 료사이(尾形了斎)

이 上申書는 가)의 「제가 見聞하온 바를 소상히 당국에 아뢰어 올리라는」

「분부가 있었다」라는 記述에서 알 수 있듯이 幕府의 命令에 의해서 의원 身分인 오가타가 작성하고 있다. 봉건영주 등에 直屬되어 経済的 基盤을 保証 받는 의원이라는 身分5)이라고는 하지만, 幕府의 行政에 直接 관여하지 않는 오가타가 上申書를 작성하는 것이 흔한 일은 아닐 것이다. 여기서 注目하고 싶은 것은, 이 報告書가 厳密히 말해서 두 번째 것이라는 점이다. 오가타가 나)「이미 촌장 쓰카코시 야자에몬 나리께서 보고를 하셨으므로」라고 적고 있는 대로, 오가타의 報告에 앞서 이미 촌장인 쓰카코시가 最初 報告를 했던 것이다.6) 나)의 記述에 비추어 判斷해 보면, 쓰카코시의 報告는 主로 事件의 後日譚과 事後 処理에 관한 것이었던 듯하다. 거기에 簡単한 事件의 経緯까지 덧붙여졌을 수도 있다. 그렇다면 어째서 쓰카코시의 報告로 끝이 나지 않고 오가타의 報告를 必要로 하게 된 것일까? 오가타가 事件의 核心人物인 시노와 직접 접촉했었고, 事件의 経緯를 누구보다도 소상히 알고 있었던 人物이라는 점을 考慮해야 할 것이다. 그러나 보다 重要한 理由는 의원인 오가타야말로 사토의 蘇生을 客観的으로 評価할 수 있는 唯一한 人物이기 때문일 것이다. 오가타는 사토의 蘇生에 대하여,

> 예로부터 一旦 落命하였다가 蘇生하는 일은 원체 적지 않다고는 하지만, 대개는 酒毒에 걸렸거나 乃至는 瘴毒을 접한 자뿐이었으며, 사토와 같이 傷寒으로 죽은 자가 還魂하는 일은 일찍이 들은 바 없으니, 기리시탄 宗門이 邪法이라는 것이 이번 일로써도 마땅히 分明해지며, (後略)

라며 専門的 知識을 가진 의원으로서의 判斷을 내린다. 예로부터「酒毒」이나「瘴毒」등에 걸렸다가 蘇生하는 例는 적지 않았으나, 사토의 경우처럼「傷寒」으로 죽고서 蘇生한 例는 없었다는 것이다. 사토의 蘇生을 特殊한

것으로 간주하여 항간의 일반적인 蘇生과는 이질적인 것으로서 相対化를 꾀하는 것이며, 이 相対化는 結局「기리시탄 宗門이 邪法이라는 것」으로 収斂되게 된다. 사토의 蘇生이 特殊하면 할수록 기독교가 사악한 종교라는 증거로서 충족될 수 있다는 論理이다. 두 번째 上申書는 幕府의 기독교 禁令을 正当化시키는 性格을 가지고 있으며, 그 正当化의 일부분을 지탱하는 것이 다름 아닌 専門 知識의 소유자인 의원 오가타인 것이다.

  한편 중요한 上申書(覚え書)라는 小説의 形式에 대해서 기술하자면, 이미 요시다 세이이치(吉田精一)의「이러한 形式(上申書, 筆者注)은 오가이(鴎外)의「오키쓰야고에몬(興津弥五右衛門)의 遺書」[7]에 선례가 있다. 그것으로부터 暗示를 받았을 것이다」라는 指摘이 있다.[8] 芥川가 모리 오가이(森鴎外)로부터 多大한 影響을 받은 것은 周知의 사실로, 吉田氏의 말처럼『興津弥五右衛門의 遺書』에서「暗示」를 받았을 可能性은 높을 것이다. 그러나『興津弥五右衛門의 遺書』보다 더욱『오가타』의 形式에 近似한 例를 와타나베 슈지로(渡邊修二郎)의『内政外教衝突史』(民友社, 1895)에서 찾을 수 있어 注目할 만하다. 芥川가『内政外教衝突史』를『오가타』成立 以前에 읽었다는 것은 사이토 아구(斎藤阿具)에게 보낸 書簡(1914年 10月 9日 날짜)의 記述을 통해서 살필 수 있다. 書簡에는 芥川 本人이 후미에(踏絵) 制度에 대해서「日本西教史, 内政外教衝突史, 山口公教史, 其他吉利支丹夜話, 南蛮寺興廃記」등을 조사했다고 하는 記述이 보인다. 또 芥川는 노트「貝多羅葉2」(『芥川龍之介資料集・図版2』山梨県立文学館、1993・11・3)에 시마바라(島原)의 乱이 平定되고서 세워진『内政外教衝突史』의「기리시탄 고발 표찰」에 관한 記述도 筆写하였다.[9]『内政外教衝突史』에는,

慶安 2年(1649)、지쿠젠(筑前) 오시마(大島)에서 伝教師를 붙잡았다. 기독교담당 감찰관 이노우에 지쿠고노카미 마사시게(井上筑後守政重)가 공술서를 작성해 이것을 幕府에 申告하였다. 그 내용은 아래와 같다.

금번 지쿠젠노쿠니(筑前国) 오시마(大島)에서 붙잡은 남만(南蛮) 선교사·助修士와 同宿(선교를 돕는 평신도)의 자백 覚(상신)
一. 이탈리아국 로마라는 곳에 기리시탄 宗門의 수괴인 파파(교황)라는 자가 있어 각국으로 선교사를 보내 宗門을 넓히고 (中略)
一. 선교사들을 日本으로 보내기가 数年째인데 여기에 드는 비용은 각 門派의 장첩에 적어두고 수백년이 지나서 日本이 파파에게 복종하게 되면 위의 소요 비용을 각 종파의 旦那들로부터 취하게끔 한다. 세상에 이런 것이 있으므로 선교사를 보내어 宗門을 넓혀서 日本을 취하고자 覺悟하는 것이다. (中略)

丑 9月 8日                          이노우에 지쿠고노카미(井上筑後守)

라는 내용이 보인다.10) 위의 文書에 触発되어 芥川가 『오가타』의 上申書 形式을 構想했는지 여부는 알 수 없다. 다만 이런 종류의 文書가 『内政外教衝突史』에는 頻繁하게 등장하고 있으며, 幕府에 報告하는 形式, 禁教令에 따라 선교사들을 붙잡아 그 자백을 整理한 内容, 題目에 들어간 「覚」이 「覚え書(상신서)」를 지칭하고 있는 점 등, 『오키쓰야고에몬의 遺書』보다 훨씬 『오가타』의 형식과 類似하다는 점을 注記해 둔다.

더불어 『오가타』의 空間的 背景이 되는 이요(伊豫) 地方과 기독교의 関係에 대해서 기술하면, 이요 地方에는 16世紀末 프란시스코 자비에르가 기독교를 日本에 전한지 십수년 후에 이미 도고(道後)에 教会와 사제관이 있었다고 한다. 다테(伊達) 가문 以前에 우와지마(宇和島)藩의 영주였던 도미타 노부타카(富田信高) 또한 기독교 신자였으며, 17世紀 초 도쿠가와 이에야스(德川家康)의 禁敎令 이후 이에미쓰(家光)의 治世까지 이어진 苛酷한 弾圧 時期에 伊豫에서 배출된 수많은 殉敎者들의 이름은 지금까지 전한다.11)


# Ⅲ. 神佛・村落共同体와 기독교의 葛藤


　本節에서는 神佛 및 村落共同体와 기독교 사이의 葛藤이라는 모티브에 대해 考察한다. 먼저 幕府의 権威를 등에 업은 既成 宗教로서 確固한 位置에 있었던 神仏과 기독교의 葛藤에 관해서 알아보자. 도요토미 政権에 의한 선교사 追放令(1587)에는 「日本은 神国인 바, 기리시탄国으로부터 邪法을 전수받는 것은 심히 옳지 못한 일이다」라는 조항이 보이며, 「기독교 배척문(排吉利支丹文)」(1613)에는 「이에 기리시탄 徒党들은 간혹 日本에 오게 되었다. 다만 商船을 보내어 資材를 通함이 아니요, 망령되게 邪法을 퍼뜨리고 正宗을 현혹시킴으로써 이 나라의 정사를 바꿔 저들의 것으로 삼고자 하는 것이다. 이는 큰 재앙의 싹이다. 금하지 않으면 안 되는 것이다. 日本은 神国이며 仏国으로서 神을 존숭하고 부처를 경애하며 仁義의 道를 온전히 하여 善悪의 法을 바로잡는다. (中略) 邪法이 아니고 무엇이겠는가? 실로 仏敵이요 神敵이로다」라는 구절이 보인다. 두 文書는 기독교와 神道・仏教・儒教와의 対立関係를 思想的 背景으로 하여, 神仏習合을 바탕으로 日本은 神国이고 仏国이며, 한편 기독교는 邪法이고 仏敵이며 神敵이라고 드높여 宣言하고 있다. 1612年의 禁教令, 1635年의 日本人의 海外 渡航 및 帰国 禁止에 이어 1664年에는 데라우케(寺請) 制度가 実施된다. 데라우케 制度란 幕府가 기독교와 不受不施派(日蓮宗의 일파)를 금하기 위하여, 그 信徒들에게 改宗을 強制하는 것을 目的으로 制定된 制度이다.12) 寺院 側에서는 信徒들에게 教導를 実施할 責務를 지게 되는 것으로 仏教教団이 幕府의 統治体制의 一翼을 담당하게 되는 것이다.

오가타는 시노의 진맥 요청을 거절하면서 「그대의 이야기가 충분히 일리가 있는 것이지만, 내가 진맥을 하지 않는 것도 까닭이 없다고 하기 어렵소 왜냐하면, 그대의 평소 행실은 참으로 바람직하지 않았으며, 특히 나를 비롯한 마을사람들이 神仏을 숭배하는 것을 悪魔外道에 홀린 所行이라는 등 자주 誹謗한 것을 분명히 듣고 있기 때문이오」라고 말하며 기리시탄 宗門이 「神仏」을 숭배하는 마을 사람들을 「悪魔外道에 홀린 所行」이라고 非難한 것을 질책한다. 또한 오가타는 사토가 蘇生한 그 날, 사제가 마을에 들어올 때에 「봄 벼락」이 쳤던 것은 「하늘이 그를 미워하시는 것인가 미루어 생각해 봅니다.」라고 하며 「봄 벼락」은 「하늘」이 사제를 증오한 표징이었다고 解釈하고 있다. 作品에서 仏教側의 기독교에 대한 反感이 가장 강하게 드러나는 部分은 「慈元寺 住職 日寛」의 처분에 따라 시노의 집을 불태워 버린 場面일 것이다.

여기서 注目할 점은 既成 宗教의 기독교에 대한 排斥이라는 모티브가 『오가타』에서 처음 登場했던 것은 아니라는 것이다. 1914·5(大正3·4)頃에 執筆한 것으로 보이는 『天文 20年의 예수 그리스도』가 그것이다. 이 未完成 戯曲은 1551年 야마구치(山口)에서 일어난, 오우치 요시타카(大内義隆)라는 領主가 휘하의 스에(陶) 가문의 謀反에 의해 自決한 事件을 素材

로 하고 있다.13) 天主堂을 襲擊한 仏僧들은 天主教를 「邪宗教」「外道」라고 일컬으며 天主教의 「魔法」에 대해서는 오토코야마(男山)의 하치만사마(八幡様)의 예를 들며 佛菩薩도 선교사들을 죽이는 것을 기뻐하신다고 주장한다. 西洋의 그리스도에 대한 日本의 伝統的인 神仏의 抵抗과 排斥 양상이 作品의 主된 테마로, 『오가타』의 그것과 基底를 같이하고 있다고 할 수 있을 것이다.

한편 『오가타』에는 기독교 信者인 시노나 宣教師에 대한 마을 사람들의 批判과 排他的인 態度가 잘 드러나 있다. 「기리시탄 宗門에 帰依」한 시노는 「남편 요사쿠의 성묘를 게을리」하므로, 마을 사람들로부터 「선교사의 妾」이라고 일컬어지게 된다. 終局엔 친척들로부터도 「義絶」당하고 마을 사람들도 「추방」을 「논의」하게 되었다. 사토를 蘇生시키기 위해 이웃 마을에서 마을로 건너온 宣教師들에 대해서는 「선교사야, 기독교도들아 하며 번갈아」 소란을 피운다. 結局 시노는 蘇生한 딸 사토와 그 마을에 머무를 수 없어 이웃 마을로 옮겨가고 그녀의 집은 불태워진다. 江戸時代에 幕府에 의해 행해진 기독교 弾圧 方策은 마을 単位의 共同体에도 큰 영향력을 発揮했다. 『内政外教衝突史』에는 슈몬아라타메(宗門改) 및 五人組 連帯責任制14), 후미에(踏絵), 嘱託銀 制度 등에 관한 상세한 記述이 있다. 特히 嘱託銀 制度는 기독교도를 告発한 자에게 奨励金을 주는 方策으로 앞에 기술한 바와 같이 芥川는 노트 「貝多羅葉2」에 「선교사 1인을 고발하면 銀子 200枚, 助修士 1인을 고발하면 銀子 100枚, 기독교도 1인을 고발하면 銀子 50枚, 위의 고발자들은 설령 같은 宗門이라 하더라도 배교를 하겠다고 하는 자에게는 그 죄를 용서하고 포상문서와 같은 것을 내릴 것을 명할 것이다.」15)라고 筆写하고 있다. 이들 資料에 따르면 촌장, 향리 등 마을의 構成

員들은 기독교 信者를 告発할 義務를 지고 있는 것이다. 芥川가 시노에 대한 마을사람들의 対策에 대해서 「마을 사람들도 마을에서 내쫓을 것을 이따금 논의하고 있습니다」라고 오가타에게 말하게 한 것도 首肯할 수 있을 대목이다.

## IV. 背教와 奇跡

『오가타』의 前半部는 시노의 背教를, 後半部는 딸 사토의 蘇生이라는 奇跡을 각각 中心的인 테마로 하고 있다. 背教와 奇跡 중 어느쪽에 作者의 主眼이 놓여있는 것인지 判断하는 것은 쉬운 일이 아니다. 江口換는 「『료사이 상신서』는 中心을 잡아내는 방식이 불안한데다 전체적으로 위축되어 있다」[16]며 酷評하고 있어, 同時代에는 그다지 높은 評価를 받지 못했던 듯하다. 芥川 自信도 江口에게 보낸 편지에 「사실 기적에 대해서는 더 길게 쓸 생각이었으나, 여러모로 여의치가 못하여 시간이 부족하였던지라 그런 식으로 圧搾을 하고 말았던 것입니다. 그 또한 仄筆의 잘못입니다. 시간이 허락된다면 다시 고쳐 쓰고 싶습니다만, 어찌 될는지 모르겠습니다.」[17]라고 創作過程에 대해서 기술하고 있으며, 당초 奇跡에 대해 더욱 強調하려고 했었던 作者의 意図를 엿볼 수 있다.[18]

한편 「背教＝변절」이라는 모티브에 대해서 作者는 언제부터 具体的으로 意識하였던 것일까? 이 물음의 답을 찾기 위해서는 우선 기리시탄모노에 자주 등장하는 「殉教」라는 것을 함께 考慮해야 할 것이다. 「殉教」와 「背教

(=棄教)」는 동전의 앞뒷면과 같은 関係이기 때문이다. 曺沙玉은,

　　芥川는 「西方의 사람」에서 「또한 몇 년 전엔가는 그리스도教를 위해 순교한 그리스도教徒들에 어떤 興味를 느끼고 있었다. 殉教者의 心理는 내게는 모든 狂信者의 心理와 같이 病的인 興味를 주는 것이다」라고 적어, 「西方의 사람」을 執筆하기 数年前부터 殉教者와 殉教者의 心理에 興味를 느꼈다는 식으로 서술하고 있는데, 실은 大正 6(1917)年에 発表된 初期 作品 「오가타 료사이 상신서」에서부터 「殉教者의 心理」와 표리 관계에 있는 「背教의 心理」에 보이는 芥川의 関心을 이미 읽을 수 있다.19)

라고 말한다. 이처럼 「殉教」와 「背教」를 분리하지 않고서 連動하여 把握하고 있는 그의 視点은, 従来에 殉教者나 殉教者의 心理에 興味를 느끼고서 쓴 최초의 作品으로서 『奉教人의 죽음』(1918年)이 거론되고 있었던 것을 考慮하면 示唆하는 바가 크다고 할 수 있다. 헌데 「殉教」와 「背教」의 構想에 関해서 한 가지 더 注目할만한 資料가 있다. 아래는 前述한 사이토 아구에게 보낸 書簡의 引用이다.

　　삼가 아룁니다. 그간 격조를 하였습니다만, 별고 없으신지요?
　　금일 저녁 다소 여쭙고자 하는 것이 있어 찾아뵈었으나, 하필 계시지 않으셨던 터라 아쉽습니다.
　　여쭙고자 했던 것은 다름이 아니라, 그 후미에(踏絵) 制度에 관한 것으로, 후미에를 나가사키(長崎)에서 행했던 시절에는 正月 초나흘 以後 17 面의 그림을 나가사키 관아로부터 내려 받아 施行하도록 하였던 것입니다만, 그 그림을 밟게 하던 장소로는 각 마을의 회당 등을 이용하였던 것인지요? 아니면 집집마다 찾아다니며 이것을 밟게 하였던 것인지요? (中略) 当

時의 일을 기록한 것을 대강은 조사해 보았습니다만, 세세한 사항에 대해서 분명치 않은 것이 많아 부족함을 느끼고 있습니다. 日本西教史, 内政外教衝突史, 山口公教史, 그 외 기독교 夜話, 南蛮寺興廃記 以下 随筆 以外에 天主教 渡来에 관한 사항을 기록한 것이 있으면 가르쳐주십사 청합니다.[20]

芥川는 사이토 아구에게, 후미에 制度에 대해서『日本西教史』『内政外教衝突史』『山口公教史』『南蛮寺興廃記』를 조사했으나 후미에가 행해진 장소에 대해서는 알 수가 없으니 參考할 만한 다른 기독교 文献을 紹介해 달라고 이야기하고 있는 것이다. 書簡의 날짜는 1914(大正3)年 10月 9日로 되어 있다. 여기서 注目하고 싶은 것은 「후미에」는 「背教」와 깊은 関係에 있다는 점이다. 이것은『内政外教衝突史』(第24章「踏絵」)의 「禁教를 厲行함에 있어서 幕府는 오로지 寺請證文만으로는 충분치 못하다 보고, 새롭게 후미에라는 것을 九州地方에 施行하였다. (中略) 이 해에 나가사키 시정관 미즈노 가와치노카미 모리노부(水野河内守守信)가 처음으로 棄教者의 진위를 시험하기 위해 信徒들이 崇拝하는 예수의 画像을 밟게 하였다」라는 記述을 통해서도 잘 알 수 있다.[21] 『오가타』에서는 딸의 진맥을 부탁하는 시노에게 의원 오가타 료사이는 「棄教하지 않는 한 診察할 수 없다」고 거절한다. 그러자 시노는 「모기 같은 목소리」로 배교를 맹세하고 그 「証明」으로서 「말없이 품안에서 그 크루스를 꺼내어 玄関 마루 위에 올려놓고서 조용히 세 번 밟았」다. 背教의 証拠로 十字架를 밟는 行為는 후미에 制度를 想定한 것임에 틀림없다 할 것이다. 「그림」이 아니라 「크루스」라고 되어 있는 점이 걸리기는 하지만, 『内政外教衝突史』에는 「西教史에 말하기를 『前将軍(秀忠)이 天主教 信者가 日本으로 出入하는 것을 杜絶하고자

新法을 시행하여 외국 상인이 上陸할 때에 十字架를 꺼내어 그것을 밟게 하였다」22)는 기술이 있어 本作品과의 関連을 느끼게 한다. 사이토 아구에게 보낸 書簡의 날짜가 1914(大正3)年 10月 9日로 되어 있는 점을 考慮하면, 芥川가「背教」構想을 강하게 意識한 것은『오가타』의 執筆로부터 2年 以上 앞섰던 것이다.

마지막으로 사토의 蘇生이라는「奇跡」에 관해서인데,『오가타』의 関連 記述을 引用하면 아래와 같다.

제가 말에서 내려 사토가 소생한 경위에 대해 마을 사람들에게 소상히 물으니, 위에 말씀드린 紅毛人 선교사 로드리게라는 자가 오늘 아침 助修士들을 이끌고 이웃마을에서 시노의 집으로 찾아와 그녀의 懺悔를 듣고서, 一同이 저들 宗門의 부처에게 기도를 하고, 더러는 異香을 피우고, 더러는 神水를 흩뿌리는 등의 의식을 행하였던 바, 시노의 흐트러진 마음은 저절로 가라앉고 사토도 곧 蘇生하였다는 이야기를 모두가 두려워하며 들려주었습니다. 예로부터 一旦 落命하였다가 蘇生하는 일은 원체 적지 않다고는 하지만, 대개는 酒毒에 걸렸거나 乃至는 瘴毒을 접한 자뿐이었으며, 사토와 같이 傷寒으로 죽은 자가 還魂하는 일은 일찍이 들은 바 없으니, 기리시탄 宗門이 邪法이라는 것이 이번 일로써도 마땅히 分明해지며,

作品 後半部의 中心인 死者蘇生의 기적과 관련해서 吉田精一는「다만 중요한 클라이맥스라고 할 수 있는 死者蘇生의 場景이 너무 간략하게 그려져 있기 때문에 힘이 빈약해지는 결과를 낳았다」며, 이 作品은「奇異한 이야기나 異常한 사건에 魅惑을 느끼는 류노스케」의「好事癖이 낳은 産物」이라고 말하였다.23) 또 笹淵友一는「나사로의 復活을 聯想케 하는 사토의 再生이라는 奇跡이 그에게 있어서는『기독교 宗門이 邪法』임을 証明하는

것이며, 따라서 奇跡은 『겨자씨를 사과처럼 보여주는 欺罔의 器物, 파라다 이스의 하늘마저 보이는 기이한 眼鏡』(白秋)과 같은 부류의 『기리시탄 데우스(기독교의 하나님)의 魔法』인 것이다. 이 처럼 기독교는 그 内部에 한 걸음 도 내딛지 못하고, 오로지 異端 혹은 엑소티시즘의 対象으로서 비춰지고 있다」고 指摘한다.24) 두 사람의 指摘은 너무나도 奇跡만을 作品 全体의 中心 테마로 간주하는 측면이 있는데, 本稿에서 注目하고 싶은 것은 기독교를 「異端」으로서 「기리시탄 데우스의 魔法」으로 바라보는 視線이, 기리시탄 時代의 歷史的 史実을 反映하고 있다는 점이다. 앞서 기술한 대로 1914 (大正3)年 芥川는 『日本西教史』『内政外教衝突史』『山口公教史』 『南蛮寺興廃記』등의 기독교 資料를 熟読하고 있었다. 그러한 意味에서 『内政外教衝突史』의 「히데요시(秀吉)가 이를 불러 그 재주를 시험하고 끝 내 幽霊을 보여주기를 바라였는데 (中略) 이들의 学術을 잘 알지 못하던 人民들이 신기하게 생각한 나머지, 모조리 奇術幻法으로 간주하고 결국 이 것을 『기리시탄 魔法』이라고 부르기에 이르렀다는 점은 의심할 것이 없다」25) 라는 기술과 「예수교가 널리 퍼지게 된 경위에 대해서는 西書에 기록된 것에 는 다소 詳密한 것이 있는데, 애초에 多少의 誤謬 혹은 荒唐無稽하고 믿기 어려움을 면치 못한 것이기는 하나, 当時의 西教에 관한 사항을 기록한 책이 희귀한 오늘날에 있어서 이것을 통해 그 事情을 살필 수 있을 뿐만 아니라, 또한 그것으로써 我國의 歷史 공백을 補足할 만한 것이다. 그 材料를 伝教 師의 通信에서 취한 것들 가운데는 특히 奇怪한 것이 많다. 즉 난치병을 고치고 눈멀고 말 못하는 이와 몹쓸 병을 고치고 죽은 자를 蘇生시킨 일을 싣고 있는 것이 많고」26)등의 記述은 『오가타』의 構想, 특히 「奇跡」 構想 에 어떠한 형태로든 관련되어 있지 않을까 생각된다.

# Ⅴ. 結論

石割透「芥川龍之介について気づいた二、三のこと」에 의해 芥川가『日本西教史』,『内政外教衝突史』,『山口公教史』등의 기독교 文献을 熟読하였던 것이 알려지고, 이를 継承한 建田和幸는「芥川龍之介における切支丹文献の受容」에서 기독교 文献, 주로『日本西教史』와『内政外教衝突史』가 그의 여러 作品들의 執筆에 어떤 식으로 관련되어 있는가를 考察하였다. 本稿는 두 사람의 教示에 입각하여 建田가 문제 삼은『오가타료사이 상신서』가『内政外教衝突史』나『오가타』以前의 作品들과 어떠한 관련이 있는지를 考察한 것이다. 考察의 結果를 적으면 아래와 같다.

첫째, 幕府의 기독교에 대한 弾圧이라는 모티브는 先行作品인『老狂人』(1910年頃)에서도 보인다. 老人은 近代를 살아가면서 江戸時代 以来의 기독교 迫害의 歴史를 끌어가고 있는 사람으로 形象化되고 있으며, 두 作品의 時代的 背景은 다르지만, 禁教令 時代의 기독교에 대한 弾圧이라는 모티브가 作品의 기반이 되고 있다. 幕府의 弾圧과 関連해서 한 가지 더 注目되는 것은 上申書(覚え書)라는 小説 形式인데, 幕府에 報告하는 形式, 禁教令에 따라 선교사들을 붙잡아 그 자백을 整理한 内容, 題目에 들어간「覚」이「覚え書(상신서)」를 지칭하고 있는 점 등에서,『興津弥五右衛門의 遺書』보다『오가타』의 形式에 近似한 例가『内政外教衝突史』에 실려 있어 注目할만 하다. 둘째로, 神佛·村落共同体와 기독교의 葛藤에 関해서이다. 先行作品인『天文 20年의 예수그리스도』(1914·5年)에 보이는 西洋의 그리스도에 대한 日本의 伝統的 神仏의 抵抗과 排斥 양상 등은 『오가타』의 그것과 基底를 같이 하고 있다. 한편 기독교 신자인 시노와 宣教師에 대한 마을 사람들의 批判과 排他的 態度에 대해서는, 『内政外教衝突史』의 宗門改・五人組 連帯責任制, 후미에, 嘱託銀 制度 등에 관한 記述과 直接的 관련이 있다고는 断定할 수 없으나, 芥川가 収集한 知識이나 素材로서 注目할만 할 것이다. 셋째로, 사이토 아구에게 보낸 書簡(1914年 10月 9日)을 통해 芥川가 「背教」 構想을 강하게 意識한 것은 『오가타』의 執筆로부터 2年 以上 앞섰던 것이었음을 알 수 있었다. 또한 사토의 蘇生을 두고 기독교를 「異端」이며 「기리시탄 데우스의 魔法」으로 바라보는 오가타의 視線은, 기리시탄 時代의 歴史的 史実을 反映하고 있으며, 가령 『内政外教衝突史』의 「모조리 奇術幻法으로 간주하고 결국 이것을 『기리시탄 魔法』이라고 부르기에 이르렀다는 점은 의심할 것이 없다」 「그 材料를 伝教師의 通信에서 취한 것들 가운데는 특히 奇怪한 것이 많다. 즉 난치병을 고치고 눈멀고 말 못하는 이와 몹쓸 병을 고치고 죽은 자를 蘇生시킨 일을 싣고 있는 것이 많고」 등의 記述은 「奇跡」 構想과의 関連을 짐작케 한다.

## 【주】

1) 芥川의 기리사탄모노 作品은 아래와 같다. (1)『老狂人』(1910<明治43>年頃) (2)『基督に関する短編』(1914<大正3>年頃) (3)『煙草と悪魔』(1916<大正5>年11月) (4)『尾形了斎覚え書』(1917<大正6>年 1月) (5)『さまよへる猶太人』(1917<大正6>年 6月) (6)『悪魔』(1918<大正7>年 6月) (7)『奉行人の死』(1918<大正7>年 9月) (8)『るしへる』(1918<大正7>年 11月) (9)『邪宗門』(1918<大正7>年 10-12月) (10)『きりすとほろ上人伝』(1919<大正8>年 3, 5月) (11)『じゅりあの・吉助』(1919<大正8>年 9月) (12)『黒衣聖母』(1920<大正9>年 5月) (13)『南京の基督』(1920<大正9>年 7月) (14)『神神の微笑』(1922<大正11>年 1月) (15)『報恩記』(1922<大正11>年 4月) (16)『長崎小品』(1922<大正11>年 6月) (17)『おぎん』(1922<大正11>年 9月) (18)『おしの』(1923<大正12>年 4月)

2) 初期未定稿 作品이란 芥川가 職業作家로서 1916(大正5)年 2月 15日,『鼻』를『新潮社』에서 発表하기 以前의 未定稿를 말한다. 具体的으로는 『老狂人』(1910年頃),『町外れに』(1910年頃), 『基督に関する短編』(1914(大正3)年頃), 『われ目ざむ』(1914,5年),『グレコ』,『SPHINX<a farce>』(1914,5年)등이다. 특히『基督に関する短編』은 葛巻善敏가『芥川龍之介 未定稿集』에서 기독교에 관한 네 개의 小品을『基督に関する短編』이라는 題目으로 한데 모아 정리하고서 그 成立을「大正3(1914)年頃」으로 推測하고 있다.『芥川龍之介 未定稿集』(岩波書店, 1968年) p.157 参照.『芥川龍之介 全集』에서는『芥川龍之介 未定稿集』의 仮題目을 修正하여 収録하고 있으며, 本稿에서는『芥川龍之介 全集』(岩波書店, 1997)에 収録된 本文을 引用한다.

3) 芥川가「貝多羅葉2」에『日本西教史』,『内政外教衝突史』,『山口公教史』의 記述을 메모했음을 石割透「芥川龍之介について気づいた二、三のこと」(『駒沢短期大学研究紀要』, 1999・3)에 의해 밝혀졌다. 建田和幸는「芥川龍之介における切支丹文献の受容」(『近代文学研究ノート 1』, 2001・4・15)에서 芥川가 읽은 일본 기독교 文献 중에 主로『日本西教史』,『内政外教衝突史』와『糸女覚え書』,『おしの』,『おぎん』,『奉行人の死』와의 関連을 綿密히 考察하였다.

4)『日本国語大辞典 5』(小学館, 1974)

5) 崔貞娥「아쿠타가와 류노스케(芥川龍之介)『오가타 료사이 상신서(尾形了齋覚え書)』론」(『日語日文学研究 第35輯』, 1999), p.275

6) 塚越의 직책인 촌장(名主)이란, 農村에서 幕府・영주 사이의 中継者로서 존재하며, 土地를 所有한 有力 農民이나 武士의 後裔인 경우가 많고, 성씨 사용과 帯刀, 혹은 諸役 면제의 特権을 가진 자나 郷士가 되는 자도 많았다. 또한 촌장은 領主의 밑에서 마을의

行政을 担当하는 역할로서 幕藩体制의 末端에 位置하며, 命令体系의 一端을 맡아 円滑한 支配를 위해 힘썼다. 자세한 사항은 『国史大辞典 13』(吉川弘文館, 1992) p.522 参照.

7) 『興津弥五右衛門の遺書』는 『中央公論』1912(大正元)年 10月에 発表되었다. 正保 4年 12月 2日, 오쿠쓰 야고에몬(興津弥五右衛門)이라는 老人이 호소카와 산사이(細川 三斎, 忠興・松向寺殿)의 13번째 기일에 후나 오카야마(フナ岡山) 산기슭에서 할복을 하게 된다. 遺書에 의하면 할복의 理由는 아래와 같다. 30年前, 야고에몬은 同僚인 요코 타 기요베(横田清兵衛)와 나가사키(長崎)에 南蛮에서 들어온 香木을 사러 갔다. 그러나 이 香木을 다테(伊達)藩에서도 사려고 하여 가격이 차츰 치솟고 있었다. 이에 香木에 그만큼의 금액을 지불할 必要는 없다고 主張하는 요코타와, 主君의 命令에는 人倫之道 에 어긋나지 않는 한 따라야 한다고 하는 야고에몬 사이에 말싸움이 붙어 야고에몬이 요코 타를 베고 만다. 香木을 사서 돌아온 야고에몬은 요코타를 베었으므로 할복을 청하지만 호소카와 산사이는 「모든 것을 功利의 念으로써 사물을 보면, 세상에 귀한 것은 사라진다」 며 야고에몬을 칭찬했다. 그 후 산사이는 죽지만, 당시 에도를 지키고 있던 야고에몬은 따라 죽지 못한다. 산사이의 13번째 기일을 맞아 마침내 생을 정리하고 그 이튿날 할복한다.

8) 吉田精一 『芥川龍之介Ⅰ』(三省堂, 1942) p.98

9) 石割透 「芥川龍之介について気づいた二、三のこと」(『駒沢短期大学研究紀要』 1999・3), 関口安義 『芥川龍之介新辞典』(翰林書房, 2003) p.82

10) 渡邊修二郎 『内政外教衝突史』(民友社, 1895) pp.144-146

11) 松田毅一 『キリシタン研究(四国編)』(創建社、1953)에 의하면, 「시코쿠(四国) 最初 의 信徒」는 1564年의 宣教師 프로이스, 알메이다의 報告에 보이는 「이요(伊豫) 사람」 이라고 한다. 関口安義 『芥川龍之介 新辞典』(翰林書房, 2003) p.83 参照.

12) 具体的으로는, 기독교 信者가 아닌 仏教 信徒라는 証明을 寺院에서 받는 制度이다. 데라우케(寺請) 制度의 確立으로 民衆은 하나의 寺院을 菩提寺로 정해서 檀家가 될 義務를 지게 되었다. 寺院에서는 現在의 戸籍에 해당하는 宗門人別帳을 作成해 旅行 이나 住居 移動이 있을 때에는 그 証文(寺請証文)을 必要로 하였다. 檀家制度, 寺檀 制度라고도 한다.

13) 拙論 「아쿠타가와 류노스케의 기독교관련 초기미정고작품에 대한 고찰」(『문학과종교 제9 권 1호』, 한국문학과종교학회, 2004・6)参照。

14) 「寛永 연간 즈음부터 各藩에 宗門改 담당관을 두는 일이 있었는데, 寛文4年(1664) 11월 에 이르러 幕府의 訓令으로 諸藩들로 하여금 빠짐없이 담당관을 두게 하고, 하타모토(旗 下) 9000石 以下인 자의 采邑에 대해서는 따로 담당관을 두지는 않더라도 막부 직할령 및 各藩과 마찬가지로 촌장 및 향리에게 명하여 毎年 五人組(향촌 조직)의 証明書를 바치게 하였다.」「町年寄, 行事, 組頭 등으로부터도 『마을 안에 기리시탄宗門인 자가 한사람도 없으며, 혹 기리시탄 또는 의심스러운 것이 있으면, 지체 없이 보고하겠습니다.

만일 숨겨두었다가 다른 이들로부터 적발당한다면, 저희들은 어떠한 형벌을 명하시더라도
조금도 거스르지 않을 것입니다. 後日을 위해 連判狀을 작성해 바칩니다」라는 証書를
담당관에게  바치는  예가  있었다.」渡邊修二郎 『内政外教衝突史』(民友社,  1895)
p.153, p157 参照.

15) 渡邊修二郎 『内政外教衝突史』(民友社, 1895) p.159
16) 「芥川君の作品(下)」(『東京日日新聞』, 1917・7・1)
17) 『芥川龍之介全集 18』(岩波書店, 1997) p.92
18) 作者의 主眼이나 作品의 테마에 관한 論議는 河泰厚『芥川龍之介の基督教思想』
    (翰林書房, 1998)에 자세히 나와 있다.
19) 曺沙玉 『芥川龍之介とキリスト教』(翰林書房, 1995) p.126
20) 『芥川龍之介全集 20』(岩波書店, 1997) p.316
21) 渡邊修二郎 『内政外教衝突史』(民友社, 1895) p.161
22) 渡邊修二郎 『内政外教衝突史』(民友社, 1895) p.170
23) 吉田精一 『芥川龍之介 Ⅰ』(三省堂, 1942)p.98
24) 笹淵友一 「芥川龍之介のキリスト教思想」(『国文学解釈と鑑賞』, 1958・8) p.10
25) 渡邊修二郎 『内政外教衝突史』(民友社, 1895) p.44
26) 渡邊修二郎 『内政外教衝突史』(民友社, 1895) p.59

# 志賀直哉 작품에 나타난 기독교적 영향

김 정 숙

## 1. 들어가는 말

　기독교 사상이 일본의 근대 문학에도 커다란 영향을 주었다는 것은 말 할 나위가 없다. 많은 일본의 근대 문학자들이 처음에는 기독교에 입신하지만 점차로 기독교로부터 이탈해서 독자의 길을 걸었다. 작가들의 이교는 일본근대 문학의 커다란 특색을 이루고 있다. 명치기 청년들의 신앙지도자가 된 우치무라칸조 [內村鑑三이하, 우치무라로 略記]1) 는 일본의 근대 문학가들에게 많은 영향을 주었다. 그러나 개성이 강한 우치무라와 또 개성이 강한 작가들이 서로 쉽게 융화하기는 어려웠고 작가들이 자립을 위해 떠난 것은 필연의 결과였는지도 모른다. 그리고 이러한 작가들이 독자적인 문학을 확립할 수 있었던 것도 기독교로부터의 이탈에 있다. 시라카바 [白樺]의 동인으로 이상주의 문학을 표방하고 리얼리즘 수법에 탁월한 사소설 작가였던 시가 나오야 [志賀直哉] 역시 이러한 배교의 길을 걸었던 작가 중의 한사람이었다.

　시가가 우치무라를 만난 것은 1900년 18세 때 그의 집에 서생으로 있던

가오루의 권유를 계기로 7년간이나 우치무라의 「성서연구회」에 다니게 된다. 시가는 1912년에 쓴 『大津順吉』에서 우치무라를 「고집이 센, 좋은 의미로 외곬수 선생」 「훌륭한 사상가」로 그리고 있다. 이처럼 시가는 우치무라를 위대한 사상가・스승으로 존경하면서도 스스로의 길을 위해 우치무라를 떠나 작가의 길을 간 것이다.

시가와 우치무라의 관계는 그의 나이 59세 때 발표한 수필 『內村鑑三先生の憶ひ出』와 『濁った頭』 『大津順吉』, 『山形』, 『過去』 그리고 그의 나이 69세에 기독교에 입신한 동기등에 대해 적고 있는 『自轉車』등의 小說, 稻村雜談에 수록된 『內村鑑三』그리고 그의 일기에 잘 묘사되어 있다.

본고에서는 시가나오야의 이러한 작품들을 고찰해봄으로서 우치무라의 영향으로 여겨지는 것, 그리고 기독교의 사상이라 볼 수 있는 것을 중심으로 살펴보기로 하겠다.


## 2. 『濁った頭』의 성욕과 계율


「성」은 생명체 유지의 본능이며 모든 본능은 이에 관련하여 존재한다. 따라서 「성」은 모든 생명체의 근원적인 본능이라 할 수 있다. 일본의 고대인에게 있어서는 신이 성의 주재자이며 성욕은 신이 준 것이라는 긍정적인 성의식이 있었다.

이러한 일본인들의 성의식에 변화를 가져 온 것은 불교가 들어오면서 부터였다. 불교에서는 오계라 하여 불자가 지켜야 할 살생, 사음, 망어, 음주 등의 계율이 있어 음란한 것을 죄악시 했다. 그리고 에도시대에 이르러서는 유교가 봉건사회의 도덕기반이 되었기 때문에 집안의 혈통계승을 위해 자녀를 많이 낳기를 원하는 즉, 여자를 자손생산의 도구로 보는 그릇된 사고가 생겨났다. 또한 유곽문화의 발달과 더불어 폐쇄된 무사사회나 승려 사회에서 남색, 이른바 동성연애가 공공연히 이루어졌던 점은 종교적인 억압보다도 자유로운 성욕 추구 문화가 발달했음을 알 수 있다.

이 또한 일반적으로 전통적인 일본문화에 있어서 성에 대한 죄의식은 존재하고 있지 않았다는 사실을 말해 주고 있다. 이러한 개방적인 성의식이 뿌리 깊게 자리잡고 있는 일본에서 온전한 기독교 신앙은 수용 단계에서 부터 무리가 있을 수밖에 없었던 것이 아닌가 생각된다.

시가의 이러한 당시의 성욕추구문화와 기독교를 수용하는 과정에서 오는 갈등은 작품 『濁った頭』『大津順吉』에 잘 나타나 있다. 『濁った頭』와 『大津順吉』는 전반이 거의 같은 소재로 된 소설로 이 두 작품은 하나의 나무에서 생긴 두개의 가지라 말할 수 있는 작품이다.

『濁った頭』의 주인공 청년 쓰다〔津田〕는 2년간이나 정신병원에 있었고, 퇴원 후인 현재도 아직 정신이 이상한 인물로 그려져 있지만 그 내용은 작가자신 혹은 가상적인 작가자신을 그린 것이다.

그의 고백내용은 전반과 후반으로 나누어져, 전반(2절)은 주인공의 성욕에 대한 고민- 성욕의 압박과 기독교의 계율과의 딜레마에서 오는 고통을 괴로워하고 있고, 후반은 그곳으로부터의 탈출을 그리고 있다. 이것은 작가 시가나오야의 경우 우치무라의 영향으로 부터 벗어나는 것을 의미하는 것도 된다. 그러면 작품을 더듬어 보면서 고찰해 보기로 하겠다.

작품에서는 쓰다가 간음죄에 반항해서 『關子と眞三』라는 소설을 쓰고, 또

한 기독교에 대한 반항을 시도하기도 하는데 이것은 그대로 시가 자신의 심적 갈등을 그려내는 것이다. 이 무렵 시가의 실생활적인 사실에 입각해 볼 때, 이 작품에는 1907년 하녀 치요 [千代]와의 육체적인 관계, 그 사건 후에 동반되는 간음죄의 문제로 고민하는 시가 나오야의 신경쇠약적인 의식의 반영으로도 볼 수 있다. 이 일은 치요와의 사건을 주제로 쓴『과거(過去)』(1926년 10월 女性에 발표) 을 보면 확실하다.

> 단지 그 무렵의 생각으로는 그것이 아주 사소한 경우라도 이미 부부관계를 맺은 이상, 그 사람의 일생을 책임져야 한다고 나는 믿고 있었다. 이것은 톨스토이의 네흐류드프의 말에서 온 생각으로, 만약 내가 치요를 버리기라도 하면 기독교적으로 분명히 내가 한 일은 간음죄가 된다는 것이 마음에 걸렸다. 두려웠다.
> 그러나 사실 치요에 대한 마음이 식어가고 있던 나에게는 치요가 점점 부담스럽게 느껴질 뿐만 아니라 이 생각도 이상하게 부담스러워졌다. 오히려 이 생각 때문에 한층 치요가 부담스럽게 느껴졌다.[2]

여기에는 성행위는 부부간에만 있을 수 있다는 기독교적 사고와 치요에 대한 책임문제로 고민하는 시가의 모습을 볼 수 있다. 그리고 간음죄를 범한 것이 두려웠던 것이다.『과거』에서 회상되는 무기력한 당시의 시가의 모습이『濁った頭』의 쓰다의 모습과 조응되고 있다.

7년간이나 교회를 다닌 독실한 기독교 신자인 쓰다는 순간적인 욕구 충동에 의해 육체관계를 맺은 나쓰코 [夏子]에게 아무런 애정도 갖지 않는 채 이후 함께 살아간다. 물론 이것은 쓰다의 「자신감 없고 약한, 무작정 믿을 수도 무작정 반항할 수도 없는 무기력함」에서 온 것이지만, 쓰다의 입장에서 본다면

「이미 부부관계가 된 이상, 그 사람의 일생을 책임지지 않으면 안된다」는 기독교 윤리에 따른 것이다.

이상과 같은 점에서 볼 때 치요를 부담스럽게 느끼면서도 헤어지지 못한, 간음죄의 문제에 고통을 느끼고 있는 당시 시가의 모습을 엿볼 수가 있었다. 그러나 결국 쓰다는 나쓰코를 버리게 된다. 이것은 쓰다라는 남자의 책임의 회피, 기독교의 교리(姦淫罪)로 부터의 탈출을 나타낸 것이다.

이 소설의 주인공은 목사의 설교에서 「도둑질 하지 말라, 살인하지 말라, 거짓증언을 하지말라」라는 계율에 대해서는 아무런 저항도 느끼지 않았지만, 단하나 「간음죄」의 계율만은 평소의 자신의 행위로 봐서 마음에 찔리는 것이 있었던 것이다.

> 그것은 저속한 행동을 그만둘 수 없는 나는, 「너는 사람을 죽인 죄인이다」고 듣고 있는 것이다. 나는 나의 저속한 행동을 죄악이라고는 생각하지만 살인죄와 같은 것으로는 도저히 생각할 수 없었다.3)

이것은 「여자를 보고 음욕을 품은 자는 이미 마음에 간음하였느니라」4)라고 말한 예수의 기독교적 윤리관에 따른 것이다.

「저속한 행동을 그만둘 수 없었던」주인공은 그것이 어떤 때는 「간음죄는 살인죄와 같이 중하다」라고도 여겨져 내심 크게 위협받았고 승복할 수 없는 것으로 느꼈다.

그러나 간음죄에 대한 예수의 태도에서는 예수가 바리세이파인 시몬의 집에서 창부 막달레아 마리아를 용서한 일5)이나 5명의 남편을 둔 사마리아 여인과 야곱의 우물 옆에서 말씀하신 것,6) 간음의 현장에서 데려온 여자를 가르켜

학자나 바리세인들이 「모세는 율법에 이러한 자를 돌로 치라 명하였거니와 선생은 어떻게 말씀하겠나이까」라고 예수에게 물었을 때, 예수가 「너희들 중, 죄없는 자 먼저 돌을 던져라」[7]라고 말한 것 등을 들어 볼 때 실제로 간음죄를 범한 여자에 대해 예수는 사람들이 이상해 할 정도로 관대하게 말하고 있는 것을 알 수 있다. 간음에 대한 죄는 미워해도 그것을 진심으로 회개하고 용서를 구하는 인간에 대해서는 용서하라는 의미인데 성에 대한 의식이나 감각에 있어, 명치의 무사가문이었던 우치무라의 아주 보수적이고 폐쇄적인 엄격한 청교도였던 우치무라가 간음죄를 말할 때 일본적 문화에 젖은 일본청년들에게는 이해하기 힘든 일이었을 지도 모른다.

고백의 서두에 조금 모습을 보이는 목사는 용모 성격 모두 닮지 않는 인물로 그려져 있으나 변형된 우치무라의 모습이다. 후반 끝 무렵에 돌연 출연하는 쓰치무라선생 [土村先生]의 환영도 우치무라이다. 『濁った頭』는 이러한 자전적인 요소가 접합된 것에 의해 기독교의 간음죄에 대한 작가 시가나오야의 고뇌 그리고 그 간음죄에서 벗어나고자 한 것이 형상화 된 것이다

이러한 시가의 성에 대한 고민은 『오쓰준키치(大津順吉)』에도 잘 나타나 있다.

여기서 화자는 기독교 신자로서 20세를 넘기면서 육체가 성장함과 동시에 이성에 대한 관심이 높아지고 동시에 자아가 싹트고 그때까지 맹종해 온 가르침에 의혹을 품는 과정이 그려져 있다.


어느 날 선생님이 이런 말씀을 하셨다. 「간음이 큰 죄인 것을 강조해서 말하기 시작한 것은 기독교가 처음이고, 또한 간음은 살인만큼 큰 죄악이다」 나는 이 말에서 심한 불쾌감을 느꼈다. 그것은 내 마음과 몸이 끊임없이

사랑하는 사람을 찾으면서도 경우와 사상에 방해받고 있는 그 부조화가 괴로와서 고통받고 있는 때였기 때문이었다.8)

위의 예문에서 알 수 있듯이 우치무라의 가르침에 불쾌감을 갖고 거부하면서도 근본적으로 간음이 죄라는 강한 의식이 엿보이는 갈등이다. 그가 한때 외도로 인하여 간음의 경험이 있었던 것을 이처럼 괴로워하고 있었는지 모른다. 여기서 그의 간음에 대한 속죄의식은 다른 윤리관에서 파생된 것이 아니라 기독교의 가르침에서 파생되었음은 그의 성장과정을 통해 알 수 있다.

시가의 이러한 「성」에 대한 고민을 스승 우치무라는 어느 정도 이해하고 있었을까? 그러나 작품 『濁った頭』나 『大津順吉』을 보면 우치무라가 그의 고민을 공감하지 못한 점에 있다는 것을 알 수 있다. 1907년 9월 23일 시가의 일기를 살펴보면 「선생은 나의 육체관계를 죄라고 한다」고 적고 있다. 우치무라를 떠나게 되는 직접적 계기가 된 두 작품은 간음의 문제, 즉 성욕의 문제는 시가에게 있어 자연의 커다란 의지였고 이것을 억압하는 것은 모독이었다. 자연의 생태, 그대로의 성을 존중하는 일본문화와 기독교의 사고의 차이에서 온 것임을 알 수 있다.


# 3. 『화해』에 나타난 회개와 용서


이 작품은 1917년 9월에 완성, 10월 「흑조(黑潮)」에 발표한 자전적 중편소설이다.

시가나오야가 부친 나오하루 [直溫]와 불화 관계가 된 데에는 몇 가지

원인이 있으나, 그 주된 원인으로는 부친에 대한 친근감이 없었기 때문이라고 볼 수 있다. 「나는 어렸을 때부터 조부모의 손에서 자랐다. (중략) 그것이 후년 아버지와 불화의 원인이 되었다.」[9]라고 스스로 회상하고 있듯이 청년기로 접어들면서 부친과의 불화는 구체적으로 나타나기 시작했다. 그 첫째는 아시오〔足尾〕광독사건이었고, 둘째는 하녀 치요와의 결혼문제, 그리고 아내 사다코〔康子〕와의 결혼문제였다. 이와 같은 몇 가지의 외적인 원인도 있었지만 실업가였던 아버지와 문학을 뜻한 시가와의 사고, 행동양식의 차이에서 온 것으로도 볼 수 있다.

작품『大津順吉』가 하녀 치요와의 결혼문제로 아버지의 반대에 부딪쳐 불화에 이르는 과정을 묘사한 것이라면,『화해』는 아버지와의 불화가 점점 누그러져 화해에 이르기까지의 회상을 그린 작품이다.

화해가 이루어진 데에는 여러 원인이 있을 수 있으나 가장 큰 원인으로는 시가의 마음의 성숙을 들 수 있을 것이다. 바꿔 말하면,『기노사키에서(城の崎にて)』『好人物の夫婦』을 썼기 때문에 실생활에서도 부자화해가 이루어진 것이고, 그러한 성숙이 화해를 낳은 것이다.『기노사키에서』를 발표한 3개월 후, 아버지와의 사이에 자연스런 화해가 이루어졌고 기노사키에서의 경험은 아버지와의 화해를 가져다준 커다란 동기가 된 것이다.

죽음과 직면한 스스로의 경험을 통해 생과 사를 조용히 관찰하게 된 시가는 인간의 아집과 오해가 인간을 얼마나 불행하게 하는가를 깨달았다. 아버지 앞에서 그는 자연스럽게 지금까지의 것을 아버지에게 사죄했고 아버지는 또한 언젠가는 이런 날이 올 것을 기다리고 있었던 것처럼 그를 용서했다.

우치무라의 가르침을 받고 있던 7년동안 그를 가장 괴롭혔던 것은 간음죄의 문제와 아버지와의 불화·대립이었다. 우치무라의 아래와 같은 가르침에 의한 영향을 읽을 수 있다.

> 망죄술로서 우선 내머리에 떠오르는 것은 행복한 가정을 이루는 일이다. (중략) 완전한 가정은 완전한 인생이다. 사람은 단란하고 화합된 가 정안에서만, 완전과 이상이 이루어질 수 있다.10)

우치무라를 존경하며 7년 동안 가르침을 받아온 시가나오야에게 있어 긴 세월 아버지와의 불화(1901-1917)는 시가에게 심리적 부담이 되었고, 그로 인해 심지어는 신경쇠약 증세까지 보였다. 그리고 아버지와의 불화는 그의 전기작품(1904-1914년)의 중심테마가 되고 있다. 1905년의 일기에는 성서에 관한 내용이 곳곳에 나타나 있다. 1월 8일 일기에는 이렇게 적고 있다.

> 누가 제15장. 만약 이 세상의 모든 책을 불태워야 할 때가 온다면 성서 한권은 어떻게 해서라도 남겨두어야 한다. 만약 그 성서마저도 태워야 할 때가 오더라도 누가 15장만은 보전해야 한다고 할 정도로 이 장은 중요한 것이고, 이 장에는 어떠한 것도 구할 수 있는 희망이 있다.11)

이것은 우치무라의 설교의 요지를 시가가 그대로 적은 듯한 문장이다. 이와 같은 우치무라의 강연은 그 당시 아버지와의 대립관계에 있었던 시가의 마음 속에 깊은 감명을 주었을 것임에 틀림없다. 누가복음 제15장은 돌아온 탕자의 비유이다. 어떤 이에게 두 아들이 있어 각각 재산을 나누어 주었는데, 그 중 둘째 아들은 그 재산을 가지고 먼 나라로 가서 방탕한 생활로 모든 재물을 탕진한 뒤 고생만 하다가 다시 아버지에게 돌아와 이제까지의 잘못을 회개하고 아버지에게 용서를 구한다. 아버지도 잃었던 자식을 되찾은 듯이 매우 기뻐하며 완전한 사랑으로 아들을 용서한다는 내용이다. 돌아온 탕자의 비유에서와 같이 아들이 자신의 잘못을 회개하고 아버지에게 용서를 구하는 모습에서는 시가가 아버지와 화해에 이르는 부분과 잘 조응된다고 볼 수 있다.

> 아버지와 나의 관계를 지금 이대로 계속해 가는 것은 무의미하다고 생각합니다. 지금까지는 어쩔 수 없었습니다. 아버지에게는 대단히 폐를 끼쳤다고 생각합니다. 어떤 의미에서는 나는 나쁜 짓을 했다고도 생각합니다.
> 실은 나도 점점 나이들고, 너와 지금과 같은 관계를 계속해 가는 것은 정말로 괴로운 일이다. 마음속으로 너를 미워한 적도 있다. (중략) …
> 이런 말을 하고 있는 사이에 아버지는 울기 시작했다. 나도 울기 시작했다. 둘은 더 이상 아무 말도 하지 않았다.[12]

이렇듯 시가의 조화적 기분과 아버지의 관용으로 자연스럽게 화해가 성립되었다. 이『화해』에서는 용서와 회개에 대한 기독교 정신을 엿볼 수가 있었다.


# 4. 『小僧の神様』에 나타난 인간애


시가는 1917년 8월 아버지와의 화해가 이루어졌다. 화해 이후의 그의 생활은 평화롭고 조화적인 기분으로 가득찼다. 이와 같이 평화로운 날 그는 다음과 같은 일을 목격하게 되었다.

1919년 12월 노점 초밥집에 소년이 들어와서 초밥 값을 물어보고 다시 놓고 나가는 장면을 목격하고 이 소년에게 약자에 대한 끝없는 동정을 느끼며 이 소설을 만들게 되었다. 실제로 이 작품 속에도 집필동기와 같은 장면이

나온다. 귀족의원 A는 이 소년을 우연히 저울가게에서 다시 만나게 되자 돈이 모자라 먹지 못한 그 초밥을 소년에게 배불리 먹게 해준다. 소년은 초밥을 배불리 먹게 해 준 그 손님(A)를 단순히 그냥 사람이라고 생각하지 않는다.

내가 초밥 집에서 창피를 당한 일도, 지배인들이 그 초밥집 얘기를 했던 일도, 더구나 자기 마음속까지 꿰뚫어 보고 그렇게 실컷먹게 해 주었다. 도 저히 그건 사람이 할 수 있는 일이 아니라고 생각했다. 하느님일지도 모른다. 그렇지 않으면 신선이다. 어쩌면 오곡의 신일지도 모른다.13)

그리하여 센키치는 그 손님의 존재를 점점 잊지 못하게 되고, 언제나 그 손님은 자기가 힘이 들고 괴로울 때 불쑥 자기 앞에 나타나 도와 줄 것 같은 신으로 까지 인식된다.

그는 슬플 때나 괴로울 때에 언제나 그 손님을 생각했다. 그를 생각만 해도 위로가 되었다. 그는 언젠가는 또 그 손님이 생각지도 못할 은총을 가지고 자기 앞에 나타날 것을 믿고 있었다.14)

그러나 도중에 시가나오야는 센키치의 심리에서 어린 점원에게 주저하면서 도 동정을 보인 귀족의원인 A의 심정 쪽에 관심을 보인다. 센키치에게 초밥을 사준 뒤 이상하게 쓸쓸해지는 기분이 되는 A는 자신의 생각과 느낌을 다음과 같이 나타내고 있다.

소년도 만족하고 자신도 만족해도 좋을 일이다. 다른 사람을 기쁘게 하는 것은 나쁜 일이 아니다. 자신은 마땅히 어떤 기쁨을 느껴도 좋을 것이다. 그런데 어찌된 일일까. 이런 이상하고 쓸쓸하고 싫은 기분은 왜일까? 마치 그것은 남모르게 나쁜 일을 한 후의 기분과 똑같다. 어쩌면 자신이 한 일이 좋은 일이었다고 생각하는 잘못된 의식이 있어서, 그것을 진실된 마음으로부터 비판받고, 배반당하고, 비웃음 당하는 일이, 이런 쓸쓸한 기분으로 느껴지는 것일까? 좀 더 했던 일을 작게 마음 편히 생각하고 있으면 아무렇지도 않을지 모른다.[15]

위와 같이 자신이 한 일이 선행이라는 생각이 들자 또 하나의 자아가 이를 비난하고 조소하여 자신도 모르게 쓸쓸함에 잠기는 것이다. 이러한 A의 적막감과 쓸쓸한 기분은 시가나오야의 인식이 만들어낸 적막감으로 또 하나의 존재하는 자신에 대한 자성의 채찍으로 표명된다.

그리고 A의 이러한 고백은 『暗夜行路』의 켄사쿠가 「결국 외계의 것과 투쟁하는 것이 아니고 자신의 내부에 있는 이런 것과의 투쟁이었다.」[16]라는 고백과 같은 태도이다.

우치무라는 『구안록』에서 자선에 대해 이렇게 이야기 하고 있다.

> 자선은 종교의 꽃이요, 열매다. (중략) 그러나 자선은 선인을 만들 수 없다. 자선은 사랑의 결과이지 그 원인은 아니다. 자선사업에 종사하면 스스로 자선가가 될 수 있다는 관념은 사실처럼 보이지만 사실은 아니다. (중략) 아, 이것이 오늘날 우리나라에서 자선이라 이름하는 것이 아닌가. 자선음악회, 자선무도회- 조그만 자선이 숱한 신문에 실리고 온갖 변사의 입에 떠들썩하다. 이제 인류는 선행의 기근을 느끼고 있다. 하나의 행실을 온 천하에 나팔분다.[17]

여기에 대해 성경은

> 너희가 삼가 남에게 보이려고 자기의 의로운 행실을 나타내지 않도록 하
> 라. 그렇지 않으면 하늘에 계신 너희 아버지께 보상을 받을 것이 없다. 그러
> 므로 남을 구제할 때에는 위선자들이 남에게 칭찬을 받으려고 회당과 거리
> 에서 하듯이 스스로 나팔 불지 말라. 내가 진정으로 너희에게 말한다. 그들
> 은 이미 받을 것을 다 받았다. 너는 남을 구제할 때 오른손이 하는 일을
> 왼손이 모르게 하여 그 구제를 은밀히 하라. 그러면 은밀히 보시는 네 아버
> 지께서 네게 갚아 주실 것이다.18)

> 선한 일을 일을 행하고 선한 사업에 부하고 나눠 주기를 좋아하며 동정
> 하는 자가 되게 하라.19)

이렇듯 귀족의원 A의 작은 선행을 과대평가 받은 자신에 대해 알 수 없는
적막감을 등장시킴으로써 타인의 인식에 대한 자신의 한계를 느끼며 자신의
내부에 숨겨져 있는 알 수 없는 쓸쓸함, 두려움 외소함을 고백한 것이다. 작가
의 이와 같은 인식은 근대사회가 안고 있는 모순이며 개인과 개인의 고립화로
인한 쓸쓸함과 고독에서 오는 적막감이기도 하다.

또 이 작품에서 간과할 수 없는 부분은 A는 귀족의원이고 센키치는 저울가
게 사환으로 이 두 사람은 지위에 있어 아주 동떨어진 사람이다. 센키치는
배움도 가진 것도 없는 가난 한 어린 소년이었지만 이들의 직접적인 행위가
이루어지는 출발점은 저울가게이다. 저울은 수평을 의미하는 상징이라 볼 수
있다. A와 센키치는 외면으로 보면 수직관계이지만 내면세계로 들어가면 저울
이 의미하듯 수평관계라는 것을 시가는 우리에게 보여주고 있다.

인간 본래의 순수한 마음을 가진 귀족의원 A나 순박하고 겸손한 마음의
소유자인 센키치는 인간의 본질적인 면에서 보면 이 두 사람은 수평의 관계에
있다고 할 수 있다. 전체적으로 이『小僧の神樣』에서는 약자에 대해 동정하

는 작가의 인간애와 휴머니즘 그리고 서구 근대의 기독교 사상인 인간평등의 정신을 엿 볼 수가 있었다.


## 5. 맺음말


한 작가의 삶과 문학을 일단면적으로 조명해 보는 것은 무리가 있지만, 본 논문에서는 시가나오야에게 있어 우치무라의 영향이라는 측면에서 그의 실생활면과 문학작품에 나타난 기독교적 영향을 중심으로 고찰해 보았다.

시가가 그의 나이 59세 때 쓴 작품『内村鑑三先生の憶ひ出』의 모두에서는, 시가가 영향을 받은 사람으로 친척으로는 조부 나오미치, 친구로는 무샤노코지 사네아츠, 스승으로는 우치무라 간조를 들고있고, 그리고 우치무라로부터 받은 영향에 대해 말하고 있다. 첫째로는 그의 결벽성과 도덕성을 들수 있다. 「올바른 것을 동경하고 부정허위를 싫어하는」시가의 윤리적 골격이 형성된데는 조부 나오미치의 잠재적 영향과 함께 우치무라의 존재와도 깊은 영향이 있다. 둘째로 자기확신, 자기긍정이 강한 삶의 태도, 자기를 중심으로 하는 태도는 시가의 초기작품(1904-1914년)의 모티브가 되고 특이한 사소설의 세계를 형성한 것도 그러한 지향과 결코 무관하지는 않다. 세째는 실행가로서의 인생태도도 우치무라와의 교섭을 통해 확립 된 것이다. 네째는 사상적 측면으로 시가가 아시오 광산 광독사건과 같은 사회문제에 비상한 관심을 나타내면서도 사회주의의 길을 걷지 않았던 것 등이다. 이처럼 시가가 우치무라의 사상을 아무런 저항없이 받아들일 수 있었던 데는 시가의 성장과정을 통해

알 수 있듯이 조부 나오미치와 조부의 스승이었던 니노미야 손토쿠〔二宮尊德〕를 통한 무사적, 유교적 도의성이 우치무라의 사상과 일치한 것으로 볼 수 있다. 이 양자에게는 내적 필연성에 의한 정신적 연대감이 존재한 것이다.

시가나오야의 직접적인 우치무라의 영향은 1900년(18세)부터 1907세(25세)까지였으나, 우치무라로 부터 받은 영향은 이보다 훨씬 컸고 우치무라를 떠난 1907년 이후에도 시가의 마음안에서 계속되어, 생애 전반에 걸쳐 그의 정신에 큰 영향을 끼치고 있음을 알 수 있다. 기독교 작가들과는 달리 그의 문학 작품에는 신에 대한 언급이나 성경을 직접적으로 인용하고 있지는 않지만, 작품전반에는 기독교적 세계관이나 윤리관에 입각한 휴머니즘, 정의에 대한 사랑, 그리고 조화를 추구하는 작품들이 많다.

문학작품에서 보이는 기독교적 영향으로는 성욕과 기독교의 계율과의 사이에서 고민하는 두작품『濁った頭』·『大津順吉』는 자연의 생태, 그대로의 성을 존중하는 일본 문화와 기독교적 사고의 차이에서 온 갈등으로 후에 우치무라를 떠나게 직접적인 계기가 되는 작품이다. 그리고 아버지와의 긴세월 불화로 괴로워 했던 시가나오야에게 있어 아버지와의 화해는 커다란 기쁨이었다. 이러한 화해의 기쁨을 그린『화해』에서는 회개와 용서의 기독교 메세지를 읽을 수가 있었다. 노점 초밥집에 소년이 들어와서 초밥 값을 물어보고 다시 놓고 나가는 장면을 목격하고 이 소년에게 끝없는 동정을 느껴 쓰게 된 작품『小僧の神樣』에서는 약자에 대한 동정과 휴머니즘을 엿볼 수가 있었다.

그는 기독교를 이탈한 후에 생애 특정 종교를 갖지 않았다. 그가 무종교에 의한 장례를 치른 것에서도 알 수 있듯이 무종교자였지만, 그의 인생은 가장 신자답게 자신의 삶을 소중히 그리고 성실히 살았던 작가 중의 한 사람이다.

야나기무네요시〔柳宗悅〕가 만년에「우리 백화 동인들 중에 가장 종교적

인 사람은 누구인가」라고 묻고는 바로 그 자리에서 「시가나오야다」라고 대답
한다. 이것은 시가의 본래의 개성과 7년동안 우치무라를 통한 기독교를 접했던
사실과도 결코 무관하지는 않을 것이다.

## 【주】

1) 우치무라칸죠(1861-1930): 우치무라는 우에무라 마사히사 〔植村正久〕 와 더불어 명치기에 기독교계의 지도자이자 사상가의 한사람으로 사회·국가·문학에 대한 비판을 전개하고 폭넓은 저서를 남겼다. 우치무라는 당시의 교회주의에 반대하여 원시교단 이전의 단계를 모델로 교회를 삼아 무교회주의를 제창했다. 또 한편으로는 각종 사회문제에 관심을 피력하기도 하고 러일전쟁반대을 주창하기도 하였다.

2) 志賀直哉, 『志賀直哉全集』第3卷, 「過去」, 岩波書店, 1983, p.366.

3) 志賀直哉, 『淸兵衛と瓢箪·網走まで』收錄, 「濁った頭」, 新潮社, 1992, p.86.

4) 대한성서공회, 개역한글판, 신약선경전서 「마태복음」5장 28절, 1956, p.6.

5) 上揭書, 「누가복음」7장 36절-50절, p.102.

6) 上揭書, 「요한복음」4장 7-18절, pp.147-148.

7) 上揭書, 「요한복음」8장 8절, p.158.

8) 志賀直哉, 『大津順吉·和解』收錄, 岩波書店, 1995, p.9.

9) 栗林秀雄, 『人と作品 志賀直哉』, 淸水書院, 1984, p.148. 再引用

10) 우치무라간죠, 『구안록』, 설우사, pp.60-61.

11) 志賀直哉, 『志賀直哉全集』第10卷, 岩波書店, 1984, p. 175.

12) 志賀直哉, 『和解』, 新潮社, 1993, pp.90-91.

13) 志賀直哉, 『城の崎にて·小僧の神樣』收錄, 角川書店, 1993, p.43.

14) 前揭書, p.44.

15) 上揭書, p.40, 41.

16) 志賀直哉, 『暗夜行路』, 新潮社, 1993, p.429.

17) 內村鑑三, 『구안록』, 설우사, 1993, pp.44-45.

18) 上揭書, 『디모데전서』6장 18절, 1956, p.8

19) 대한성서공회,한글개역판 성경전서 『마태복음』6장 1-4절, 1956, p.8.

# 시이나 린조論 ~ 〈빛〉의 이미지의 변천 ~

나가하마 다쿠마

## 1. 〈빛〉의 이미지

> 내가 진정 바라고 있는 것은 운전수가 아닌, 저 아름다운 여자였기 때문이다. 나로 하여금, 저 묘하고도 수상한 그림자를 떨쳐버리고, 내 마음에 열정과 충실을 가져온, <u>눈부신 빛인 아름다운 여자</u>였기 때문이다. 나에게 사는 의미를 충분히 주고, 그에 더해 그 충분함을 충분히 살게 해 주는 아름다운 여자를 그야말로 바라고 있었던 것이다.
>
> (傍線部論者/『아름다운 여자』)

시이나 린조(椎名麟三)의 대표작 『아름다운 여자』(1955년10월 중앙공론사)의 한 구절이다. 간사이(関西)의 한 사철(私鉄)에 근무하는 평범한 교통노동자의 반생을 그린 이 작품에서는 주인공 기무라 스에오(木村末男)의 삶을 내면으로부터 지지하는 아름다운 여자의 환상이 자주 등장한다. 그러나 「아름다운 여자」라 해도 어떠한 얼굴인지는 전혀 알 수 없고, 「눈부신 빛」이라고 하는 강렬한 〈빛〉의 이미지로만 이야기된다. 기무라는 「아름다운 여자」라는 〈빛〉의 이미지가 마음속에 있었던 덕분에 제2차 세계대전을 포함하는 전전,

전시, 전후라는 격동의 시대 속에서 공산주의나 군국주의에 물들지 않고 보통으로 살고 싶다는 자신의 위치를 계속해서 지켜낼 수 있었다. 그 의미로 「아름다운 여자」는 이른바, 사는 근거라고도 할 만큼 중요한 존재였다. 게다가 「눈부신 빛인 아름다운 여자」가 계속해서 등장하는 것으로 작품 전체에 <빛>의 이미지가 가득 차게 되었다.

이러한 <빛>의 이미지의 중요성은 『아름다운 여자』뿐만 아니라 다른 작품에 있어서도 같은 모습을 보인다. 작품에 의해 등장하는 횟수에 차이는 있지만 <빛>의 이미지는 시이나 문학의 큰 특징 중 하나인 것이다. 그러나 이러한 사실은 그다지 알려지지 않았다. 시이나가 「제1차 세계대전 후파(後派)」의 대표적인 작가이며 전후의 폐허를 무대로서 극한상황을 사는 인간의 마음의 <어둠>을 그리고 「절망의 작가」라고도 불린 어두운 이미지와 맞지 않기 때문일지도 모른다.

작가로서 시이나는 「심야의 주연(深夜の酒宴)」(1947년2월 「전망(展望)」)에서 『징역인의 고발』(1969년8월 신조사)에 이르기까지 많은 문제작을 세상에 선보였지만, 모든 작품에서 가혹한 현실을 사는 주인공이 돌연히 환상에 습격을 당해 그 환상 속에서 <빛>으로 가득 찬 천국이나 이상향과 같은 꿈의 세계를 살짝 엿보는 장면이 있다. 물론 그런 꿈의 세계는 어디까지나 주인공의 마음속으로 한정되고 어디까지나 <빛>의 「이미지」로만 드러난다. 그러나 그러한 <빛>의 이미지가 주인공의 사상이나 인생관과 깊게 관계하고, 작품 안에서 중요한 위치를 차지하고 있는 것은 말할 필요도 없다.

이러한 점에서 본고에서는 시이나의 주요한 작품에 있어서의 <빛>의 이미지를 보고자 한다. 특히 시이나가 기독교 신앙을 실질적으로 가지게 된 「부활체험」의 전후에서 <빛>의 이미지가 크게 변화되고 있는 것에도 주목하여 그 변천을 고찰하고자 한다.


## 2. 도스토예프스키의 영향


시이나 문학에 있어서의 <빛>의 이미지는 도스토예프스키의 영향이 크다. 또, 문학뿐만 아니라 시이나가 기독교 신앙을 가지게 된 것도 도스토예프스키의 영향이다. 이러한 부분으로 시이나의 작품을 보기 전에 그 출발점에 있어서의 도스토예프스키의 영향을 문학과 기독교신앙의 두 가지 측면에서 정리하고자 한다.

사이토 스에히로(齋藤末弘)의 지적[1]대로 시이나의 문학적 출발은 1938년 봄에 『악령』을 읽고 충격을 받은 「도스토예프스키 체험」에서 시작된다. 이후 바로 시이나가 창작 활동[2]을 시작하는 것으로, 그야말로 시이나의 작가로서의 실질적인 출발점이라고 말할 수 있다. 이때에 시이나는 『악령』의 "스타브로킨"과 "키리로프"의 대화에 특별한 감명을 받았다고 한다. 시이나는 다음과 같이 말하고 있다.

> 이 말을 들었을 때 무언가 신선한 나의 아직 모르는 「진정한 자유」의 빛이 나의 마음속에 휙 비치는 것을 느낀 것이다. 몇 번을 읽어도 그러하다. / 자백하자면 이 부분이 진정으로 이해할 수 있었던 것은 한심하지만, 기독교인이 되고 나서이다. / 「인간은 모두 용서받는다는 것을, 예수 그리스도에 있어서 알고 있는 사람은 작은 여자 아이를 욕보이게는 하지 않겠지」
>
> (傍線部論者 / 『나의 도스토예프스키 체험』1967년 5월 教文館)

여기서 주목하고 싶은 것은 시이나의「도스토예프스키 체험」이「진정한 자유」의 빛이라고 하는<빛>의 이미지로 이야기 되고 있는 점이다. 전술한「아름다운 여자」에 있어서의<빛>의 이미지와 아주 비슷한 것도, 시이나 문학이「도스토예프스키 체험」에서 출발하는 것과 동시에「진정한 자유」의 빛을 얼마나 형상화 하는가 하는 과제도 짊어지고 있다고 할 수 있다. 또「이 부분을 진정으로 이해할 수 있었던 것은」,「기독교인이 되고 나서」와 같이「진정한 자유」의 빛이 예수 그리스도를 근원으로 하는 초월적, 종교적인 빛이며, 이후의 기독교 신앙으로 연결되는 것은 확실하다.

그러면 다음으로 시이나의 기독교 신앙의 출발점을 보자. 시이나 린조가 기독교 세례를 받은 것은 1950년 12월 24일, 일본기독교단 우에하라(上原)교회의 크리스마스 예배 때 아카이와 사카에(赤岩栄)목사의 주도 였다. 문학의 출발로부터 12년이 흐른 시기였다. 당시 문단에서「다자이 오사무(太宰治) 다음으로 자살하는 것은 시이나다」라는 소문이 돌 정도로 시이나는 절망에 빠져있었지만 시이나를 문학에 눈을 뜨게 한 도스토예프스키가 여기에서도 기독교 신앙으로 이끌었다. 시이나에 있어서 도스토예프스키의 존재가 얼마나 중요한가를 나타내는 에피소드이기도 하다. 주목할 부분은 시이나가 도스토예프스키로부터 수용한 것 속에 전술한 <빛>의 이미지가 있던 것이다. 에세이에서는 다음과 같이 말하고 있다.

　　「내가 살아감에 있어 막다른 곳, 기독교에 가까워 진 것도, 도스토예프스키가 하나의 큰 동기를 주고 있다. 특히,「카라마조프의 형제들」의 대심문관이나「악령」의 "스타브로킨"과 "키리로프"의 대화 등에서 나타나고 있는 것이 나를 이끌었던 것이다. 한마디로 말하자면 모순으로서 밖에 이해되지 않지만, 가지고 있는 빛이, 나를 이끌었던 것이다.」

(傍線部論者 / 시이나 린조「모순의 배후의 빛」1960년 7월「세계 문학 대계 36 도스토예프스키」월보, 치쿠마쇼보(筑摩書房) /「시이나 린조 전집 제18권」冬樹社)

그리고 1951년 봄, 성경의 누가복음을 읽을 당시「부활의 예수」를 만났다고 하는 이른바「부활 체험」이 있었다. 이 체험 이후 시이나는 자신의 신앙을 표명하여 작품도 난해(晦渋)하고 난해(難解)한 작풍에서 밝고 평이한 작풍으로 변화했다. 시이나 문학의 터닝포인트가 이「부활 체험」인 것이다. 물론 <빛>의 이미지의 터닝포인트이기도 하다.

# 3.「부활 체험」이전의<빛>의 이미지

다음으로 작품 분석을 보겠다.「부활 체험」이전의 시이나 작품에는 등장인물들의「신에게로의 저주」가 근본적인 공통성을 보이고 있다. 가혹한 운명을 인간에게 부여한 초절적인 존재로서의「신」에 대해서 원한의 소리를 다루고 있는 것이다. 때문에<빛>의 이미지도 가혹한 현실을 망각시키는 천국이나 이상향의 이미지로서 묘사된다. 이러한 경향은 문단에서의 처녀작인「심야의 주연」에서 현저하게 나타난 경향으로 습작시대3)의 작품에는 거의 등장하지 않는다.

「심야의 주연」에서는 전후 황폐한 도쿄의 변두리를 무대로 매일매일 먹는 것조차 어려운 궁핍한 하층사회의 사람들이 묘사되고 있다. 그렇게 가혹한 상황 속에서 주인공 스마키(須巻)는 환상에 습격을 당한다.

「옆의 하느님도, 곧 죽겠지」

라고 나는 말하고 생각했다. 그런 나는 무엇인가 견디기 어려웠다. 그리고
발광전과 같이 후두부에 우직한 둔통을 느꼈다. 나는 불안해서 일어서서 방
안을 걷기 시작했다. <u>그러자 나는 갑자기 밝게 빛나는 넓디넓은 들판을 걷고
있는 것이었다. 풀잎 끝이 빛나며 바람결에 스치었다. 나는 한 그루의 나무
에 기대어 바람의 소리를 듣고 있었다.</u>

(傍線部論者/「심야의 주연」)


여러 가지 소리가 들려오는 저가 아파트 벽에 기대어 옆방의 유부녀가 병으
로 다 죽어가고 있는 모습이 스마키의 귀에 들려오는 장면이다. 하지만 스마키
자신도 빈곤과 기아에 괴로워하고 있는 상황에서 이웃을 어떻게 해 줄 수 없었
다. 그런 때에 환상이 스마키를 덮쳤던 것이다.

이 환상을 잘 보면 현실과는 완전히 정반대의 세계인 것을 알 수 있다. 전후
의 폐허가 펼쳐진 어두운 모습이 아니고 「빛나고 있는 넓디넓은 들판」을 걷고
있어 비가 퍼붓는 무거운 분위기가 아닌 「풀잎의 끝」이 빛나 흔들리는<빛>
의 이미지가 있고, 옆방의 유부녀의 신음소리가 아닌, 상쾌한 「바람의 소리」를
듣고 있다. 그야말로 환상이다. 「심야의 주연」에서는 환상의 장면은 불과 한
곳에 지나지 않지만, 여기서 나타나는<빛>의 이미지는 현실의 비참함을 일
순간 망각시키는 기능도 가지고 있다. 이와 유사한 환상의 장면은 「(重き流れ
のなかに)」(1947년 6월 「전망」)에서도 등장한다.[4]

이러한 환상은 시이나의 첫 장편 소설 「영원한 서장(永遠なる序章)」
(1948년 6월 카와이데 쇼보(河出書房))이나 「그 날까지(その日まで)」(1949
년 6월 카와이데 쇼보)에서는 더욱 현저하게 나타난다. 여기서 시이나의 첫
장편 소설 「영원한 서장」에 있어서의<빛>의 이미지를 짚어보고자 한다.

「영원한 서장」의 주인공 스나가와 야스다(砂川安太)는 의사로부터 여생3개월이라는 선고를 전해 들었을 때 자신의 죽음을 실감하지만, 그 순간 격렬한 「전율」을 느끼고, 가슴 속에 「눈부신 빛」을 느낀다. 이후 자신의 죽음을 실감할 때마다 「전율」과 「눈부신 빛」을 반복해 느끼게 된다. 때로는 피아노 소리도 의식하거나 하면서 다음과 같은 환상에도 빠진다.

그런 그는 문득, 하나의 환상에 빠져 있다. <u>멀리 활엽수 같이 우거진 나뭇잎이 눈부신 빛에 빛나고 있다.</u> 그 나무 아래에서 소녀가 줄넘기를 하고 있다.

(傍線部論者/「영원한 서장」)

「심야의 주연」에서도 「풀잎의 끝」이 빛나 흔들리고 있었지만, 여기에서도 「나뭇잎이 눈부신 빛에 빛나고 있다」<빛>의 이미지이다. 단지 이 환상은 죽음을 앞 둔 「생의 격정」에 지나지 않는다. 말하자면 완전히 불타버리기 전의 양초의 불길과도 같다. 그렇기 때문에 야스다는 여생이 3개월이었지만 6일만에 죽게 되었다. 생명의 불길을 다 태웠던 것이다.

다음으로 「그 날까지」는 1945년 3월5일의 도쿄 대공습으로 아내를 잃은 주인공 마노 세이치(真野精一)가 폐허 속에서 재생을 모색하는 이야기이다. 여기에서는 실로 다양한 환상이 주인공을 덮친다. 아마도 가짓수로써는 시이나의 작품 중에서 가장 많이 등장했다. 열거하자면 수탉, 작은 원숭이, 개구리, 죽은 아내, 말, 신사, 십자가의 예수, 대어 등이다. 이러한 환상은 「심야의 주연」과 같이 공습으로 황폐해지고 수많은 사체가 산적해 있는 현실 세계를 일순간 망각시키는 기능을 하고 있다. 여기서 중요한 것은 이러한 수많은 환상이 최종적으로는 「십자가의 예수」로 집약되어 가는 것이다.

예수, 와 다른 한 그룹에서 소리를 죽인 웃음소리가 들렸다. 재차 노랫소리가 시작됐다. 하지만 세이치는 조금 전부터 연탄숯불 위에서 땅콩을 볶고 있었다. (중략) 순간, 세이치는 또 평소의 시시한 환상을 보고 있었다. 예수가 십자가 위에서 떨어졌다.

(傍線部論者/「그 날까지」)

이 작품에만 한정되지 않고 시이나의 초기 작품에 있어서 저주의 대상으로써「신」이라고 하는 언사가 반복해 등장했지만, 「십자가의 예수」라고 하는 형태로 표현된 것은 「그 날까지」가 처음이다. 「신」이 아닌 「예수」라고 하는 점에서 작자의 기독교에 대한 관심의 고조를 간파할 수도 있다. 다만 신앙의 대상이 아닌, 어디까지나 환상의 대상에 지나지 않는 곳에<빛>의 이미지로서의 한계성을 간파할 수 있다.

# 4. 「부활 체험」이후의 <빛>의 이미지

다음으로 시이나의 「부활 체험」이후의 작품을 보고 싶다. 전술대로「부활 체험」이전의 작품에 있어서의<빛>의 이미지는 천국이나 이상향 등의 긍정적인 측면의 뒤에 죽음의 공포나 신에 대한 저주 등의 부정적인 측면을 포함하면서 형성된 것이지만, 「부활 체험」이후의 작품에서는 그러한 부정적인 측면은 없어져 신의 유머나 사는 근거, 부활의 이미지 등 긍정적인 측면에 의해서 형성되었다. 이러한 변화의 의미는 크다. 그러한 가장 대표적인 예가 「해후(邂逅)」(1952년 12월 코단사(講談社))이다.

「해후」는 따뜻한 인상으로 가득 찬 작품이다. <빛>의 이미지는 직접적으로 등장하지는 않지만 작품 전체가 가지는 분위기에서<빛>을 느낄 수 있다. 주인공 후루사토(古里安志)를 덮치는 환상에서도, 메기나 물개가 등장하거나 권총의 달인들끼리의 끝나지 않는 결투 등 유머러스하다. 또, 이러한 환상은 후루사토의 다음과 같은 신앙에서 지지된 것이다.

　　　이 세계에는 인간을 근본적으로 좌절 시키는 것은 아무것도 존재하지 않는다. 그것이 어떤 좌절이라도 그것은 기쁨으로 변혁할 수 있기 때문이다. 왜냐하면 그것은 신에 의해서 변화되기 때문이다.

(「해후」)

「부활 체험」이전의 작품에 있어서 「신」은 인간에게 가혹한 운명이나 죽음을 주는 원망해야 할 대상이었지만 「해후」에 있어서의 「신」은 인간에게 기쁨을 주는 존재로 분명하게 변화하고 있다. 시이나의 말을 인용하면 「진정한 자유」를 주는 존재라고도 말할 수 있다.

　마지막 문제작 「징역인의 고발(懲役人の告発)」에 있어서도 <빛>의 이미지가 나타난다. 주인공 다하라(田原長作)는 교통사고로 12세의 소녀를 치어 죽여, 살인자가 된다. 사고의 충격으로 살아 있는지 죽어 있는지 모르는 감각을 갖게 된다. 그런 다하라를 허무주의의 상징인 「목이 없는 검은 개」의 환상이 자주 덮치지만, 한편으로 「눈부신 빛」의 환상도 보게되는 장면도 있다.

　　　「응, 모두다 거짓부렁이지」라고 그는 반복했다.
　　　뜻밖에도 내 마음은 그 長次의 말에 강하게 인상을 받은 것이다. 그것은 인생에 대한 부정이나 긍정이 향하는, 예를 들어 검은 구름이 조금씩 갈라지고 <u>돌연히 한 줄기 빛나는 빛</u>이 이 토지에 내비쳤다라고 하는 생각이 들었기 때문이다. 그 <u>눈부신 빛</u>이 무엇을 의미하는지는 나는 몰랐다.」

(傍線部論者/「징역인의 고발」)

허무주의를 극복하고 어떻게 살아가는 가를 과제로 한 본 작품에 있어서 다하라를 덮친「눈부신 빛」의 역할은 중요하다. 그 때는 이해할 수 없었다고 하여도「인생에 대한 부정이나 긍정이 향하는」에 나타난「눈부신 빛」은 구제의 가능성으로서 살아가는 양식이 될 수 있는 것이기 때문이다. 그것은 또 시이나가 계속해서 추구해왔던「진정한 자유」의 빛이기도 했다.

이상으로「부활 체험」이후의 작품을 개관 하였다. 물론 이 그 밖에도「자유의 저편(自由の彼方で)」이나「아름다운 여자」등 검토해야 할 작품은 아직 다수 남아 있지만, 향후의 과제로 하고 싶다. 어찌되었든「부활 체험」이후 작품에 있어서의<빛>의 이미지는 유머러스한 문체나 환상으로서 작품을 관철하고 있다. 게다가 그러한 이미지를 지탱하고 있는 것은 은혜를 주시는 신앙의 대상으로써의 신이며, 저주해야 할 대상으로써의 신은 아니다.「부활 체험」이전의 작품과는 명확하게 구별을 하고 있다. 또 거기에는 시이나가「부활 체험」로 본「진정한 자유」의 빛도 비치고 있다.

## 【주】

1) 斎藤末弘 「시이나린조의 문학」(1980년 2월 桜楓社) 및 冬樹社판 「시나린조 전집」, 「해설」 등에서 반복해서 주장되고 있다.

2) 시이나가 「악령」을 읽은 것은 쇼와 13년의 4,5월의 무렵이지만, 그 수개월 후인 6월 29일에는 「島長の家」을 본명으로 탈고 했다. 그 후도 같은 해 12월에 「焔の槍」, 「少女と老音楽師」을 필명 「시이나 린조(椎名麟三」로 탈고하고, 왕성한 창작 활동을 보였다.

3) 「島長の家」(1938년 6월 탈고)에서 「심야의 주연」(1947년 2월 「전망」) 의 발표 전까지를 가리킨다.

4) 「重き流れのなかに」에서도 한 곳만이 주인공이 환상에 달하는 장면이 있다. 다음의 장면이다. 얻은 것이기 때문에 가슴팍까지 오는 헐렁헐렁한 몸뻬를 입고, 작은 등을 고양이처럼 둥글게 하고 열중해서 열심히 일하고 있는 이 노파를 보고 있노라면 나는 갑자기 멀미를 느낀다. 다음의 순간, 나의 마음은 강한 동경으로 가득 찬다. 그녀는 그 자유나 평화나 행복이나 사랑이라고 하는 인간에게 있어서 동경적인 모든 것을 소유하고 있다. 거기에는 어두운 예감도, 초조한 불안도, 추악한 증오마저 없다. 그러한 것이 그녀에게 있을 리가 없지 않은가. (線部論者/「重き流れのなかに」)

# 엔도 슈사쿠 遠藤周作 『沈黙』論
## ― 日本的 토양 안에서의 〈음성〉 ―

이 평 춘

## 1. 머리말

『沈黙』은 1966년 3월, 新潮社에서 「순문학 특별작품 단행본」으로 간행되었고 후에 『新潮 日本文学 遠藤周作』[1]와 『現代文学 遠藤周作集』[2], 『遠藤周作文学全集』 제6권[3]에 수록되었다.

대략적인 내용은 다음과 같다. 가톨릭교회의 총본부인 로마 교회에 한통의 보고가 들어왔다. 포르투갈의 예수회에서 일본에 파견한 크리스트반 페레이라 신부가 나가사키(長崎)에서 「구덩이 매달기」고문[4]을 받고 배교를 맹서했다는 것이다. 그 진상을 확인하기 위해 일본으로 파견된, 주인공 세바스챤 로드리고도 같은 과정을 거쳐 「후미에(踏み絵)」[5]를 밟게 된다.

이 소설은 순교와 배교 사이에서 고민하는 인간의 나약함과 동시에 인간의 고통 앞에 沈黙하는 神사이에서 고뇌하던 로드리고가 후미에를 밟게 되는 과정을 그린 소설인데, 후미에를 선택하게 된 그 선택의 배경에는 일본의 기리시탄(キリシタン) 탄압 역사와 唯一神이 뿌리 내릴 수 없는 일본의 정신풍토가 자리하고 있다.

『沈黙』은 1549년에 프란시스코 사비엘이6)이 규슈에 상륙한 이후의 「기리시탄 시대」7)를 배경으로 한 작품이므로 그 시대상황의 고찰을 요구하는 작품이다.8)

엔도는 『沈黙』을 구상하게 된 동기와 시기에 관해 「후기」에서 다음과 같이 이야기한다.

> 수년 전, 나가사키에서 본 낡은 하나의 후미에——거기에는 검은발가락 혼적이 남겨져 있었는데 오랫동안 마음속에서 지워지지 않고, 그것을 밟은 자의 모습이 입원 중 나의 마음을 움직이기 시작했다. 그리고 작년 1월부터 이 소설을 쓰기 시작했다.
>
> 数年前、長崎で見た摩滅した一つの踏絵——そこには黒い足指の痕も残っていた——が、ながい間、心から離れず、それを踏んだ者の姿が入院中、私のなかで生きはじめていた。そして昨年一月からこの小説にとりかかった。

엔도는 후미에를 밟음으로써 배교 했던 자들의 수많은 「검은 발가락의 혼적」을 아픔으로 인식하게 되었고, 그 아픔의 뿌리가 입원하고 있는 동안 소설의 소재로 육화되었다.

본 논문은 「검은 발가락의 혼적」을 남긴 이들이 수없이 던졌을 <神의 沈黙>이 기리시탄이란 시대적 상황과 일본적 토양 안에서 어떻게 깨어질 수밖에 없었는지를 규명하는 데에 목적이 있다.

## 2. 작품의 구성

이 소설은9) 머리말, 서간, 話者의 문장, 일기 등으로 구성되어 있다. 머리말에는 주교였던 페레이라가 일본에서 배교하였다는 보고가 로마 교회에 전해진다. 그것은 믿을 수 없는 의외의 사건이었다. 로마 교회로서는 어떤 고문을 받았다 하더라도 神과 교회를 버리고 이교도에게 굴복했다고는 생각할 수 없는 일이었다. 그 사실을 확인하기 위해 제자였던 로드리고 신부 일행이 일본으로 건너갈 결심을 하고 배를 타 마카오에 당도한다. 마카오에서 새로운 정보를 얻은 그들은 페레이라에 관한 소문도 듣고, 그를 배교하게 한 이노우에 치쿠고노카미(井上築後守)에 대한 소문도 들었다. 마카오에서 만난 발리냐노로부터 일본에 관한 정보를 얻지만, 그는 일본으로 건너가는 것을 반대한다. 그러나 세바스챤 로드리고 일행은 일본으로 건너갈 계획을 포기하지 않고 실행에 옮긴다.

제Ⅰ장부터는 로드리고의 서간문 형식으로 되어 있고, 마카오에서 일본으로 밀항하는 과정과 만난 사람들, 일본에 도착한 이후의 생활, 은밀히 숨어 지내는 기리시탄과의 만남과 숨어 지내면서도 신앙을 버리지 않고 있는 그들에게 미사와 고백성사 등의 성무를 행하는 일이 자세히 보고 되어 있다. 그러나 기치지로에 의해 배신당한 후 감옥에 갇히고 나서부터 이 서간은 중단된다.

제Ⅴ장부터는 서간문 형식이 사라지고, 감옥에 갇히고 나서부터 로드리고가 실제로 경험하는 모든 과정이 話者에 의해 기술되고 있다. 즉, 제Ⅳ장까지는 로드리고가 일본에서 쓴 서간이기 때문에 주어가 <나>로 되어 있지만, 제Ⅴ장부터는 서간 형식을 취하지 않음과 동시에 주어가 <그>와 <신부>로

되어 있다. 그렇지만, 로드리고의 내면을 언급할 때는 일인칭인 <나> <자신>이라고 표현하고 있다.

그리고 제Ⅹ장까지가 기리시탄 시대를 배경으로 한 일본인 신자들이 직면한 고통과 후미에를 밟기까지의 로드리고의 갈등과 고뇌에 대해 이야기한다.

제ⅩⅠ장에서는 후미에를 밟은 후의 로드리고가 자신의 나라로 돌아가지 못하고, 일본에 머물 수밖에 없는 비참한 상황이 묘사되어있다. 더불어 「나가사키(長崎) 데시마(出島) 네덜란드 商館員 요나센의 일기에서」를 통해 일본의 상황 및 로드리고와 페레이라의 활동을 객관적인 시각에서 그리고 있으며, 나아가 마지막 부분인 「기리시탄 저택 관헌의 일기」를 첨부시킴으로써 기리시탄 시대를 사실 그대로 뒷받침하는 자료로 제공하고 있다.

## 3. 신부들의 갈등양상

제Ⅰ장부터 Ⅳ장까지는 신부들이 일본으로 건너 간 이후에 부딪치는 여러 문제와 그로인한 갈등이 묘사되어있다. 그들은 숨어 지내지 않으면 안 되었다. 그것은 일본인 신자도 마찬가지였다. 격심한 탄압 속에서 신앙을 지키며 순교하는 신자도 있지만, 神의 존재를 의심하며 배교하는 사람도 있었다. 작품 속에서 기치지로는 약자의 대표자로 묘사되어 있는데, 그 모습은 결국 로드리고의 모습이기도 하다. 『沈黙』속에서 기치지로는 다음과 같이 말한다.

　　이 세상에는 말이죠, 나약한 자와 강한 자가 있어요. (중략) 후미에를 밟은 자는 밟은 자로서 할말이 있죠. 후미에를 밟은 내 마음이 기뻤으리라 생각하나요? 밟은 이 발은 아파요. 아프단 말이오.

하느님은 나를 나약한 자로 태어나게 해놓고서 강한 자의 흉내를 내라고 강요하시는데 그건 억지가 아닌가요?

この世にはなあ、弱い者と力者のござります。(中略)踏絵ば踏んだ者には、踏んだ者の言い分があっと。踏絵をば俺が悦んで踏んだとでも思っとっとか。踏んだこの足は痛か。痛かよオ。俺を弱力者に生まれさせておきながら、力者の真似ばせろとデウスさまは仰せ出される。それは無理無法と言うもんじゃい。10)

엔도는 『기리시탄 시대의 지식인―배교와 순교』가운데서 「배교했다는 것은 물론, 그들의 나약함, 신앙이 굳건하지 않았기 때문이지만, 그러나 그럼에도 불구하고 생각하지 않으면 안 되는 문제가 거기에 남아 있는 것이다」11)라고 말하고 있다. 이 내용에서의 「생각하지 않으면 안 되는 문제」란 대체 무엇을 의미하는 걸까? 본 논문은 그 「생각하지 않으면 안 되는 문제」를 고찰하고자 한다.

작품 속에서 로드리고의 고통은 다음과 같이 구체적으로 표현되어있다.

이 시련이 神으로부터 무의미하게 주어졌다고는 생각지 않습니다. 주님이 하시는 일은 모두 선하기 때문에 이 박해와 시련도 나중에는 왜 우리의 운명에 주어졌는지 확실히 이해될 날이 올 것입니다. 하지만 내가 이 일을 적는 것은 출발하던 그 아침, 기치지로가 고개를 숙이고 중얼거린 말이 서서히 마음속에서 무거운 짐이 되어왔기 때문입니다.

「무엇 때문에 하느님은 이런 고통을 내리시죠?」그러고 나서 그는 원망스러운 듯한 눈을 내게 돌리며 말했던 것입니다. 「신부님, 우린 나쁜 짓은 아무것도 하지 않았는데 말이죠」

흘러버리면 아무것도 아닌 겁쟁이의 이 푸념이 왜 이렇게도 예리한 바늘

처럼 내 가슴을 아프게 찌르는가? 주님은 무엇 때문에 이 가여운 사람들에게, 이 일본인들에게 박해와 고문이라는 시련을 주시는가? 아니다. 기치지로가 하고 싶은 말은 훨씬 두려운 그 무엇이었던 것 입니다. 그것은 神의 沈黙이라는 것. 박해가 일어난 지 이제까지 20년, 이 일본의 검은 땅은 많은 신자들의 신음소리로 가득하고, 신부의 붉은 피가 흐르고, 교회의 탑이 무너져가고 있음에도 불구하고 神은 자신에게 바쳐진 너무도 무고한 희생을 보고 여전히 沈黙하고 계신다. 나로서는 기치지로의 푸념에 그런 질문이 내포되었다는 생각을 금할 수 없다.

　この試練が、ただ無意味に神から加えられるとは思いません。主のなし給うことは全て善きことですからこの迫害や責苦もあとになれば、なぜ我の運命の上に与えられたのかをはっきり理解する日がくるでしょう。だが私がこのことを書くのはあの出発の朝、キチジローがうつむいていた言葉が心の中で次第に重荷になってきたからなのです。

　「なんのために、こげん苦しみばデウスさまはおらになさっとやろか」それから彼は恨めしそうな眼を私にふりむけて言ったのです。「パードレ、おらたちあな、あんも悪かことばしとらんとに」聞き棄ててしまえば何でもない臆病者のこの愚痴がなぜ鋭い針のようにこの胸にこんなに痛くつきさすのか。主はなんのために、これらみじめな百姓たちに、この日本人たちに迫害や拷問という試練をお与えになるのか。いいえ、キチジローが言いたいのはもっと別の怖ろしいことだったのです。それは神の沈黙ということ。迫害が起って今日まで二十年、この日本の黒い土地に多くの信徒の呻きがみち、司祭の赤い血が流れ、教会の塔が崩れていくのに、神は自分にささげられた余りにもむごい犠牲を前にして、なお黙っていられる。キチジローの愚痴にはその問いがふくまれていたような気が私にはしてならない。

이 내면의 갈등은 弱者의 대변인으로 묘사된 기치지로가 호소하는 내용이지만, 마치 자신의 생각처럼 부정할 수 없었기 때문이다. 비겁한 인간이라고 경멸하던 겁쟁이가, 나를 향해 외친 그 외침을 자신도 부정할 수 없었기 때문이다.

그 후, 로드리고는 기치지로에 의해 팔려 관헌에 연행된다. 그곳에서 주교였던 페레이라와 만난다. 페레이라는 로드리고에게 정신적인 고통을 주면서 배교를 권한다. 로드리고의 배교에 대한 고뇌는 그때부터 시작되며 그는 「神은 왜 沈黙하고 있는가?」라는 화두를 떨쳐버릴 수가 없었다.

> (만일 神이 없었다고 한다면······) 이것은 끔찍한 상상이었다. 그가 없었다면, 얼마나 우스꽝스런일인가? 만일 그렇다면 기둥에 묶여 파도에 휩쓸리던 모키치와 이치조의 인생은 얼마나 우스꽝스런 극이었는가? 수많은 바다를 건너, 3년여의 세월을 걸쳐 가까스로 이 나라에 도착한 선교사들은 얼마나 어처구니없는 환영을 보았는가? 그리고, 지금 인적하나 없는 산중을 떠돌고 있는 자신은 얼마나 어처구니 없는 행위를 하고 있는 걸까?
>
> (万一神がいなかったならば······)これは怖ろしい想像でした。彼がいなかったならば、何という滑稽なことだ。もし、それなら、杭にくくられ、波に洗われたモキチやイチゾウの人生はなんと滑稽な劇だったか。多くの海をわたり、三ヵ年の月を要してこの国にたどりついた宣教師たちは何という滑稽な幻影を見つづけたのか。そして今、この人影のない山中を放浪している自分は何という滑稽な行為を行っているのか

로드리고의 이 내면에 대해 中野記偉는,

神의 존재에 의문을 품은 신부는 그 어떤 實在의 신부보다도 신부답지 않다. 로드리고의 고뇌는 오히려 성적이 좋지 않은 문학청년의 고뇌와 같으며, 신부의 전형이 되기는 어렵다.

라고 말하고 있는데, 필자는 오히려 로드리고의 神에 대한 회의는 필요한 과정이었다고 생각한다. 그 의문이야말로 인간다운 것이 아닐까 생각한다. 神이 인간을 인간으로 창조한 이상, 인간의 본성을 바꿀 수는 없다. 로드리고의 의심은 겁쟁이의 항의가 아니라 神에게 접근하기 위한 과정이 아닐까? 즉, 神에 대한 의혹과 그 의혹과의 싸움을 통해 조금씩 神을 발견해가는 과정이 아니겠는가.

더욱이 페레이라는 로드리고를 배교시키기 위해서 다음과 같은 이야기를 들려준다.

「20년 동안 나는 포교해왔지」페레이라는 감정이 메마른 소리로 같은 말을 되풀이했다. 「내가 깨달은 것은, 이 나라에는 자네와 우리의 종교는 결국 뿌리를 내리지 못한다는 것뿐이야」
「二十年間、私は布教してきた」フェレイラは感情のない声で同じ言葉を繰りかえしつづけた。「知ったことはこの国にはお前や私たちの宗教は所詮、根をおろさねということだけだ」

로드리고보다 20년이나 먼저 일본에서 살며 포교해 온 페레이라의 이야기는 로드리고에게 충격을 주었다. 그럼, 왜 페레이라는 자신의 제자이며 위험한 밀항으로 일본에 와 있는 로드리고에게 위와 같은 이야기를 하지 않으면 안 되었나.

# 4. 日本的 토양에서의 뿌리

한밤중에 감옥의 로드리고에게 코 고는 소리가 들리기 시작했다. 마치 바람에 풍차가 돌고 있는 것처럼. 「코 고는 소리를 멈추게 해주게」라고 간청했다. 통역은 놀란 듯 아무 말도 하지 않았다. 통역의 뒤에 서 있던 페레이라는 슬픈 목소리로 「저건 코 고는 소리가 아냐. 구덩이 매달기 고문을 받고 있는 신자들의 신음소리지」라고 말했다. 더욱 끔찍했던 것은 페레이라의 다음과 같은 이야기다.

이 나라는 늪지야. 자네도 멀지 않아 알게 될 걸세. 이 나라는 생각 하던 것보다 훨씬 끔찍한 늪지였어. 어떤 모종도 그 늪지에 심겨지면 뿌리가 썩기 시작하고 잎이 누렇게 말라버리지. 우리는 이 늪지에 그리스도교라는 모를 심어버렸어.

この国は沼地だ。やがてお前にもわかるだろうな。この国は考えていたより、もっと怖ろしい沼地だった。どんな苗もその沼地に植えられれば、根が腐りはじめる。葉が黄ばみ枯れていく。我はこの沼地に基督教という苗を植えてしまった。

페레이라는 이 늪지에는 그리스도교라는 모종을 심을 수 없다고 했다. 그 점에 대해 가즈사 히데로(上総英郎)가

이노우에와 페레이라가 말하는 「일본 늪지論」은 매우 충격적이며, 일본의 풍토와 서구를 지배하는 그리스도교 정신과의 불일치, 일본 풍토에 대한 그리스도교 포교의 가능성을 일체 부정한다고도 볼 수 있는 극적인 효과를 작품 가운데 부여하고 있는 것이다.12)

라고 말하고 있듯이 「일본의 풍토」와 「서구를 지배하는 그리스도교 정신」과의 불일치가 언급되고 있다. 페레이라의 머리 속에는 늪지에서는 자라지 못하는 모종의 이미지가 계속 떠오르고, 로드리고에게는 예전 일본의 그리스도교가 번창한 시기가 떠오른다.

　　당신이 이 나라에 오셨을 땐, 교회가 나라 곳곳에 세워지고 신앙이 아침의 신선한 꽃처럼 만발하고, 수많은 일본인이 요르단 강으로 모이는 유다인들처럼 다투어 세례를 받았던 시기입니다. 하지만 일본인이 그 때 믿었던 것은 그리스도교가 가르치는 神이 아니었다고 한다면……
　　あなたがこの国に来られた頃、教会がこの国のいたる所に建てられ、信仰が朝の新鮮な花のように匂い、数多い日本人がヨルダン河に集まるユダヤ人のように争って洗礼をうけた頃です。だが日本人がその時信仰したものは基督教の教える神でなかったとすれば……

로드리고의 의문에 대해 페레이라는 「그들이 믿었던 것은 그리스도교의 神이 아니었네. 일본인은 지금까지 神의 개념이 없었고, 앞으로도 없을 것이네」라고 답했다.

페레이라가 20년의 세월을 통해 깨달은 것은, 이 일본에서 일본인들이 믿었던 것은 그리스도교의 神이 아니라 그들의 神이었다는 것이었다. 더욱이, 이노우에 치쿠고노카미는 「신부님은 결코 패배한 것이 아니요」「이 일본이라는 늪지에 패한 거요」라고 말한다.

페레이라는 로드리고에게 다음과 같이 이야기하고 있다.

　　기리시탄이 멸망한 것은 자네가 생각하는 금지 제도의 탓도, 박해 탓도 아니야. 이 나라에는 어쩔 수 없이 그리스도교를 받아들이지 못하는 그 무엇인가가 있었던 거야.

　切支丹が亡びたのはな、お前が考えるような禁制のせいでも、迫害のせいでもない。この国にはな、どうしても基督教を受けつけぬ何かがあったのだ。


　페레이라가 강조하고 있는 이 내용은 엔도가 「나와 그리스도교」[13]가운데서 밝히고 있는 다음의 내용과 연관된다.


　우리 일본인에게는 이런 그리스도교의 역사도, 전통도, 감각도, 문화유산도 없습니다. 그런 역사와 전통이 없어도 신앙이라는 것을 가질 수 있다고 한다면 그뿐이지만, 그러나 더욱 두려운 것은 이 일본인의 감각에는 그리스도교를 받아들이지 못하는 그 무언가가 있다는 점 입니다. 나는 청년기 때부터 이 일본인의 수수께끼와도 같은 감각을 자신의 주위 속에서, 아니, 자신 속에서조차 발견하고 놀라기 시작했습니다.


　페레이라의 입을 통해 이야기하고 있는 이 내용은 엔도문학의 출발점이 된 평론『神들과 神과』[14]와 같은 문제를 거론하고 있다.[15] 즉,『神들과 神과』는 1947년 12월『四季』에 발표한 평론이다. 그런데 18년의 세월이 지난 시점인 1966년 3월에 발표된『沈黙』에서 엔도는 이 문제를 페레이라의 입을 통해 재현하고 있다. 구체적으로『神들과 神과』의 핵심을 살펴본다면 제목에서도 암시하고 있듯이 <神들>이라는 복수형의 神觀과, <神>이라는 유일신 神觀의 갈등구조를 나타낸 평론이다. 여기에서의 <神들>이란 모든 대상이 神이 될 수 있는 범신적 신관을 의미하는 것이고, <神>이란 유일신 사상을 지닌 그리스도교를 의미한다.

범신론적인 일본의 풍토 속에서 성장한 엔도는 어머니에 의해 12세에 세례를 받았으며 그리스도교와 일본적 풍토와의 갈등을 1947년『四季』에 발표하였다. 또한 엔도가『神들과 神과』를 발표하게 된 배경에는 호리 타츠오[16]의 영향이 컸음은 이미 필자의 논문「遠藤周作の評論『神々と神と』論」(『일어일문학 연구』일어일문학회 제 47輯 2003년11월) 에서 밝힌 바 있다. 그리고 이를 논증하는 평론, 호리 타츠오의『花あしび하나아시비』에 대해서 엔도는 1948년 10월「高原」에『花あしび論 (汎神論の世界)』을 발표하였다. 다시 말해 엔도는『神들과 神과』를 1947년에 발표하였고, 호리 타츠오의『花あしび』에 관한 평론『花あしび論 (汎神論の世界)』을 1948년 발표한 것을 보더라도 엔도와 호리 타츠오의 관련성을 부정할 수 없다. 그 결과 18년이 경과한 시점인 1966년『침묵』에서「이 나라에는 아무리 해도 그리스도교를 받아들이지 못하는 그 무엇인가가 있었던 거야」라는 내용을 반복하고 있다.

## 5. 호리 타츠오(堀辰雄)의 세계관과<br>엔도 세계관의 접목과 이탈

호리 타츠오에게서 영향을 받은 엔도는 호리 타츠오의 수동성을 부정하면서도「우리 동양인이 神의 자식이 아니라 神들의 자식」[17]이라는 점을 부정할 수 없었다. 오히려, 그「神들의 자식인」자신을 인정하지 않으면 안 되었다. 때문에 거기에는 갈등과 투쟁이 존재했다.

그와 더불어 엔도는, 호리 타츠오가 귀착한 일본 야마토의 고대문명과 그

피가 자신의 피 속에 흐르고 있음을 본능적으로 인식하는 한편, 그리스도교의 <神>의 세계로 들어가려 했다. 그리고『아덴까지』『백색인』『황색인』을 거쳐『沈黙』에 이르러「이 나라에는 아무리 해도 기독교를 받아들이지 않는 그 무엇인가가 있었던 것이다」라는 말을 읊게 된다. 그렇다면「그 무엇인가」란 무엇을 의미하는 것일까.

엔도는 일본의 汎神性을 부정하지 못한 채, <神의 세계>에 들어가기 위해 투쟁했다. 그 결의를 드러낸 것이 1947년의『神들과 神과』의 세계이고,『아덴까지』에서는 <백색인>의 눈에 비친 <황색인>의 왜소함을 이야기했다. 프랑스에 유학하고 있을 당시 엔도는 확실히 유럽에 매혹된 적이 있었다.

하지만, 백색인의 세계에 속해 있으면서도 그 세계에 대해 거리감, 혹은 열등의식을 지녔다. 그리스도교 풍토인 <백색인>의 세계에 속해 있으면서도 유럽인이 될 수 없는 한계성을 지닌 <황색인>이었다. 일본으로 돌아온 후 그리스도교라는 <백색인>의 종교를 믿으면서도『花あしび』[18] 에 이끌리는 <황색인>이기도 했다.

그리고 1955년의『황색인』[19]에서는 <神의 세계>의 인간인 <뒤랑>의 입을 빌려 다음과 같이 말하고 있다.

자네의 神이 그 뿌리를 이 늪지의 나라, 누런 피부의 인종 안에 내릴 수 있다고 생각하는가? 자네는 황색인들이 기미코나 그 청년과 똑 같은 눈빛을 하고 있다는 것을 깨닫지 못하고 있다. 그 無知란 자네가 그들의 죄에 물들지 않았다는 것, 하얀 손을 더럽히지 않았기 때문이다. 그러나 나는 <기미코>를 범함으로써 그들 靈魂의 비밀을 알아챈 것이다…….

「그렇지, 물론 그래. 하지만 자네는 일본인이 神을 가졌다 하더라도, 하나의 神은 절대로 갖지 못했다는 사실을 잊고 있어.」

お前の神はその根をこの湿った国、黄ばんだ人種のあいだにお
ろせると思っているのか。お前は黄色人がキミコやあの青年のよう
な眼を持っていることに気がつかないでいる。その無知とはお前が
彼等の罪にそまらなかったこと、白い手をよごさなかったために生
じたのだ。だが、私は〈キミコ〉を犯すことによって彼等の魂の
秘密をさぐりあてたのだ……．
　「そうさ、勿論そうさ、だが君は日本人が神はもったにしろ一
つの神は絶対に持たなかったことを忘れているよ」


엔도는『神들과 神과』를 거쳐『황색인』에서는 일본을 「습기의 나라, 누런
인종」이라고 했다. 그리고 1966년의『沈黙』에서는 「이 나라는 늪지다. 멀지
않아 자네도 알겠지만. 이 나라는 생각했던 것보다 훨씬 끔찍한 늪지였다」라고
말하고 있다.[20]

엔도는 자신이 믿는 그리스도교의 <神>에 대해 위화감을 느끼고, 거기에
들어갈 수 없는 자신을 자각하고 있었다. 호리 타츠오의 영향을 받으면서『花
あしび』와 만나고, 『花あしび』에 묘사된 <神들의 세계>에 공감하고 매력
도 느꼈다. 그럼에도 불구하고, 엔도는 <神들의 세계>로부터 <神의 세계>
로 들어가려는 선택을 했던 것이다.

그렇지만, 엔도가 일본의 <神들의 세계>에 공감했듯이 많은 일본인은
<神들의 세계>에 동화하며 매력을 느끼고, 「花あしび」의 세계를 미의 세
계로 인식하고 있다. 그 인식과 문화가 <그리스도교>의 <神의 세계관>
즉, 서양인의 기준에서 보면 <늪지>로 보일 수밖에 없었다. 일본은 그와 같
이 범신적 <神들의 세계>에 속해있었기 때문에 「이 나라에는 그리스도교의
뿌리를 내리지 못하는 그 무엇인가가 있다」라는, 즉 「늪지」로 인식될 수밖에

없었던 것이다. 그러므로 엔도는 『沈黙』에서 「이 나라에는 아무리 해도 그리스도교를 받아들일 수 없는 그 무엇인가가 있었던 것이다」라고, 일본의 <늪地性>에 대해 말하지 않을 수 없었던 것이다.

월리암 죤스턴(William Johnston)은 이점에 대해 다음과 같이 말하고 있다.

> 이 나라의 여러 섬에 퍼져 있던 그리스도교라는 교양을 흡수할 수 없었던 것은 확실히 이 일본이라는, 늪지 때문인 것이다. (중략) 엔도 자신도 자기 작품이 지닌 신학적인 의의에 관하여 무관심하지 않다는 점을 드러내고 있다. 이 소설은 어떤 의미에서는 엔도의 일본적 감수성과 그에게 주어진 헬레니즘적 그리스도교와의 갈등이라는 인상을 독자는 받는 것이다.21)

이것과 마찬가지로 가사이 아키후(笠井秋生)는

> 페레이라가 지적하는 <그리스도교를 받아들이지 못하는 그 무언가>는 <인간과는 차별되는 절대적 神을 생각할 능력을 지니지 않은> 일본의 정신 풍토를 가리키고 있는데, 이 정신 풍토와 그리스도교와의 문제야말로 엔도의 중요한 문학주제였다. 『神들과 神과』로부터 『沈黙』에 이르는 20년 동안의 엔도의 문학 활동의 중심은 일본의 정신 풍토와 그리스도교와의 사이에 가로놓인 거리감을 묘사하는 데에 있었다.22)

라고 말하고 있듯이, 일본인과 그리스도교와의 거리감이 엔도에게 있어서 매우 어려운 문제였다. 이 작품 속에서도 이노우에 치쿠고노카미와 페레이라의 말로서 집약적으로 반복되었던 것이다.

# 6. 맺음말

페레이라는 로드리고에게 神의 沈黙에 대해 다음과 같이 말한다.


「내가 배교한 것은 구덩이에 매달렸기 때문이 아냐. 3일 동안······나는 오물을 채운 구덩이 속에 거꾸로 매달렸지만, 神을 배신하는 말은 한 마디도 하지 않았어」페레이라는 마치 울부짖는 듯한 소리를 냈다. 「내가 배교한 것은, 괜찮은가? 들어보게. 이곳에 감금되어 들었던 그 소리에 대해 神이 아무것도 하지 않으셨기 때문이야. 나는 필사적으로 神에게 기도했지만, 神은 아무 일도 하지 않았기 때문이었지」

「私が転んだのは、穴に吊られたからではない。三日間······この わしは、汚物をつめこんだ穴の中で逆さになり、しかし一言も神 を裏切る言葉を言わなかったぞ」。フェレイラはまるで吼えるよう な叫びをあげた。「わしが転んだのはな、いいか。聞きなさい。そ のあとでここに入れられ耳にしたあの声に、神が何ひとつ、なさら なかったからだ。わしは必死で神に祈ったが、神は何もしなかった からだ。


페레이라의 고통의 원인은 神의 <沈黙>이었다. 神때문에 고통을 받는 많은 사람들에게 아무 대답도 하지 않는 神의 沈黙을 견딜 수 없었던 것이다. 페레이라가 괴로워한 것과 같은 장면이 로드리고의 눈앞에 펼쳐지고 있다. 페레이라는 로드리고 앞에서 계속 말을 이었다.


「나도 그랬지. 그 컴컴하고 차가운 밤, 나도 지금의 자네와 마찬가지였 어. 하지만, 그것이 사랑의 행위인가? 신부는 그리스도를 따라 살라고 하지.

만일 그리스도가 이곳에 있다면」

　페레이라는 잠깐 沈黙을 지켰지만, 이내 힘을 주어 확실히 말했다.「분명 그리스도는 그들을 위해서 배교했겠지」(중략)

　「그리스도는 배교했을 거야. 사랑을 위해서. 자신의 모든 것을 희생하고라도」

　「わたしだってそうだった。あの真暗な冷たい夜、わしだって今のお前と同じだった。だが、それが愛の行為か。司祭は基督にならって生きよと言う。もし基督がここにいられたら」

　フェレイラは一瞬、沈黙を守ったが、すぐはっきりと力強く言った。「たしかに基督は、彼等のために、転んだだろう」(中略)

　「基督は転んだだろう。愛のために。自分のすべてを犠牲にしても」


　페레이라는 온화하게 신부의 어깨에 손을 올리며 말했다. 나약한 인간인 기치지로에 의해 팔려 관헌에 연행된 로드리고의 슬픔. 더욱이 스승이자 대선배인 페레이라신부에게 배교를 요구받는 가운데 들려오는 신자들의 신음소리. 하지만 고통을 당하고 있는 사람들을 위해 아무것도 해주지 않는 神의 ＜沈黙＞. 神과 인간 사이에서 속수무책으로 방치되어 있는 신부의 고독. 혼자서 그 고독을 견딜 수밖에 없다.

　이 장면은 신약성서의 골고타 언덕의 예수와 연결된다. 12제자 중 하나였던 유다에 의해 팔려 십자가를 짊어지는 예수, 십자가에 달려 아버지인 하느님에게 기도하는 그리스도, 죽기 전 견딜 수 없는 고통과 고독 속에서의 절규. 엔도는 작품 속에서도 로드리고가 처한 장면과 유다에 의해서 팔린 예수를 하나의 메타포로 하여 연결시켰다.

그런데, 낮 12시에 온 땅이 어두워지며 3시까지 계속되었다. 3시 경, 예수는 큰 소리로 부르짖었다. 「엘리 엘리 레마 사박타니」이는 「나의 하느님, 나의 하느님, 어찌하여 나를 버리셨나이까?」라는 뜻이다.[23]

많은 사람들은 이 예수의 말에서 그의 절망을 포착하려했다. 십자가에 달린 그에게 구원의 손길을 베풀지 않고, 기적을 전혀 일으키기 않는 아버지 하느님에 대한 슬픔과 호소, 그리고 하느님의 沈黙.

이와 같이 절규하면서도 받아들일 수밖에 없는 무력하게 보이는 남자의 죽음, 마치 예수와 같은 입장에 놓여있는 로드리고 신부. 이 두 사람의 내면은 서로 중첩되어 있다. 이 두 사람의 내면은 똑 같은 무게와 고통이 있고, 더불어 이 과정을 거쳐 자신에게 요구되는 행동을 선택해야하는 것이다.

가사이 아키후 씨는 이점에 대해

후미에 앞에 서기 직전까지 로드리고는 밟기를 거부하고, 순교를 결심하고 있었지만, 구덩이 매달기 고문을 당하는 일본인 신자 세 사람의 신음소리를 듣고, 그리스도를 닮기 위해, <사랑의 행위>를 하기위해, 형식적으로만 밟으려고 발을 들었다. 이것은 교회를 버리는 것도 배신하는 것도 아니다.[24]

라고 이야기한다.

로드리고가 배교한다면 「저 사람들을 즉시 구덩이에서 풀어준다」는 약속은 사제인 로드리고에게 다음과 같은 행위를 요구했다.

신부는 발을 들었다. 발에 둔하고 묵직한 고통을 느꼈다. 자신은 지금, 자신의 생애 가운데서 가장 아름답다고 생각해 온 것, 가장 성스럽다고 믿었던 것, 가장 인간의 이상과 꿈으로 충만한 것을 밟는다.

司祭は足をあげた。足に鈍い重い痛みを感じた。自分は今、自分の生涯の中で最も美しいと思ってきたもの最も聖らかと信じたもの、最も人間の理想と夢にみたされたものを踏む。

일본이라는 늪지에서 요구되는 결단이었다. 어쩌면 <일본의 改造能力>[25)에 의한 요구인지도 모른다. 로드리고 앞에 놓여진 그리스도의 얼굴, 후미에 속의 그는 많은 인간에게 밟혀 닳고, 푹 파인 채 신부를 슬픈 듯한 눈길로 바라보고 있다. 신부는 발을 들었다. 발에 통증을 느꼈다. 그때, 다음과 같은 소리가 들려왔다.

밟아도 괜찮다. 너의 발의 아픔을 내가 가장 잘 알고 있다. 밟아도 괜찮아. 나는 너희들에게 밟히기 위해 이 세상에 태어났고, 너희들의 아픔을 나누기 위해 십자가를 졌으니까.
　踏むがいい。お前の足の痛さをこの私が一番よく知っている。踏むがいい。私はお前たちに踏まれるため、この世に生れ、お前たちの痛さを分つため十字架を背負ったのだ。

예수의 음성이 들려왔다. 예수가 沈黙을 깼다. 神은 예수를 통해서 沈黙을 깼던 것이다. 예수는 「나는 너희들에게 밟히기 위해 이 세상에 태어났고, 너희들의 아픔을 나누기 위해 십자가를 짊어졌던 것이다」라고 로드리고에게 말을 건넸다. 이렇게 해서 로드리고도 후미에를 밟았다. 이제까지 셀 수 없을 정도로 그리워해 온 그리스도의 얼굴. 이제까지 사랑해 오고 자신을 지탱해준 이의 얼굴. 자신 앞에 놓여진 가시관을 쓴 참혹한 그의 얼굴을 밟았다.

이 <그리스도의 음성>은 일본적 정신풍토 안에서 만날 수밖에 없는 神이었다. 그리고 <개조 능력·造り替える力> 이 요구하는 소리였다. 일본에

있어서의 그리스도의 음성은 그와 같은 형태로 沈黙을 깰 수밖에 없었던 것이다. 그러나, 인간이 자신 속에서 자신에게 들려오는 음성을 듣고 있는 한, 결코 神은 沈黙하고 있는 것이 아닐 것이다.

여기까지 고찰해 보면, 엔도 초기문학의 <父性的 神>을 중심으로 하는 「아버지의 종교」가 「어머니의 종교」로 변화하기 위해서는 <예수>를 매개로 하지 않고서는 성립되지 않았음을 알 수 있다. 따라서, 엔도의 <사랑의 神>에로의 転移 過程에는 자신을 내어주고, 사랑을 위해서 자신을 희생하는 <예수> 없이는 형성 되기 어려웠던 것이다. 그러기에『沈黙』을 발표한 직후부터 쓰여진『예수의 생애』와『그리스도의 탄생』은 살아있던 역사적 실존 인물로서의 예수를 탐구하기 위해 쓰여 졌던 것이다.

## 【주】

1) 『新潮 日本文学 遠藤周作』 1969년 2월 新潮社
2) 『現代文学 遠藤周作集』 1971년 9월 講談社
3) 『遠藤周作文学全集』 1975년 2월 新潮社
4) 에도막부가 그리스도교 신자들을 배교시키기 위해 가한 고문의 한 형태로 손발을 묶어 구덩이에 거꾸로 매달아 귀에 뚫린 구멍으로 피가 한 방울 씩 떨어져 죽음에 이르게 한 고문이었다.
5) 그리스도교 신자들을 배교 시키기 위한 방법으로 聖画를 밟게 하였다. 이를 후미에(踏み絵)라고 칭했으며, 성화를 밟은 자는 목숨을 건질 수 있었고, 밟지 않은 자는 순교하였다.
6) 예수회의 창립자 7인 중 한 사람으로, 인도 및 동인도 제도에서 눈에 띄게 포교활동을 한 인물이다.
7) 일본은 1549년 프란시스코 사비엘에 의하여 처음으로 그리스도교를 접하게 되었으며 짧은 기간 안에 많은 신자를 확보하게 되었다. 그러나 에도막부에 의해 금교령이 내려지고 도쿠가와(徳川)는 본격적으로 그리스도교 탄압을 하게 되는데 이 시기에 숨어서 신앙을 지킨 자들과 그 시기를 일컫는다.
8) 일본이 서양과 처음으로 접촉한 것은 1543년 중국으로 향하던 포르투갈 무역선이 태풍 때문에 항로를 벗어나 규슈(九州) 남쪽 섬에 표류한 때부터이다. 그때부터 일본과 서양의 교역과 그리스도교의 선교활동이 시작되었다.

  1549년에는 프란시스코 사비엘이 예수회원 2명, 남아시아에서 개종한 일본인 3명을 동반하여 규슈에 상륙했다. 3년 후 규슈를 떠날 때 신자는 약 3천명에 이르렀다. 그 후 40년도 채 안 되는 사이에 신자의 숫자는 15만에서 40만으로 늘어났다. 이와 같이 그리스도교가 급속히 보급된 배경에는 일본인이 해외와의 교역을 바랐다는 점과, 여러 領主들이 막강한 정치권력을 지닌 불교도와 싸우기 위해 원군을 필요로 했다는 점, 영주나 무사가 군인과 같은 성격을 지닌 예수회 수사들에게서 삶의 방식의 유사성을 발견했다는 점 등이 있다. 그러나 세기말이 되면서 이런 요인은 부정되어 버린다. 포르투갈에 이어서 스페인인, 네덜란드인, 영국인이 일본으로 밀려들게 되자, 국가 통일을 기하려 하는 사람들에게는 선두를 다투는 스페인·포르투갈 사람들의 영향력이 일종의 장해로 보이기 시작했다.

  1587년에는 예수회 수사들에게 출국명령이 내려지는데, 이를 따르는 자는 거의 없었다. 1596년, 난파한 스페인 선박 선원의 오만한 태도가 발단이 되어 일본에 있어서의 기리시탄 박해가 시작된다. 2세기 반에 이르는 도쿠가와(徳川)시대의 중앙집권적인 봉건체제가 시작되자 그리스도교 탄압은 본격적으로 진행되었다. 1614년의 포고는 모든 일본인이 어느 종파에 입문하건 불교신도가 되어야 한다고 정했다.

  1617년, 최초로 외국인 신부가 처형되었다. 그로부터 20년 후, 나가사키(長崎) 동쪽에 위치한 시마바라(島原)반도에서 기리시탄의 반란이 일어나지만 진압되고, 그에 참여했던 남녀노소는 참살 당하게 된다. 그 이후 포르투갈인과의 접촉은 국가의 법으로 금지되고, 관계 재개를 위해 마카오에서 사절단이 방문했을 때도 그 대부분이 처형되었다. 일본 국내에 남아 있던 기리시탄은 점차 색출당하고, 고문에 의해 배교를 강요당하거나 혹은 살해되었다. 엔도의『沈黙』은 이러한 시대를 배경으로 한 소설이다.

9) 엔도 슈사쿠『沈黙』엔도 슈사쿠 전집 제6권 新潮社 1975년 2월

10) 엔도 슈사쿠『沈黙』엔도 슈사쿠 전집 제6권 新潮社 1975년 2월
 본 논문에서의 작품 인용문은 이하동일하며 한글번역문은 필자 역.

11) 엔도 슈사쿠, 미우라 슈몬 공저『기리시탄 시대의 지식인－배교와 순교』日本経済新聞社 1967년 5월

12) 가즈사 히데로(上総英郎)「엔도 슈사쿠에게로의 월드 트립遠藤周作のワールド・トリップ」「国文学」1993년 9월호 学灯社

13) 엔도 슈사쿠「나와 그리스도교」, 엔도 슈사쿠 전집 제10권 新潮社 1975년 10월

14) 엔도 슈사쿠『神들과 神과』「四季」1947년 12월
 이 문제에 관해서는 필자의 논문「遠藤周作の評論『神々と神と』論」(『일어일문학 연구』일어일문학회 제 47輯 2003년11월)에 기록한 바 있으므로 참고를 바라며, 이 논문을 읽는 독자를 위하여 <神들>과<神>의 정의만을 밝혀둔다. 여기에서의 <神들>의 개념은 <神>의 복수형으로서 자연만물은 물론, 인간조차도 <神>이 될 수 있는 일본의 범신론적인 사상을 말하는 것에 비해, <神>은 그리스도교의 핵심 교리인 유일신을 의미한다.

15)『神들과 神과』(1947년 12월)를 발표하고 18년의 세월이 지난 시점인 1966년 3월에 발표된『沈黙』에서 엔도는 이 문제를 다시 제기하고 있다.

16) 호리 타츠오(堀辰雄)는 일본 근대작가이다. 젊은 시절부터 모리악과 라이나 마리아 릴케의 영향을 많이 받은 작가였으나, 일본 고대문화에 대한 강한 향수를 지니게 된다. 그가 일본 야마토의 배경을 담은 고대소설을 구상하기위해 나라(奈良)등을 방문하면서 만요슈적인 분위기를 담은 소설을 썼는데 이것이『花あしび 하나아시비』이다.

17) 엔도 슈사쿠『神들과 神과』「四季」1947년 12월

18)『花あしび 하나아시비』는 호리 타츠오의 기행소설이며,『死者の書』『十月』『古墳』『浄瑠璃の春』『樹下』에 작가의『後記』를 첨가해 1946년 3월 15일에 青磁社에서 단행본으로 간행되었다. (注16 참고)

19)『黄色い人』遠藤周作全集 第1巻 新潮社 1975年6月

20)『神들과 神과』는 초출이 1947년 12월「四季」에 발표되었고,『황색인』이 1955 년11월「群像」에 발표되었다. 이 두 작품의 발표 시기는 8년이 경과 된 후이고,『沈黙』은 11년이 지난 1966년 3월에 발표되었다.

21) 윌리암 죤스턴 William Johnston「『沈黙』－ 그 배경과 의식」,「『엔도 슈사쿠』－ 群像 日本의 작가 22」小學館 1991년 8월

22) 가사이 아키후(笠井秋生)『遠藤周作論』双文出版社 1987년 11월

23) 『신약성서』 마태오 복음 27장 46절

24) 18)과 동일

25) <개조 능력·造り替える力>이란 페레이라가 로드리고에게 한 이야기로서, 자신이 일본
　　에 뿌린 그리스도교란 모종은, 그리스도교의 神이 아닌 그들의 神으로 변용시켜 믿었음을
　　의미하며, 그 어떤 것도 일본인 그들의 것으로 변용시켜 버리고 마는 강한 힘을 일컫는다.

# 『백인(白い人)』論
## ―「추(醜)한 세계」의 대극에 선 두 自我 ―

김 은 영

## Ⅰ. 서론

엔도 슈사쿠(遠藤周作)의 『백인(白い人)』은 1955년 제 33회 아쿠다가와(芥川)상을 수상한 작품이다. 전후(戰後) 14번째, 전전(戰前)까지 합쳐 35번째로 아쿠다가와상을 수상한 이 작품을 통해 엔도는 작가로서의 본격적인 행보를 걷게 된다.

하지만 비록 수상이 결정되었다고는 하나 『백인』은 수상 직후부터 여러 가지 비판에 시달려야 했다. 이를테면 작품이 수상작으로 결정된 후 매일신문 논설란에는 이름을 밝히지 않은 논자의 "아쿠다가와상으로 선출되는데 있어서 아무것도 문제시되지 않았기 때문에 아쿠다가와상 수상작으로서는 힘이 부족하다"라는 다소 무책임한 비판이 실린 적도 있으며, 이와 같은 작품을 쓰는 작가 엔도는 "소박한 외국숭배심의 포로가 되어 있는 것 같다"는 의견에서부터 『백인』은 '이상성욕'의 문제, '인종문제'를 다루고 있다고 하는 다소 황당무계한 비평에 이르기까지 실로 다양한 의견들이 쏟아져 나왔다.1)심지어는 당시이 작품을 수상작으로 선정했던 아쿠다가와상 선별작가들조차『백인』에 대해 "전후 프랑스 문학에 유형이 있는 것은 아닐까."(이시카와 다츠죠)하는 의구심과 함께 "나는 이 작품이 다루고 있는 가톨릭 신앙의 문제가 나와 친근한 문제가 아니었기에 이 작품의 평가에 다소 당혹감을 느꼈다."(이노우에 야스시).

『백인』은 나쁘지는 않지만 아카데믹한 형식주의나 번역 소설과 비슷해서 통조림 음식을 먹는 것 같은 맛이라고 생각했다." (다키이 고사쿠). "『백인』을 추천하기에 나는 자신감을 상실하고 있었다. 외국을 무대로 외국인을 그리고 있기 때문이다. 또 이와 같은 작품이 현재 유럽에 많이 있을 것 같기 때문이다." (가와바타 야스나리)라고 언급하고 있었으니, 2)이러한 일본 문학계 인사들의 반응은 실로 이 작품이 지닌 독특함이 어느 정도였는지를 용이하게 가늠할 수 있게 한다. 달리 말하자면 이 모든 비평들은 모두『백인』이 그 당시 일본 문단에서는 유례를 볼 수 없었던 독특한 성격의 소설이었음을 역설적으로 말해주는 방증인 것이다. 그리고 이 모든 비평을 가능하게 했던 것은 작품이 다루고 있는 주제, 바로 '종교'와 '신', '선'과 '악'과 같은 형이상학적인 테마에 있었다. 이에 본고에서는 초기 대표작인『백인』에 나타난 '악'의 문제를, 작품의 저류에 흐르고 있는 「추(醜)한 세계」와의 상관관계를 통해 살펴보고자 한다.

# Ⅱ. 본론

## 제1장 추(醜)한 외모의 등장인물들

『백인』에는 화자인 '나'와 '나'의 적수인 자크 몽쥬, 그리고 그의 사촌인 마리테레즈, 이렇게 세 명의 주인공이 등장한다. 그리고 그 밖의 주요 등장인물들로는 마리테레즈의 친구인 모니크, 리옹이 나치스에 점령당한 후에 등장하는 독일인 중위와 그의 하수인들인 알렉산드르 루비치와 앙드레 캬반느, 유년 시절의 회상 속에서 등장하는 주인공 '나'의 아버지와 어머니, 그리고 하녀 이본느와 리옹대학의 교수 마데니에가 있다. 그런데 이들 중 어머니3)와 "당세풍"의 아가씨인 모니크, 그리고 리옹대학 철학과 교수인 마데니에를 제외한 모든 인물들에게는 공통된 패턴이 있다. 그것은 바로 이들의 외모가 모두 평균 이하인 외모의 소유자라는 것이다.

작품에서 비교적 중요한 비중을 차지하지 않는 주변인물들인 중위와 그의 하수인들, 그리고 아버지의 외모를 살펴보면, 먼저 게슈타포를 하기에는 어울리지 않는 용모로 묘사되어 있는 독일인 중위는 뚱뚱한 중년 남성으로 늘어진 피부가 인상적인 인물이다. 일을 할 때의 그의 눈은 "게슴츠레"하고 언제나 "탁하게 젖어 있어 알코올 중독이 의심"되며 '나'는 이런 중위의 눈에서 "썩은 물고기의 눈"과 함께 죽은 아버지를 연상한다. 또 주인공과 함께 게슈타포의 협력자 노릇을 하고 있는 알렉산드르와 캬반느를 보면, 체코슬로바키아인인 알렉산드르는 "볼이 홀쭉하게 빠져 길쭉한 얼굴에 눈만이 반짝이고 있는" 결핵환자이며, 프랑스인 캬반느는 "속이 비쳐 보일만큼 하얗고" "창백한 얼굴"

──고문할 때면 그의 얼굴은 때때로 퍼렇게 변하기도 한다.──에 충혈된 눈, 이마에는 밤색머리를 드리운 야윈 얼굴의 사나이이다.

다음으로 주인공이 떠올리는 아버지의 이미지는 "18세기의 비속한 방탕아의 초상화", 혹은 "음란 잡지와 함께 팔고 있는 조잡한 춘화의 주인공"을 상기시키는 외모의 소유자로 "살집이 좋고, 키가 작은, 통통한 몸매의 남자"이다. "희고 통통한 육체"에 "여자처럼 작은 손"을 가진 그는 눈물샘이 발달해있는 탓인지 그 눈은 "언제나 눈물로 젖어" 있다.

하지만 이들의 외모는 주인공들의 외모와 비교하면 그래도 나은 편이다. 작품을 이끌어가는 중심인물인 마리테레즈와 '나', 자크의 외모는 한 마디로 정의하자면 그것은 '추하다(醜い)'라는 단어로 집약시킬 수 있다. 좀 더 구체적으로 작품 속에 나타난 이들의 외모를 살펴보면, 먼저 '나'와 자크 사이에서 갈등의 중심에 있는 마리테레즈의 경우, 그녀는 밤색 머리에 열 네 다섯 살 소녀처럼 비쩍 마른 몸을 지닌 여성이다. 탄력 있어 보이는 흰 가슴과 허리를 지닌 친구 모니크와 비교할 때, 마리테레즈의 외모는 풋내기같이 빈약하고 추하며, "인사치레로도 예쁘다고는 말할 수 없는" 마치 "피에로"[4] 같은 여성이다.

> 우스꽝스럽게도 점투성이 얼굴에 하얀 분을 바르고, 입술에는 립스틱까지 바른 이 피에로 같은 얼굴을 본다면 자크조차도 얼굴을 피하겠지. <중략> 여자가 케이프를 벗자 쇄골이 <u>추할(みにくい)</u> 정도로 확실히 보였다. 가슴은 일곱 여덟 살 소녀처럼 평평했다. (밑줄은 필자, 이하 같음)[5]

당연히 마리테레즈는 '내'가 그녀를 무도회에 함께 가자고 청할 때까지 어떤 남성에게도 관심어린 시선을 받은 적이 없었다. 또 그녀 스스로도 아무에게도 사랑받은 적이 없었다고 고백하고 있다. 하지만 주근깨투성이의 얼굴을 가진

이 아가씨를 유혹하는 '나' 또한 정상적인 외모는 아니다.

> 나는 얼굴이 <u>못생긴 아이(みにくい子)</u>였다. 뿐만 아니라 선천적인 사팔 뜨기였다. <중략> 자신의 쾌락밖에 돌아볼 줄 모르는 이 남자는 말라빠진 사팔뜨기 아들에게 전혀 애정을 가지고 있지 않았다. 지금도 내가 잊을 수 없는 처사가 있다. 어느 날 그는 손가락을 내 눈앞에 움직여 보이면서 말했다. "오른쪽을 보라고 했잖니. 오른쪽을······."그리고 그는 일부러 크게 한숨을 쉬며 "평생 여자들에게 인기가 없을 거야. 넌." <u>내 얼굴이 못생겼다는 것(自分の顔立ちのみにくさ)</u>을 확실히 깨닫게 된 것은 이때부터였다. 나는 그것을 잔혹하게 선언한 아버지를 증오했다. 거울을 보는 것도 괴로웠고, 거리에서 소녀들과 스쳐지나갈 때나, 새로 들어온 식모와 처음으로 인사를 나눌 때도 고통스러웠다.(10)

이처럼 작가는 주인공들의 외모를 묘사함에 있어서 '추하다'는 단어를 키워 드로 삼아 반복적으로 사용하고 있는데, 그중에서도 주인공과 대립하는 '자크' 의 외모는 단연 압도적이라 할 수 있다.

> 뒤 창문으로부터 쏟아져 내리는 석양 햇살을 정통으로 얼굴에 받아, 안경이 반짝 반짝 빛나고 있다. 이마가 땀에 젖어 있는 것이 보인다. 몹시 마른 사나이라 움직일 때 마다 조악한 수도복이 건조한, 기묘한 소리를 냈다. <중략> 그의 땀이 스민 이마는 벗겨져서 머리 위에는 가련한 붉은 털이 남아 있었다. 이 사나이는 사팔뜨기인 나보다도, 언청이 사내보다도 <u>추했다 (みにくかった)</u>. (26-27)

여기서 언청이 사나이란 작품 속에서 '내'가 떠올리고 있는 인물로, 언청이 인 탓으로 어떤 여자에게서도 사랑받지 못하고 결국에는 자신을 모욕한 창부를 죽이고 마는 영화 속의 주인공이다. 그런데 '나'는 자크의 인상을 사팔뜨기인 자신보다도, 심지어는 외모에 대한 콤플렉스 때문에 살인까지 불사했던 언청이 사내보다도 더 추한 외모로 인식하고 있다. 이처럼 '추'한 외모의 백인들을 등장시킴으로서 작가는 마치 황색인으로서 프랑스 유학을 하면서 느꼈던 외모 콤플렉스를 해소하고 있는 것처럼 여겨진다.6)

그런데 여기서 한 가지 짚고 넘어갈 것은 작가가 추한 외모의 세계를 한 걸음 더 나아가 등장인물들만이 아닌, 그들이 속한 세계에도 반영하고 있다는 점이다. 지금 주인공들이 살아 숨 쉬는 세계는 "바보스러울 정도"로 "한가로웠던" 예전의 평화로운 프랑스가 아닌 제2차 세계대전이라는 전시체제하이다.

작가는 제2차 세계대전을 바탕으로 고문과 처형, 학살과 살육이 난무하는 비정상적인 세계, 인간의 추악한 본성을 아무런 가감 없이 노정한 '추(醜)'한 세계를 작품의 시대적 현실로 삼고 그 위에 '추(醜)한 외모'의 인물들을 배치함으로써 하나의 포석을 깔고 있는 것처럼 보인다. 작가의 작의는 "모든 것이 그대로"인 정상적인 외모의 인물들과는 달리 선천적으로 비틀리고 비정상적인 외모의 인물들을 등장시킴으로서, 그들의 추(醜)한 외모에 시대가 처한 추악한 현실을 중첩시키는 것에 있었다고 볼 수 있다.7) 그리고 그것은 작품에서 두 남자 주인공들이 스스로의 추한 외모를 인식하고 받아들이며, 나아가서는 추악한 시대적 현실을 누구보다도 더 민감하게 의식하고 있는 인식자로서의 역할을 담당하고 있는 것을 보면 더욱 분명해진다.

## 제2장 「추(醜)한 세계」의 대극에 선 두 自我

"신문에 따르면 오늘도 유대인들이 나치에 의해 살해당했어. 악은 유럽

전체에 충만하고 있지. 전쟁은 언제 일어날지도 알 수 없고. 그런데도 학생들은 저렇게 노래나 부르고 있지."(자크의 말, 32)

　처형 고문 학살의 날이 다가오고 있다. 인간 세계가 문명이나 진보의 가면을 벗고 진실의 면모를 드러낼 날이 다가온다. 이본느와 늙은 개의 세계, 아덴의 아라비아 소녀와 소년의 세계, 움직이지 않는 흰 태양 아래 말라비틀어진 갈색의 초원과 암석이 본래의 모습을 되찾을 날이 다가온다. 나는 알고 있었다. ('나'의 글, 54)


　마리테레즈라는 여인을 사이에 두고 하나부터 열까지 대립하고 있는 '나'와 '자크'. 하지만 앞에서도 지적했듯이 그들은 추한 세계의 현실에 대해 그것이 공감의 형태이든 반발의 형태이든 늘 깨인 정신으로 의식하고 있다는 점에선 다른 어느 누구보다도 큰 공감대를 가지고 있다.[8] 그리고 작품은 그들에게 공통의 조건, 즉 '추한 외모'라는 공통분모를 부여함으로서 이러한 인식을 가능케 하고 있다.

　'나'와 자크의 만남은 첫 조우 장면부터 상징적이다. 자크를 "얼굴이 못생겨서 구혼할 용기도 없어 신학교에 갔을" 거라고 조소하는 모니크의 말을 몰래 엿들은 뒤 '내'가 취한 최초의 행동은 저도 모를 충동에 휩싸여 그녀가 벗어놓은 속옷을 잡아 찢는 것이었다. 이 때 주인공의 뇌리를 울리는 것은 자크의 추한 외모를 조롱하던 모니크의 목소리였다. 그런데 '나'의 행동은 마치 자신을 조롱한 모니크에 대한 분노의 표출로도 보인다. 하필이면 본인도 아닌, 더군다나 아직 만나 본 적도 없는 자크를 조소하고 있을 뿐인 모니크의 말에 주인공은 어째서 이처럼 민감하게 반응하게 된 것일까? 결론부터 말하자면 어쩌면 이것은 주인공의 충동적인 행위가 자크와 마찬가지로 평생 여학생들의 인기를 얻을 수 없는 자신의 외모와 자크의 추한 외모를 동일시한데서 기인하고 있지는 않았을까. 더군다나 이런 '나'의 추잡한 행위를 목격하고 만 것 또한 다름 아닌 화제에 오르고 있던 자크 본인으로, 그는 비록 사건 당일에는 '나'를 향해 "육욕 중에서도 가장 추잡한" 행위를 하는 "돼지"라고 규탄하고 있었지만, 후에 '나'의 행동에 대해 이해와 공감 그리고 연민의 정을 나타내 보이는 것이다.

나는 추해. 어릴 때부터 못생겼었지. 그래서 알았어. 사팔뜨기인 자네가 왜 그런 짓을 했는지. 나는 내 안에도 그와 같은 질투심이 있음을 알고 있어." '나는 질투로 여자의 옷을 찢었던 것인가?' 하고 나는 생각했다. '아니야. 질투만은 아니야. 분명 질투심만은 아니야' "추한 건 괴롭지."자크는 신음하고 있었다. "괴로워. 어릴 때 나는 어머니나 누이조차 내 얼굴에서 눈을 피하는 것을 느꼈어. 하지만 14살 때 나는 내 얼굴이 십자가인 것을 깨달았어. 그리스도가 십자가를 짊어졌던 것처럼 어린 나도 그것을 짊어지지 않으면 안 된다는 것을 깨달은 거야."<중략>그의 이마에는 다시 땀이 고였다. 벗겨진 두개골 위로 혈관이 굵고 푸르게 부풀어 있었다. 뿐만 아니라 안경 속의 눈동자는 썩은 물고기의 눈처럼 젖어들고 있었다. 혐오감을 느끼고 나는 그의 우는 얼굴을 보지 않으려고 했다. 하지만 그때 지리학 교실의 둥근 기둥과 기둥사이에 비쳐드는 약한 가을 햇볕 속에서, 역시 하얀 살결에 퉁퉁 부어올라 있던 아버지의 손이 떠올랐다. '오른 쪽을 보라고 말하는데도, 오른 쪽을. 너는 평생 여자들한테 인기 얻기는 글렀어.'(31-32)

이처럼 자크는 '나'의 행동을 자신의 내면에 있는 '질투심'과 동질의 것으로 이해한다. 하지만 같은 아픔을 가진 자로서 이해와 동정을 보이는 자크에 반해, 주인공은 자크의 고통을 자신의 것으로 느끼면서도————그러기에 주인공은 자크의 외모를 묘사하는 모니크의 조롱을 듣고 속옷을 찢었음에도————그런 자신의 감정을 인정하지 않으려고 외면한다. 자신보다 못하다고 여기고 있었던 자크의 "연민만큼 스스로를 상처 주는 것은 없었기" 때문이다. 여기까지 볼 때 '나'와 '자크'는 같은 콤플렉스를 가지고 있다는 점에서는 서로 쌍생아와 같은 존재들이라고 해도 과언은 아닐 것이다.

> 14살 때 십자가는 변했어. <u>나는 그리스도처럼 내 얼굴만이 아니라 이 세상의 얼굴을, 추한 얼굴을 짊어질 작정이야."</u> <중략> "자네가"하고 나는 말했다. "아무리 십자가를 짊어져도 인간은 변하지 않아. 악은 변하지 않는다고." "하지만 나 외에 자네가 십자가를 짊어져 준다면. 적어도 자네가 자네의 사팔뜨기로서의 슬픔만이라도 짊어져 준다면, 그런 사람이 늘어간다면……"하며 그는 양손으로 얼굴을 감쌌다. <중략> <u>"나는 자네처럼 스스로의 추한 얼굴에 취해 있지 않아. 십자가니 뭐니 떠들지 않아."</u>(33-34)

이들의 대립은 제2차 세계대전이라는 추한 시대적 배경을 바탕으로 극한까지 치닫게 된다. 추한 외모조차도 긍정하는 마음으로 '그리스도를 모방'9)하여 그리스도처럼 자신의 얼굴만이 아니라 이 세상의 얼굴을, 이 추한 세상을 짊어지고자 하는 자크와 달리 '나'는 인간의 본성을 '악'으로 규정하고 이것을 절대 불변의 진리, 신에 맞설 수 있는 유일한 논리와 같은 것으로 여기고 있었기 때문이다. '나'의 눈에 비친 기독교인은 "스스로에게도 아무렇지도 않게 거짓말을 하는 인간"이며, 인간은 "원죄에 의해 비뚤어져 있는", "아무리 발버둥질쳐도 결국에는 악의 심연에 떨어지고" 말 뿐인 존재인 것이다. 그럼에도 불구하고 자크가 경건한 구도자가 됨으로서 현실을 부정하고자 한다면, '나'는 그러한 자크를 근본적으로 부정하는 마음으로, 그가 지닌 영웅주의를 철저히 분쇄하지 않으면 안됐다.

“종교인은 증오심 때문에 싸우지 않아……. 정의를 위해……”나는 신음했다. 정의를 위해? 자크는 또 다시 교실에서 나에게 설교하고 무릎을 꿇고 기도하던 남자의 면모를 찾기 시작했다. <중략> ‘그래, 자크를 고문하는 건 알렉산드르나 캬반느로는 안 돼. 바로 내가 아니면 안 되는 거야.’ <중략> 자크는 작고 검은 눈을 내 쪽으로 향했다. 그리고 “자네야말로 나를 미워하고 있었군.”하고 말했다. “음, 나는 자네를 미워하고 있어. 그것을 너는 대학시절부터 알고 있었을 텐데.” “왜야, 왜, 내가”하고 그는 신음했다. “내가 미운가.” “네가 현대의 영웅이 되고 싶어 하기 때문이지.”나는 담배에 천천히 불을 붙이고 생각에 잠겼다. “네가 만일 우리의 고문도구에도 입을 열지 않는다면 그건 영웅주의에 대한 동경, 자기희생에의 도취에 의한 것이 아닌가? 도취된다. 공포를 극복하기 위해 무언가에 취한다. 죽음을 극복하기 위해 주의(主義)에 도취된다. 프랑스 게릴라군도 너희들 기독교 신자들도 마찬가지야. 인류의 죄를 한 몸에 짊어진다. 프롤레타리아를 위해 목숨을 희생한다. 내 한 몸, 나 한 사람이라고 하는 눈물겨운 희생정신이 너를 취하게 하고 있는 것이 아닌가? 나치의 협력자, 배반자인 내가 네 육체를 어떻게 가지고 놀든 너는 유다처럼 혼을 팔지는 않으리라, 그렇게 생각하고 있겠지. 그렇게 믿어 의심치 않겠지. 하지만 그렇게 엿장수 맘대로는 안 되지.”(70-72)


자크가 자신의 추한 얼굴과 더 나아가서는 세계의 추한 얼굴까지 십자가로 상징되는 종교의 힘을 빌어 승화시키고자 노력하는 쪽으로 인생을 걸었다면, 반대로 ‘나’는 자크의 심리를 단순한 “영웅감상”의 발로로서밖에 이해하려 하지 않는다. 자크가 자신의 콤플렉스와 아픔을 종교적인 차원으로 승화시키기 위해 “신학과 포교밖에 머리에 없는” “음울하고 광신적인” 금욕주의자가 되어 있었다면, ‘나’는 진실, 아름다움, 정의, 혹은 이상 등 일반적으로 옳다고 여겨지는 모든 주의(主義)와 사상, 신앙, “선”, “덕”, “이성의 우위” “역사적 전개”

등을 정면에서 부정하고 분쇄하고자 하는 극단적인 인물이 되어 있었다. 그리고 이제 '나'와 자크의 대결은 단순히 서로에게 상처를 주고받는 개인적 차원의 다툼이 아닌, 보편적 차원의 영역, 즉 서로가 대변하고 있는 '신'과 '악마'의 대결로까지 그 영역을 확대시켜 간다.

"하지만 자네도" 자크는 돌연 쥐어짜는 소리로 외쳤다. "자네도 역시 악에 도취되어 있지 않은가. 믿고 있지 않은가." "악은 변하지 않아." 자크의 손은 찢어진 수도복 사이를 더듬고 있었다. "변하는 부분은 없어"하고 나는 큰 소리로 외쳤다. 가늘고 하얀 그의 손 사이로 나는 은색의 금속이 반짝반짝 빛나는 것을 보았다. 그것은 십자가였다. 수도복의 안쪽 띠에 붙여진 로사리오 끝에 달린 십자가였다. "네가 고문을 견딜 수 있었던 것은 내가 있었기 때문이 아니라 그 십자가를 쥐고 있었기 때문이로군."나는 몸이 부들부들 떨리는 것을 느꼈다. "십자가를 이쪽으로 건네." "싫다."하고 그는 외쳤다. 피와 땀으로 끈적끈적해진 얼굴을 이쪽으로 향했다. "십자가가 너에게 도취를 가르쳐주는 거야."나는 손바닥으로 후려쳤다. 자크는 십자가를 굳게 쥐며 왼손으로 얼굴을 감쌌다. 나는 이번에는 호스를 휘둘렀다. 그의 육체에 호스가 부딪칠 때 내 손바닥은 타는 듯한 뜨거움을 느꼈다. <생략> 내가 밟고 때리고 저주하고 복수하고 있는 것은 그 소년과 자크 뿐은 아니었다. 그것은 모든 인간, 환영을 가지고 태어나 환영을 가지고 죽는 인간들에 대해서였다. 그는 마루 위를 박가시나방의 유충처럼 이리저리 뒹굴었다. 뒹굴 때마다 속옷이 찢겼다. "악마！"하고 그는 외쳤다. "악마！" 녀석의 하얀 피부는 내 정욕을 부채질했다. (74)

악에 도취되어 악마의 대변인이 된 '내'가 손에 쥐고 있는 것이 자크를 고문하기 위한 호스였다면, 자크가 또한 '나'의 고문을 견딜 수 있었던 것은 그의 손에 로사리오가 쥐어져 있기 때문이다. 즉 주인공의 입장에서 볼 때 자크는 십자가로 상징되는 선의 논리와 신에 도취되어 있었던 것이 된다. 이처럼 작가는 두 주인공을 「추(醜)한 세계」의 대극에 두고 이들의 관계를 상호 대극적인 요소를 가지고 있는 탓으로 서로가 서로를 의식할 수밖에 없는, 또한 그럼으로 인해 더욱더 반발할 수 없는 관계로 빚어내고 있었다. 하지만 이들의 대립은 한 인간의 안에 혼재된 양면성을 분유(分有)받아 조형된 인물들처럼 지나치게 이항대립적(二項對立的)으로, 또한 극단적일 정도로 도식적으로 그려지고 있기 때문에, 이들의 대립은 마치 지킬박사와 하이드처럼 표리가 부동한 한 인물, 혹은 자아가 분열된 한 인간의 내면의 다툼으로조차 보여진다.

## 제3장 「백(白)의 세계」에서의 이탈과 반격

다케다 도모주는 엔도의 초기 작품군을 가리켜, 「백의 세계」, 즉 백인의 세계의 전통이 길러온 이상, 가치의 보편성에 대한 불신감은 특히 초기소설에 보이는 눈에 띄는 경향이라고 지적하고 있다.10) 다케다의 지적처럼 『백인』에서도 작가는 「백의 세계」를 순결의 세계로 묘사하고 있지만 흰색에 대한 작가의 시선은 결코 호의적이지 않다. 오히려 작품 『백인』에는 「백의 세계」가 갖는 모든 가치관이나 모럴을 철저하게 불신하고 불식시키고자 악의 세계에 뛰어드는 주인공의 반골정신만이 두드러지게 나타나고 있다.

작품에서 '나'의 악행은 대략 세 가지로 정리할 수 있는데, 첫 번째는 이본느의 늙고 병든 개 학대사건(악의 자각). 두 번째는 동서양의 중간에 위치한 예멘의 아덴에서 있었던 아라비아 소년 학대사건(악의 실천). 세 번째는 자크고문사건(악의 확산)이다. 그리고 이처럼 '내'가 악에 눈뜨게 되는 결정적인 전환점마다 주인공을 촉발시키는 것은 언제나 흰색이다. 주인공이 악을 자각하게 되는 최초의 계기가 된 이본느의 개 학대사건에서 주인공을 자극시키는 것은 하녀 이본느의 새하얀 허벅지였으며, 본격적으로 악을 실천해보게 되는 아덴에서 주인공을 자극시킨 것 역시 작열하는 하얀 태양이다. 고문을 당할 때 주인공의 눈에 비친 자크의 하얀 피부는 '나'의 정욕을 더욱 부채질하며, 마지막으로 주인공이 자크를 고문하기 위해 데려온 마리테레즈를 강간하게 된 계기도 역시 마리테레즈의 하얀 허벅지 때문이었다.

> 나는 지금까지 이 아가씨의 야윈, 주근깨투성이의 얼굴밖에 몰랐다. 그녀가 이처럼 모양이 좋은 아기 사슴처럼 쭉 뻗은 다리를 가지고 있으리라고는 생각한 적이 없었다. 뿐만 아니라 걷어 올려진 스커트와 회색 양말 사이로 <u>눈이 부실 정도로 새하얀 허벅지가 똑똑히 들여다보였다. <중략> 그녀의 허벅지 일부분은 아침에 막 입을 댄 젖처럼 순백으로 부끄러워 보였다.</u> 자신의 거친 숨소리를 들었다. 내가 충동적이 되는 것은 단순히 정욕 때문만은 아니다. 단지 <u>나는 이 주근깨투성이 아가씨가 비록 육체라고는 하나 이처럼 티 없이 맑은 순백을 가지고 있는 것에 격렬한 질투를 느꼈다. 그것은 분명 내가 태어나면서부터 가질 수 없었던 것, 신에게 빼앗긴 것이었다.</u> 날개를 펼친 박쥐처럼 내 그림자가 난로에서 문가로 다가갔다. <중략> 이를 악문 내 눈동자 깊숙한 곳에서는 이미 마리테레즈는 존재하지 않았다. 내가, 지금, 능욕하고, 더럽히는 것은 모든 처녀, <u>그 처녀의 순백, 무구의 환영이었다. 남성은 순결의 환영을 파괴하기 위해 존재하는 것이다. 순결의 환영 속에는 자크의 십자가상이 숨겨져 있었다. 기독교신자, 혁명가, 마데니에와 같은 인간이 미래에, 역사에 대해 품는 어리석고 졸렬한 몽상, 도취가 숨겨져 있었다.</u> (78-83)

순백에 대한 강렬한 감정. 그것을 '나'는 동경과 찬탄이 아닌 "격렬한 질투심"을 가지고 바라보고 있다. 그런데 이미 나치의 앞잡이가 되기 전부터 "칸트의 순수이성 비판"과 "플라톤"의 이데아를 논하는 마데니에 교수의 세계를 뚜렷한 이론이나 사색이 있는 것도 아니면서 경멸감을 가지고 경청하며, 자크와 마데니에의 세계에 속하지 못하고 홀로 동떨어져 살아가고 있는 자신에게 "말할 수 없는 노여움과 정떨어짐"을 느끼고 있었던 주인공에게서는 프랑스인 아버지와 독일인 어머니의 사이에서 태어났기에 프랑스와 독일 어디에도 녹아들 수 없었던 어느 쪽에도 속할 수 없었던 편자(片子)[11]로서의 의식이 느껴진다.

같은 백인 임에도 불구하고 주인공이 볼 때 백인의 세계에 사는 사람들은 모두 "환영을 가지고 태어나서 환영을 가지고 죽는" 경멸스런 인간이다. 또한 백색은 주인공에게 정욕을 불러일으키고 가학적 성향에 눈뜨게 하는 악을 촉발시키는 색이자, 「백의 세계」는 파괴하지 않으면 안 되는 '환영'의 세계이다. 하지만 다른 한편으로는 「백의 세계」는 주인공이 질투심과 동경심을 품고 있는 세계로, 내가 아무리 속하길 원해도 결코 속할 수 없다는 절망감만을 불러일으키는 세계이기도 했다. 이렇게 볼 때 흰색은 주인공에게 이율배반적인 감정을 불러일으키는 동인(動因)이 되고 있다.

한편 이쯤해서 등장인물인 '나'를 비롯한 백인들의 외모가 천편일률적으로 추하고 못난 것을 다시 한 번 주목할 필요가 있는데, 우선 지적할 수 있는 것은 작품 『백인』은 이처럼 백인의 세계를 무대로 하고 있음에도 불구하고, 엔도는 그 속에서 살아 움직이는 인물들을 공통하여 추한 외모의 인물들로 설정함으로써 일차적으로는 백인에 대해 황색인이 품고 있는 선망과 동경의 시선을 철저하게 분쇄시키고 있다는 것이다.[12]

하지만 다음으로 보다 주목하고 싶은 것은 작품에서 주인공인 '나'에게만 유일하게 부여되어 있는 조건에 대한 것이다. 엔도는 '나'를 혼혈아라는 조건 외에도 그를 '사팔뜨기'라고 하는 선천적인 기형을 가진 인물로 설정하고 있는

데, 바로 여기에도 한 가지 작가의 작의(作意)가 개입하고 있었던 것으로 여겨진다. 결론부터 말하자면 엔도가 주인공을 '사팔뜨기'로 설정한 것은 '내'가 남들과는 다른 시각의 소유자이라는 것을 나타내기 위한 상징은 아니었을까. 어쩌면 엔도는 '나'를 다른 백인과 같은 정상적인 눈을 갖게 하는 것은 「백의 세계」를 객관화할 힘을, 더 나아가 「백의 세계」가 내포하고 있는 모순과 문제점을 꼬집어내는 힘을 부여하기에는 미흡하다고 여겼을지도 모른다. 다시 말하자면 주인공이 다른 등장인물들과 마찬가지로 백인임에도 불구하고, 유독 그만이 「백의 세계」를 적대적으로 바라볼 수 있었던 가장 큰 차이점은 '나'에게 '사팔뜨기'라고 하는 "불량품(のけもの)"의 굴레가 씌워져 있었기 때문이었다.

> 인간의 선과 덕, 인간의 정신적 진보, 인간의 역사적 성숙이라는 말을 나는 귓전에서 환청이라도 울리고 있는 것처럼 우스꽝스럽게 여기며 듣고 있었다. <중략> 왜 나만 이것을 이상하게 여겼던 것일까. 물론 이쪽은 그런 모럴리스트의 신념을 뒤집을만한 이론도 사색도 있을 리가 없다. 단지 나는 내가 사팔뜨기 청년인 것, 열두 살 때 등나무꽃이 지는 창가에서 본 이본느와 늙은 개의 광경을 알고 있었고, 아덴의 미로에서 소년의 머리위에 올라 미친 듯이 춤추던 갈색 여자아이의 나상(裸像)을 기억하고 있는 것, 그리고 하얗게 불타던 둥근 태양 밑에서 열풍에 말라비틀어진 마른 풀과 바위 밑에서……, 그것을 떠올리는 것만으로도 충분했다.……(21)

「백의 세계」 내부의 모순과 부조리를 고발하기 위해서 엔도는 주인공을 백인의 세계에 속해 있으면서도 속해 있지 않은 다소 특수한 존재로 만들어야만 했다. 딱히 어떠한 '이론'도 '사색'도 가지고 있지 않은 '나'지만, 그럼에도 불구하고 누구보다 「백의 세계」를 비판적으로 바라볼 수 있었던 이유. 그것은 '내'가 "사팔뜨기 청년"이었기 때문이었다. 남들과는 다른 시각을 가진 탓으로

'나'는 이본느가 늙고 병든 개를 학대하던 모습을 볼 수 있었으며, 예멘에서 아라비아 소년과 곡예를 펼치던 소녀의 얼굴에서 가학의 기쁨을 읽어낼 수 있었다. 뿐만 아니라 '내' 자신이 아라비아 소년에게 가학적인 행동을 하던 때 작열하던 하얀 태양을 "떠올리는 것만으로도" '나'는 충분히 「백의 세계」가 만들어 낸 "인간의 선과 덕, 인간의 정신적 진보, 인간의 역사적 성숙"이라는 논리 속에 숨어있는 모순을 간파해 낼 수 있었다. 그리고 이제 사팔뜨기인 탓으로 우월한 「백의 세계」 속에서 이탈되어 버린 열등한 존재였던 '나'는, 바로 그 이유로 인해 누구보다도 적극적으로 「백의 세계」가 관념화, 주의(主義)화, 형식화한 모든 사상, 즉 '신앙', '선', '덕', '이성의 우위', '역사적 전개' 등과 같은 "환영"을 불식시키고, 모순을 분쇄시키고자 철저하게 반격하게 된다.

이와 같이 볼 때 작가는 주인공을 '혼혈아'이자 '사팔뜨기'로 설정하는 것으로 '나'의 존재를 다른 등장인물들과 확연히 구별하고 있을 뿐만 아니라, 더 나아가서는 흔히 주류로 여겨지는 서양문화에 대한 통렬한 비판도 가하고 있었음을 지적할 수 있다.

## 제4장 자크의 자살과 주인공의 글쓰기가 갖는 의미

한편 고문자가 된 '내'가 자크에게서 동지를 배반하게끔 하는 가장 효과적인 방법으로 선택한 것은 마리테레즈를 잡아와 그녀를 능욕하는 것이었다. 이러한 '나'의 계략은 보기 좋게 성공하여 어떤 고문과 회유에도 "신음 소리 하나 내지 않고" 참아 내던 자크도 결국 무너져버리고 만다. 마리테레즈가 지닌 순백의 세계를 능욕하고 파괴하기 위해 그녀를 강간하던 "몇 세기나 죽은 것"

같았던 시간이 지나고 주인공이 정신을 차렸을 때 옆방에서 고문당하고 있던 자크는 혀를 깨물고 자살했다.

비애라고도 적막이라고도 할 수 없는 것이 가슴을 죄기 시작했다. 일찍이 호텔 라모에서 마리테레즈를 굴복시킨 순간 나는 이와 같은 슬픔을 맛보았다. 슬픔이라기보다 매우 깊은 피로와 흡사했다. 메워야 할 공간을 메운 뒤에 이제 무엇을 해야 좋을지 나는 알 수 없었다. '어머니를 여의었을 때 나는 결코 이런 감정을 맛보지 못했다.' 마치 내가 자크를 오랫동안 사랑해 오다가, 그 사랑에 배반당하고, 사랑을 잃은 것 같은 느낌이었다. 그렇군. 혀를 깨물었단 말인가. 정말 나는 그것을 예상하지 못했다. 자살은 가톨릭 교인들에게는 절대로 해서는 안 되는 대죄였기 때문이었다. '너는 신학생이 아니냐! 그런데도 너는 이 영원한 형벌을 받게 될 자살을 택한 것이다.' 비애로 가득한 회색 바다 위에서 조용한 분노가 차츰 거칠어지기 시작했다. '의미가 없다. 의미가 없단 말이야.'하고 나는 중얼거렸다. '너는 자살로써 내게서 벗어날 작정이었겠지. 동지를 배반해야 할 운명이나 마리테레즈의 생사를 좌우하는 운명에서도 벗어났다고 생각할 게다. 나치도 나도 이제는 마리테레즈를 너 때문에 이용할 수 없어. 하지만 그게 뭐 어떻다는 말이냐. 내가 가령 악 바로 그것이라면 너의 자살에도 불구하고 악은 계속 존재한다. 나를 파괴하지 않는 한 너의 죽음은 의미가 없다. 의미가 없어.'(82-84)

그런데 자크의 자살은 누구보다도 죽은 자크에게 있어서 그 자신이 일생을 통해 관철해 왔던 신조와 신앙을 정면에서 뒤집어 버리는 결과였던 것은 두말할 여지가 없다. '교회법'을 논문테마로 삼을 만큼 교회법에 능통했던 자크가, 교회와 교회가 정한 계율을 엄격하게 지키고자 하는 강경한 신앙인이었던 그가 가톨릭 신자에게 있어서 자살이 갖는 의미를 등한시 했을 리는 만무하다. 허나 정말 아이러니한 것은 자크의 죽음에 대해 갖는 주인공의 당혹감에 있다.

주인공은 가톨릭 신자에게 있어서 "절대로 해서는 안 되는 대죄"인 자살을 자크가 자행하리라고는 꿈에도 예상하지 못하고 있었음을 당혹함과 함께 드러내고 있는데, 이러한 주인공의 고백은 반대로 주인공이 마음속 깊은 곳에서는 누구보다도 강하게 신의 존재를 믿고 있었다는 것을 노정시키는 효과를 빚어내고 있다. 다시 말해 '자살'을 '대죄'로 인식하는 주인공의 생각 자체가, 이미 주인공이 마음속 근저에서는 절대적, 초월적인 존재로서의 신을 의식하고 있었다는 점을 밝히는 역설적인 구조를 이루고 있는 것이다. '나'의 고백은 스스로가 신은 거부했지만 신의 존재만큼은 결코 부정할 수는 없었음을 상징적으로 나타내고 있었다.13)

또한 자크는 자살을 선택함으로써 주의(主義), 사상, 신앙, 선과 덕, 이성, 종교 등「백의 세계」가 만들어 놓은 모든 이론상의 한계를 드러내고 있지만, 이러한 결말은 반대로 자크와 맞서 대극의 축을 이루고 있던 주인공에게도 영향을 미쳐 악행을 일삼던 주인공에게서「백의 세계」를 파괴하겠다고 불타던 투지와 전의(戰意)를 빼앗고 마는 구조를 이루고 있다. 이제 대적할 맞수를 잃은 '내'가 느끼는 감정은 승리의 환희도 기쁨도 아닌, 비애와 깊은 피로뿐이다. 심지어 그는 자신을 세상에서 가장 아껴주던 어머니가 죽었을 때조차 느끼지 못했던, 마치 오랫동안 아끼고 사랑하던 대상을 잃었을 때와 같은 깊은 슬픔을 맛보고 있다. 슬픔은 자크에 대한 실망감으로 변하여, 스스로가 내세우던 악의 원리와 자신과 같은 악인을 자크가 분쇄시키지 못하고 자살해 버린 것에 대해 누구보다도 크게 좌절하고 있고 있는 것 또한 다름 아닌 '나'였다. 이렇게 볼 때 자크의 자살은 주인공이 자신도 모르게 은근히 품고 있던「백의 세계」에의 회귀원망(回歸願望)을 자각시키는 순간이자, 회귀에의 기회가 이제 상실되게 되었음을 자각시키는 순간이라고 볼 수 있으리라.

<표 1> 작품 속의 사건의 진행순서와 제2차 세계대전 주요 연표 대조[14]

| 연도 및 시기 | | 작품 속의 사건 | 제2차 세계대전 주요 연표 |
|---|---|---|---|
| 1937년 | | 앙리 4세 중학시절 -대학입시 자격시험 준비<br>(주인공의 나이 17, 18세로 추정됨) | 9월 25일 히틀러/무솔리니 정상회담 |
| 1938년 | 여름 | 아버지 사망 | 전쟁발발 1년 전<br><br>11월 9일 독일, 유태인 학살 본격화 |
| | 가을 | 대학입시 자격시험에 합격 | |
| | 8월 하순 | 리옹 법과대학에서 마리테레즈와 모니크, 자크와 조우<br>(속옷 사건 발생) | |
| | 10월 2일 | 대학 입학식 | |
| | 10월 5일 | 강의 시작됨<br>(자크, 주인공을 감화시키기 위한 포교활동 시작) | |
| 1939년 | 6월 말 | 주인공, 자크에게 복수하기 위해 마리테레즈에게 접근할 것을 결심<br>(무도회 사건)<br>(자크, 전년 10월부터 약 8개월에 걸쳐 포교활동) | |
| | 여름방학 | 어머니와 사보아의 피서지 コンブルウ에서 지냄 | |
| | 8월 31일 | | 독일, 폴란드 진격 명령(통조림 작전) |
| | 9월 1일 미명 | 독일, 폴란드 침입개시<br>(제2차 세계대전 발발) | 백색작전(9월 1일 오전 4시 45분) |
| | 9월 3일 | | 영국과 프랑스 독일에 선전포고 |
| | 9월 27일 | | 독일, 바르샤바 함락 |
| | 10월 1일 | 대학으로 돌아옴 | |
| | 12월 7일 | | 이탈리아, 참전결정 |
| 1940년 | 2월 | 어머니 사망 | 독일, 프랑스령 리모슈 공습 |
| | 봄 | 성 베네딕트 수도원으로 마리와 자크를 찾아감 | |
| | 4월 9일 | | 독일, 덴마크/노르웨이 침공개시 |
| | 5월 10일 | 독일, 홀란드(네덜란드)와 벨기에의 국경 돌파 | 독일, 베네룩스 3국침공(황색작전) |

| | | | |
|---|---|---|---|
| | | (마지노 방어선 함락) | |
| | 6월 14일 | | 독일, 파리 함락 |
| | 6월 22일 | | 프랑스, 독일에 항복, 휴정 협정 체결 |
| | 6월 25일 | 파리 함락 | 24일, 이탈리아/프랑스 휴전조약 체결 |
| | 7월 초 | 나치, 리옹 입성 (점령시대의 시작) | 2일, 프랑스 정부 비쉬로 이전 (비쉬정부시대) |
| | 8월 | 나치, 리옹 시민 무차별 검거 (5인 처형) | 2일, 비쉬정부 드골에 사형선고 |
| | 9월 27일 | | 일본, 이탈리아, 독일과 3국추축동맹 |
| | 10월 상순 | 주인공인 <나>, 게슈타포의 일원이 됨 | 18일, 비쉬정부 반유태인법 발표 |
| 1941년 | 1-2월 이후 | 자크 몽쥬 체포되어 사망 | |
| | 4월 9일 | (이후 작품에서 구체적인 역사상의 사건들과 작품속의 사건과의 날짜가 일치되지 않게 됨) | 영국공군, 베를린 중심부 폭격 |
| | 4월 17일 | | 유고슬라비아, 독일에 무조건 항복 |
| | 4월 23일 | | 그리스, 이탈리아에 항복 |
| | 4월 27일 | | 독일, 아테네에 입성 |
| | 6월 22일 | | 독일, 소련 공습(바바롯사 작전) |
| | 11월 25일 | | 독일/이탈리아/일본, 3국협정 연장 |
| | 12월 8일 | | 일본, 진주만 기습 |
| 1942년 | 1월 1일 | | 연합국 26개국, 워싱턴에서 국제연합 창설 선언에 서명 |
| | 1월 20일 | | 독일, 반제회담에서 유대인을 멸종하기로 결정(히틀러가 승인) |
| | 1월 28일 | 주인공의 글 쓰는 시점 | |
| | 1월 30일 | 나치군 퇴각, 리옹 해방 | |
| | 8월 12일 | | 미/영/소 모스크바에서 3국회담개최 |
| 1943년 | 1월 30일 | | 비쉬정권, 레지스탕스 소탕을 위해 '밀리스' 결성 |
| | 4월 18일 | | 야마모토 이소로쿠 제독 전사 |
| | 7월 25일 | | 무솔리니 체포당함 |
| | 9월 3일 | | 이탈리아, 연합국에 항복 |
| | 11월 | | 제1차 카이로 회담. 한국 독립 결의 |

| | | | |
|---|---|---|---|
| | 22~26일 | | |
| | 12월<br>4~7일 | | 제2차 카이로 회담 |
| 1944년 | 2월 1일 | | 레지스탕스 프랑스국내군으로 통합 |
| | 5월 15일 | | 미, 영국에 노르망디 상륙작전 제시 |
| | 8월<br>21~25일 | | 자유 프랑스군 파리로 진격,<br>나치군 퇴각, 파리 해방, 드골 입성 |
| | 9월 9일 | | 샤를르 드골, 파리에 임시정부 수립 |
| 1945년 | 4월 30일 | | 히틀러 자살 |
| | 5월 8일 | | 독일 무조건 항복,<br>유럽전 승리의 날(VE데이) 기념행사 |

위의 표는 작품속의 사건들과 제2차 세계대전 당시 실제로 일어났던 역사상 사건의 흐름을 대조해 본 도표이다. 이것을 보면 자크는 1942년 2월 이후의 어느 겨울날 자살한 것으로 되어 있다. 또한 작품 모두(冒頭)에서 주인공이 적고 있는 수기는 자크가 죽은 지 약 1여년이 지난 1942년 1월 28일로 되어 있다. 특기할 것은 자크의 자살이전까지 작품상의 사건들과 실제 역사상 사건들이 대부분 일치하고 있는 것에 비해, 자크의 자살이후 구체적인 역사상의 사건들과 작품 속의 사건들이 일치하지 않고 있다는 점이다.15) 실제로 연합군이 프랑스를 해방시킨 것은 1944년 8월인데 비해 작가는 그 시기를 무려 2년 7개월이나 앞당긴 시점으로 설정해두고 있다. 더군다나 엔도가 재현한 작품상의 사건의 흐름을 보면 자크의 죽음 이후 1년이 채 안된 현재의 시점에서 주인공은 이제 내일이나 모레가 되면 리옹시가 연합군에 의해 해방될 지도 모르는 극한의 상황인데도 불구하고, 탈출하기는커녕 포성이 울리는 방 한구석에서 수기를 기록하고 있다.

만일 모레에 일어날 리옹의 운명에서 나와 관계되는 것이 있다면 그것은 내가 게슈타포에게 협력한 배반자로서 규탄된다는 것뿐이다. 프랑스 게릴라 군과 그 아군들을 재판하고, 고문하고, 학대한 저 「폼도텔」사건의 일당으로서 동포?로부터 복수를 당하게 되겠지. 물론 달아날 작정이다. 나는 살아야만 한다. 무엇보다 역사가 나를, 아니 내 마음속에 있는 고문자를 지상에서 절대 소멸시킬 수는 없는 것이다. 그 사실을 나는 이 기록에 적어 두고 싶은 것이다.(16)

이상과 같이 자크의 죽음 이후에도 '나'는 나치에 변함없이 협력하고 있었다. 그런데 여기서 한 가지 유추할 수 있는 점은 엔도가 역사상의 사건과 작품상의 사건 사이에 시간상의 간극을 설정한 것은 다분히 의도적인 것이라는 점이다. 아마도 엔도가 생각하기에 자크의 자살로 충격을 받은 주인공의 내면의 변화가 일어나는 과정으로 3년이라는 기간은 지나치게 긴 감이 들었음에 틀림없다. 상대의 죽음으로 대립구도가 무너지고 이제 자신의 내면에 잠재해 있던 회귀원망, 즉 재생의 의지를 깨닫게 된 주인공이 그럼에도 불구하고 여전히 게슈타포의 앞잡이로서 변함없이 악행을 저지르는 인물이라는 것은 엔도의 의도에 적합한 효과적인 결말은 아니었으리라. 그렇기에 엔도는 굳이 역사상의 사건과 작품속의 시간의 흐름을 일치시키지 않더라도 사건을 단기간에 마무리 지을 필요가 있었던 것이다.

어찌되었든 자크의 죽음에도 불구하고 여전히 나치의 *끄나풀로서*의 삶을 살았음을 증명하는 주인공의 수기는 죽음으로 변하는 것은 아무 것도 없다는 '나'의 선언이 그대로 들어맞고 있음을 보여주는 증거이지만, 다른 한편으로 아버지 쪽 혈통인 프랑스인들로부터 언제 보복을 당하고 죽을지도 모르는 극한 상황에서도 글쓰기를 계속하는 '나'의 행위는 흡사 본인의 각오와는 달리 죽기를 각오하고 남기는 유서로도, 혹은 가톨릭의 측면에서 보자면 신자들이 행하는 '고해성사'에서의 성찰, 혹은 고백16)과 같은 역할로도 보여진다.

　이렇게 볼 때 일견 「백의 세계」의 세계의 한계와 패배를 의미하는 것 같았던 자크의 자살은 '나'의 글쓰기와 잘 조응하고 있는데, 주인공은 글쓰기를 통해 자신이 그토록 증오하던 「백의 세계」의 세계를 대표하는 종교인 가톨릭에서의 고해성사와 같은 행위를 함으로써 스스로의 존재를 역사에 새기고자 하며, 이러한 주인공의 행위는 스스로가 믿어 의심치 않던 악의 원리를 스스로가 포기하는 것을 의미한다는 점에 있어서 자크의 자살과 마찬가지로 스스로의 한계와 패배를 자인하는 행위와 다름 아닌 것이다. 다시 말하자면 자크의 죽음으로 자포자기가 된 주인공에게 이제 남겨진 것은 죽음을 각오한 글쓰기를 통해 자기 안의 고문자를 되돌아보고 이를 후세에 알림, 즉 고백함으로써 스스로를 정화시키고자 하는 의지만이 남았을 뿐임을 드러내고 있는 것이다.

# Ⅱ. 결론

　이상으로 초기 엔도의 대표작 『백인』에 대해 살펴보았다. 처녀작 「아덴까지(アデンまで)」와 『백인』의 차기작이자, 연작으로서의 성격을 지닌 『황색인(黃色い人)』을 통해 엔도는 황색인의 세계를 "그림자도 빛도 없는, 둔하고 쇠약한 황탁한 색"의 세계, "역사도 시간도 신도 선도 악도 없"는 세계로 규정하고 있는데, 반대로 『백인』에서는 백인의 세계를 신이 있음으로 해서 악이 생겨나는 세계, 선과 악의 대립이 선명하게 드러나는 세계로 상정하고 본격적

으로 신과 악마를 대신하여 대립하고 있는 두 명의 백인을 등장시키고 있었다. 본고에서는 이에 대한 고찰을 통해 두 명의 백인이 서로 「추(醜)한 세계」의 대극에서 위치하여 상호 대립하고 있는 '표리 관계'의 인물이었으며, 또한 주인공인 '내'가 「백의 세계」가 정한 사회의 질서와 정의에 강한 거부감을 가지고 부정하는 원인을 「백의 세계」의 세계에서 추방된 자로서의 인식에서 기인하고 있었다고 정리해 보았다. 마지막으로 자크의 자살과 주인공의 글쓰기의 의미에 초점을 맞추어, 각각 자크의 경우 자살은 「백의 세계」의 세계가 정한 이상주의의 한계를 노정하는 반면, 언뜻 보면 '백'의 패배로 비치는 자크의 죽음이 오히려 「백의 세계」의 세계로의 회귀를 꿈꾸고 있던 주인공의 심리를 드러내는 역설적인 구조를 이루고 있었음을 살펴보았다. 또한 자신과 대극에 서 있던 또 하나의 자아, 즉 자크 몽쥬를 잃은 후 주인공은 '고해성사'적인 글쓰기를 통해 악의 원리를 포기하고 스스로를 정화시키고자 하고 있었음을 규명해 보았다. 그런데 선과 악의 세계, 즉 인간본성의 문제를 백인에 투영하여 냉철하게 그려내고 있는 이 작품은 문학창작활동 후기에 작가가 다시금 관심을 보이게 되는 주제, 즉 '악(惡)'의 테마가 이미 초기작부터 나타나고 있었다는 점에서 무엇보다 주목할 가치가 있다. 그러나 지면관계상 초기 작품과 후기작품에 드러난 악의 문제에 과연 어떤 변화가 나타나고 있는지를 접목시켜 보는 것은 금후의 과제로 삼고자 한다.

## 【주】

1) 笠井秋生,「『白い人』――人間を越えた存在との相克の劇」,『遠藤周作論』, 双文社.出版, 1987

2) 선평(選評)에 관해서는 인터넷 사이트 우라아오조라 문고의 (http://uraaozora.jpn.org)의 근현대일본문학사연표 아쿠다가와상 부분을 참조했다.

3) 어머니의 경우, 아버지와 함께 '나'의 악행에 결정적인 계기를 부여하고 있음에도 불구하고 아버지와는 달리 어머니의 외모에 대한 묘사가 전무하다는 점은 특기할 만 한 점이다. 작품 중에서 어머니의 외모와 관계된 표현은 뇌일혈로 쓰러진 후 열에 들떠 "공허해진 눈(うつろな目)"과 "땀에 젖어 흙빛이 된(汗にまみれ、土気色となった)" 얼굴이라는 표현이 전부일 뿐이다.

4) 주인공인 '나'는 마리테레즈의 역할을 예수를 배반한 '유다'로 규정하고 있지만, 피에로가 엔도 문학에 있어서 예수를 상징하는 대표적인 메타파라는 것을 고려할 때 마리테레즈가 유다의 역할만을 하는 것이 아님은 분명하다.

5) 遠藤周作,『白い人・黄色い人』, 新潮文庫, 1955, pp.42-44. (이하 같은 작품에서의 인용인 경우 인용문의 뒤에 페이지만을 표기하기로 한다.)

6) 가와시마 히데가즈는『아덴까지』에서 "작품의 전체를 지배하는 것은 백인에 대한 깊은 회의와 증오, 그리고 자신과의 위화감으로 인한 격렬한 열등감의 표명"이라고 지적하고 있다. (川島秀一,『遠藤周作愛の同伴者』, 和泉書院, 1993) 그의 말대로 처녀작「아덴까지(アデンまで)」는 동양인임으로 해서 느끼는 열등감이 너무나도 선열하게 묘사되고 있었기 때문에 당시 문단에서는 이례(異例)의 작품으로 혹독한 악평을 받기도 했다. 그런데 이번에는 무대가『백인』으로 옮겨졌음에도 불구하고 등장인물인 백인들의 외모가 이렇듯 천편일률적으로 추하고 못난 것은 흥미롭다고 할 수밖에 없다. 그의 말대로라면 엔도의 열등감은 백인에 대한 깊은 회의가 되어『백인』에서는 백인들의 추한 외모라는 역설적인 형태로 표출된 것이리라.

7) 엔도의 오랜 친구인 미우라 슈몬(三浦朱門)은『백인』을 가리켜 "엔도의 유학의 결론"이라고 말하고 있는데, 그의 말처럼『백인』에는 엔도 자신의 유학체험이 짙게 배어나오고 있다. 유학당시의 기록인『루안의 언덕(ルアンの丘)』(PHP研究所, 1998)을 보면 엔도는 일본인을 "도덕적으로도, 인간적으로도 최하위의 인간으로 간주"하는 프랑스인들의 인종적 편견에 굴욕감을 맛보고 있었음을 알 수 있다. 그런데 귀국 후 연구자의 길을 포기하고 작가가 된 엔도가『백인』에서 작품의 배경을 "처형과 고문, 학살"이 난무하는 프랑스로 설정하고 있는 것은 흥미 깊다. 어떤 의미에서는 일본인을 "야만, 잔혹, 열광"적인 인종으로 여기던 프랑스 사회에 대한 엔도 나름의 반격으로도 읽혀지기 때문이다. 이밖에도 엔도의 유학시절의 콤플렉스에 대해서는 拙論인「遠藤周作の四つの転換期---異文化体験および受

容の問題を中心として」(『言葉と文化』名古屋大学大学院国際言語文化研究科, 2003)에서 구체적으로 언급하고 있기 때문에 본고에서는 생략하기로 한다.

8) 이밖에도 '나'와 자크에게는 여러 가지 공통점이 보이는데 그 중 하나는 두 사람이 모두 '법'과 관련이 깊다는 것이다. '나'의 대학에서의 전공은 바로 법학이며, 논문을 준비하는 자크의 테마는 '교회법'이라는 설정으로 되어 있다. 또 두 사람은 모두 육친에 의해 스스로의 추함을 자각하는 것으로 설정되어 있는데 이 또한 두 사람을 하나로 묶어주는 공통분모 중의 하나라고 할 수 있을 것이다.

9) 여기서 '그리스도의 모방(キリストのまねび)'이란 '그리스도를 모범으로 삼아, 이와 같이 되고자 하는 요구'이며, 이때 가장 중요한 것은 '수난이나 고통을 겪음에 있어서 그리스도와 합치'되는 것, 즉 '예수 그리스도의 지상에서의 고난을 배우고' 따르는 것이다. (渡邊学, 「個体化過程と＜キリストのまねび＞」, 『人間学紀要』25, 上智人間学会, 1994)

10) 武田友寿, 「最初の小説『白い人』『黄色い人』の世界」, 『遠藤周作の文学』, 聖文社, 1975

11) 편자(片子)란 일본의 설화에 나오는 귀신(鬼)와 인간여성의 사이에서 태어난 반귀반인(半鬼半人)의 존재로 인간도 귀신도 될 수 없어 자살하고 마는 불행한 존재이다. 평소 엔도는 편자(片子)에 많은 관심을 보이며, 스스로를 동양인이면서 서양의 종교와 문학을 공부한 자로서, 동서양의 협곡에 놓여 어느 쪽도 선택할 수 없는 괴로움을 맛본 자라 말하고 있었다. 마찬가지로 주인공인 '나' 역시 어떤 의미에서는 독일인 어머니와 프랑스인 아버지에서 태어난 시대의 편자로서 전쟁이라는 극한 상황에서도 어느 한 쪽이 절대적으로 옳다고 단정지을 수만은 없음을 자각하고 있었다고도 볼 수 있으리라. (遠藤周作・河合隼雄, 「昔、老人は神の言葉を話した」, 『心の海を探る』, 角川文庫, 1990, 참조)

12) 미야사카 사토시(宮坂覚)는 처녀작인 『아덴까지』가 백의 세계에 기류(寄留)하고 있던 '황색인'의 시점에서 쓰여진 것이라면, 『백인』은 『아덴까지』의 주인공이 열등의식을 가지고 바라본 "백색인종"의 세계 속에도 존재하는 '죄'와 '악'의 문제를 '백인'의 시점에서 다룬 작품이라는 점에서 『백인』은 『아덴까지』에서 제기된 "인간은 모두 마찬가지"라는 "백인의 로고스"가 부정적인 의미로 반전되어 쓰여진 작품이라고 평가하고 있다.(宮坂覚, 「「アデンまで」『黄色い人・白い人』」, 『遠藤周作――その文学世界』, 国研出版, 1997)

13) 이에 대해 김승철은 주인공이 "자크의 죽음을 예견치 못했다고 느끼는 사실"자체가 역으로 "무신론자임을 자처하는 주인공에게 있어서 신의 존재와 신에 대한 의식이 남김없이 사라진 것은 아님을 가리켜주는 틈"이라고 지적하고 있다. (김승철, 『엔도 슈사꾸의 문학과 기독교――어머니되시는 신을 찾아서――』, 신지서원, 1998)

14) 이대영, 『(알기 쉬운) 세계 제2차대전사』1～6, 멀티미디어 호비스트, 1999

15) 下野孝文, 「『白い人』論――その背景と現実感」, 『作品論 遠藤周作』, 双文社出版, 2000, p.34

16) 고해성사를 받기위해 필요한 조건은 5가지가 있다. 참회자의 성찰(省察), 통회(痛悔), 정개

(定改), 고백(告白) 및 사제의 보속(補贖)이다. 참회자는 먼저 양심적으로 성찰을 하여 지은 죄를 생각해 내고, 그 죄를 깊이 뉘우치는 통회와 다시는 이와 같은 죄에 빠지지 않기로 결심하는 정개(定改)를 거친 후 비로서 신부 앞에 나아가 죄의 고백을 한다. 그러면 고해신부는 사죄를 하고 보속을 정해 주고, 후에 참회자가 받은 보속을 실천하는 것으로 고해성사는 끝나는 것인데, 그렇다면 여기서 주인공인 '나'의 글쓰기는 고해성사의 모든 요소를 만족시키고 있지는 못하다고 하더라도 성찰과 고백의 행위를 의미하고 있는 것만큼은 부정할 수 없다.

# 초출일람

1. 芥川竜之介におけるジャーナリズムの意味

   《日本学報》第59集、韓国日本学会、2004, 6

2. 아쿠타가와 류노스케의 종교관

   《일어일문학연구》 제62집 2권 한국일어일문학회 2007.8.31

3. 아쿠타가와와 이상문학에 나타난 기독교적 양상

   《일어교육》 제39집 한국일본어교육학회 2007.3

4. 이상문학과 아쿠타가와 류노스케

   《일본문화연구》 제7집 동아시아일본학회 2002.10

5. 아쿠타가와 류노스케(芥川龍之介)의 『오가타료사이 상신서(尾形良斉
   覚え書)』考

   『일본사상』 한국일본사상사학회 2008.1

6. 志賀直哉 작품에 나타난 기독교적 영향

   勝山鄭致勲 教授 정년기념 논문집 1997.8

7. 시이나 린조論 ~ <빛>의 이미지의 변천 ~

   『国文学 解釈と鑑賞』至文堂 2009.4

8. 엔도 슈사쿠遠藤周作『沈黙』論

   － 일본적 토양 안에서의 <음성> －

   《일어일문학연구》 제54輯 2卷 한국일어일문학회 2005. 8.31

## 9. 『백인(白い人)』論
— 「추(醜)한 세계」의 대극에 선 두 自我 —
《日本文化硏究》제28집 동아시아일본학회 2008.10

## 필자일람

· 임훈식(林薰植)

　1952년생 / 九州大学大学院 卒 / 문학박사 / 경남대학교 일어교육과 교수

· 하태후(河泰厚)

　1959년생 / 바이코가쿠인대학 대학원졸 / 문학박사 / 경일대학교 외국어통역
학부 교수

· 김명주(金明珠)

　1954년생 / 나라(奈良)여자대학 대학원 박사과정수료·고베(神戸)여자대학 대
학원 박사학위취득 / 문학박사 / 경상대학교 일어교육과 조교수

· 조사옥(曺紗玉)

　1955년생 / 니쇼가쿠샤(二松学舍)대학원졸 / 문학박사 / 인천대학교 일어일문학과 교수

· 이시준(李市埈)

　1967년생 / 도쿄대학 대학원 졸 / 문학박사 / 숭실대학교 인문학부 일어일본학과
교수

· 김정숙(金貞淑)

　1964년생/ 중앙대학교 대학원졸 / 문학박사 / 중앙대학교 시간강사

· 나가하마 다쿠마(長浜拓磨)

　1967년생/ 고베대학 대학원 졸 / 교육석사 / 일본 교토외국어대학교 일본어학과
조교수

· 이평춘(李平春)

　1958년생 / 도쿄 시라유리여자대학 대학원 졸 / 문학박사 / 명지대학교 일어
일문학과 외래교수

· 김은영(金恩暎)

　1972년생 / 나고야대학 대학원졸 / 문학박사 / 충남대학교 일어일문학과 강사

한국일본기독교문학연구총서【No.7】
**한국일본기독교문학회 편**

# 일본문학 속의 기독교 VII

2009년 10월 30일 발행

편　자　한국일본기독교문학회
발행처　제이앤씨

등록번호 / 제7-220호
130-040 서울특별시 도봉구 창동 624-1 현대홈시티 102-1206
전화 (02)992-3253 팩시밀리 (02)991-1285
e-mail: jncbook@hanmail.net
URL http://www.jncbook.co.kr



ISBN 978-89-5668-758-2 93830
정가 14,000원